# DIE EHRE DER TREUDOOFEN SCHAFE

ELI BRANDEIS

Eli Brandeis

Römerstraße 6

94368 Perkam.

Lektorat: Claudia Pietschmann

Korrektorat: Christian Winkelmann

Umschlaggestaltung: Charlote T. Licayan unter Verwendung von Bildern von :
Johan Swanepoel - shutterstock.com

und von pitris - 123rf.com

# PROLOG

## JULI 2227

Der Mond stand pausbäckig am Himmel, kein Wölkchen traute sich, sein gelbes Rund zu stören, und es war ein warmer, lauer Juliabend.

Die beiden Polizisten machten sich schweigend auf den Weg. Quer über den künstlichen Rasen steuerten sie auf die Wohnanlage zu. Der Boden knisterte unter ihren polierten Schuhen, war aber doch weich und fühlte sich an wie Moos.

Heute war Harald Waltz' allererster Tag als Polizist und nun kurz vor Dienstschluss kam genau noch das, was ihm von allem Übel am meisten zu schaffen machte: eine Hiobsbotschaft zu überbringen. Wieder und wieder gingen ihm die Sätze im Kopf herum wie bei einer Murmel in der Kugelbahn, im Kreis, zu schnell, und dann war die Kugel weg und vor Aufregung auch der richtige Gedanke.

Er sah sich nervös um. Hier draußen im äußersten Stadtring war alles anders als gewohnt. Eckige Sauerstoffanlagen sprossen in die Nacht, sie waren wie Grabsteine überall verteilt, neben der Straße und auch in den Gärten. In dieser Gegend wohnten Menschen, die nichts waren und nichts hatten. Jemanden, der es geschafft hatte im Leben, hielt es garantiert nicht hier.

Haralds Blick zum Horizont zeigte nur weitere Umrisse von Mauern, Türmen und Hochhäusern. Als hätte ein Kind lustlos Spielsteine ausgeschüttet und eine Millionenstadt daraus geformt. Über dem Ganzen, ähnlich einer Haube, lag eine ewige Dunstglocke, die das Erkennen von Sternbildern schwierig machte.

Das Hochhaus, das sie suchten, schien nur ein grauer Klotz unter vielen zu sein. Beim Näherkommen bemerkte Harald Efeu, der sich zwölf Stockwerke weit hochgehangelt hatte, bis direkt unters Dach. Das Gewächs hatte seine besten Zeiten lange hinter sich, immer wieder segelten vertrocknete Blätter die Fassade herunter und gaben dem Ort fast etwas Zauberhaftes, fand er.

Der Mann, der heute mit ihm schon den ganzen Tag Streife geschoben hatte, war ein uralter Hase, Heinz Brenninger, und Harald hatte keine zehn Minuten mit ihm im Dienstfahrzeug sitzen müssen, um zu merken, was für ein Unsympath das war.

Die beiden erreichten den Haupteingang. Harald zeigte dem Spion in der Tür seine Marke und sie öffnete sich mit einem kurzen Summen. Drin war es kühler und roch nach Heu und Löwenzahn. Ein Seufzen ging durchs Treppenhaus: Eine alte Sauerstoffanlage tat ihren Dienst, sodass die Luft hier eine Spur weniger abgeatmet erschien als draußen. Die zugefügte Geruchsmischung roch billig und vermischte sich mit dem Moder der schwarzen Ecken, die vom Kunstlicht viel zu deutlich ausgeleuchtet wurden. Die Flecken an Fliesen und Wänden brachten Harald dazu, schnell weitergehen zu wollen, zumal er sich einbildete, dass er den Schimmel schon auf der Zunge schmeckte. Ein Ort, der krank machte, und man sollte hier nicht länger herumstehen. Einem Aufzug hier draußen traute Harald nicht, rechts führte das Treppenhaus nach oben.

Auf dem Weg nach oben betrachtete Harald die Stufen. Dort lag Schmutz, jahrealte Flocken und Flecken, dazwischen krabbelten ein paar Insekten, die sich vermutlich von dem ganzen Belag ernährten. Brenninger stöhnte beim Treppensteigen. Kein Wunder. Er war untersetzt, um nicht zu sagen, fett – wohl von zu vielen Steaks und Feierabendbieren, nahm Harald an.

Nur noch ein Stockwerk. Er war der Neue, er musste die

Nachricht überbringen. Sein Kragen war nass, sein Rücken unter der Uniform fühlte sich an wie in der Sauna. Wie grauenhaft, das Ganze. Eine meterhohe schwarze 10 an der Wand zeigte ihnen das richtige Stockwerk an. Vor Appartement 1012 blieb er stehen. Diese ganzen billigen Wohnungen, diese Menschensilos, waren jeweils bloß an die zwanzig Quadratmeter groß, wusste er. Harald ließ Brenninger aufholen, und als der bereits kurzatmig neben ihm stand, verharrte Harald immer noch bewegungslos vor der Tür.

„Jetzt mach schon", drängte Brenninger, zog ein schmutziges Taschentuch heraus und wischte sich damit den Schweiß von der Stirn.

Harald betätigte den Summer. Drin hörte er schnelle Schritte und die Tür flog auf. Mit einer Wolke aus Reisgeruch und Angebranntem steckte ein etwa fünfzehnjähriger Junge seinen Kopf heraus. Er trug ein blaues Juteshirt mit goldenen Knöpfen darauf, knielange schwarze Hosen und war barfuß in schwarzen Slippern. Unter braunen, zerzausten Haaren zeigten sich freundliche Gesichtszüge. Einem erst erleichterten Ausdruck folgten sofort Erstaunen, und, als er Harald näher ins Gesicht sah, Entsetzen. Haralds Blick fiel auf vier Ohren, je zwei versetzt hintereinander. Die Augen des Jungen waren eigenartig – eines war gelb, das andere braun. Ein Mutant.

„Mann, bist du hässlich", entfuhr es Brenninger.

Dem Jungen schossen Tränen in die Augen, aber wohl nicht wegen der herzlosen Bemerkung, für die sich Harald fremdschämte. Der Junge hielt den Blick weiterhin auf Harald gerichtet, der mit aufgerissenen Augen zurückstarrte.

Endlich fand Harald seine Sprache wieder. „Bist du Talon Klein?", krächzte er. „Ich muss dir leider sagen, dass deine Mutter ..." Er sah unglücklich zu Boden und räusperte sich.

Weiter kam er sowieso nicht. Ein Ruck ging durch den Jungen, er rannte direkt auf sie zu und zwischen ihnen hindurch.

Erstaunt blickte Harald ihm nach, aber schon war er weg, ins nachtschwarze Treppenhaus verschwunden. Er hörte, dass der Junge immer wieder mehrere Stufen auf einmal abwärtssprang und dadurch umso schneller vorwärtskam. Harald hatte die Hiobsbotschaft noch gar nicht richtig ausformuliert.

„Mach schon, lauf dem Mutantenscheißer nach“, ätzte Brenninger, der vom Treppensteigen immer noch völlig außer Puste war.

Harald entschied sich lieber für den Fahrstuhl. Der kam quälend lange nicht herauf. Derweil rannte der Junge in der Dunkelheit davon, einem Maulwurf gleich, der seine Gänge genau kannte.

Mit einem trägen Surren öffnete sich die Fahrstuhltür und Harald stieg ein, ruckelte darin nach unten, eingehüllt in den Schweißgeruch der letzten Benutzer.

Als er ausstieg, hörte er, wie der Mutantenjunge gerade auf den Treppenabsatz ganz in seiner Nähe sprang. Er lief direkt an ihm vorüber.

„Halt, bleib stehen!“, rief er.

Der andere hörte nicht auf ihn. Harald folgte ihm und dem stetigen Flapp-Flapp seiner Slipper. Er tat sich schwer, ihn einzuholen. So rannten beide um die Wette, den rissigen Asphalt mehrerer Straßen hinunter, an einer Sauerstoffanlage nach der anderen vorbei, bis er endlich an einer verwitterten Bank unter einer freischwebenden Laterne anhielt. Der Junge ließ sich auf die Bank plumpsen, beugte sich nach vorn, nahm das Gesicht in beide Hände und weinte.

Harald blieb stehen, beobachtete ihn und trat langsam zu ihm, immer noch schweigend, denn was hätte er sagen können, um die ganze Situation auch nur irgendwie besser zu machen?

Als sich der Junge fürs Erste etwas beruhigt hatte, nahm er die Hände herunter und sah ihn eindringlich an. „Wie ist es passiert?“, krächzte er.

„Das müssen die Forensiker erst noch klären. Sie haben sie am Hafen im Fluss gefunden.“

Talon presste die Lippen aufeinander und nickte. Lange blickte er starr auf den Rasen der gegenüberliegenden Straßenseite.

„Das ist, weil sie Mutantin ist, nicht wahr?“, flüsterte er.

Harald fühlte, dass er irgendetwas Tröstliches sagen musste, unter allen Umständen, aber er wusste einfach nicht, was. Also sagte er nur: „Ich weiß es nicht. Hast du Verwandte, die wir verständigen sollen?“

Wieder betrachtete der Junge lange den Boden. Endlich hob er den Kopf und sah Harald eindringlich in die Augen. „Irgendwann wird es mir genauso gehen. Sie werden es sehen.“

# KAPITEL EINS

## *FÜNFZEHN JAHRE SPÄTER – DEZEMBER 2242*

Talon Klein stand bereits seit einer halben Stunde vor der Losmaschine und rieb sich währenddessen die Hände warm. Die Frau, die vor ihm in der Reihe wartete, war so breit, dass er die Maschine kaum sehen konnte. Ihre unregelmäßigen Fettpölsterchen zeichneten sich aus allernächster Nähe in rosaroter Samtjacke samt Hose äußerst uncharmant ab. Sie paffte Rauch zur Seite und der Wind blies die Wolke direkt in sein Gesicht. Er hustete und beäugte den Rücken der Frau vor ihm missmutig. Hin und wieder sah er auch auf den Boden, auf die vierzehn zerfetzten Lose, die dort lagen und auf denen das „leider verloren“ schon nicht mehr zu lesen war – die Wörter waren schon allesamt in der braunen Matschsuppe versunken. Alles seine. Er fühlte sich ausgelaugt und desillusioniert, nahm die Nachricht auf den Losen persönlich.

Einer neuerlichen Wolke wich er aus, zu dumm nur, dass er dabei mit einem seiner ausgetretenen Sportschuhe in die nächstgelegene Pfütze trat. Er seufzte. Heute war einfach nicht sein Tag, und als es in seinem rechten Schuh nass durchkam, steckte er die Hände in seine alte schwarze Jacke mit den schweren Silberschnallen vorn, um sie zu wärmen und um seine letzte Münze zu suchen. Sie war weg. Nervös kramte er weiter und merkte, dass sie in die aufgelöste Naht vorn verschwunden war. Talon bekam sie zu fassen und holte sie heraus. Seine abgewetzten braunen Hosen hatten am unteren Ende schon Matsch aufgesaugt. Er brauchte unbedingt einen Gewinn und stellte sich von Neuem an. Die letzte Münze für drei letzte Lose. Traurig glotzte er auf die rosaroten Shuttle-Latschen der stark übergewichtigen Frau vor ihm. Diese Schuhe schickten elektrische Impulse in die Zehen, damit diese während überlanger Flugzeiten nicht einschliefen. Warum trug sie sie im Alltag? Talon sinnierte eine Weile darüber. Urplötzlich kam Leben in sie. Die Maschine gab ein Los preis, sie packte es und riss es grob an den Seiten in Stücke, dann drehte sie sich um, machte ein erfreutes Gesicht und ging langsam paffend davon.

Talon rieb sich die Augen. Das linke fühlte sich allerdings so an, als ob er heute bereits eine geschlagene Stunde daran gerieben hätte, so sehr juckte es. Die aufgesprühte braune Kontaktlinse war neu und reizte ihn sehr. Die Lose waren Gutscheine für Utensilien, die man sich in diversen Geschäften abholen konnte. Nutzte Talon sie nicht selbst, verkaufte er die Sachen online oder tauschte sie ein. Er brauchte langsam unbedingt etwas für seine Freundin Lisa zu Weihnachten. Nur ein absoluter Loser konnte seiner Freundin nichts schenken. Das trieb ihn an. Die Lose kaufte er mit seinem letzten Geld.

Talon hob die kältestarren Finger und warf seine letzte Münze ein. Die Maschine schluckte sie mit gierigem Klicken, unten kamen dafür drei knallbunte Lose heraus. Er packte sie und ging schnell weg, zwei Straßen weiter sperrte er die Eingangstür zur Wohnung seiner Freundin Lisa auf, die im siebten Stock ganz oben lag. Er blies kurz auf das Paneel. Es entschlüsselte seinen Gencode und schnappte auf. Talon ging hinein, und als er in der Wohnung war, nahm er den typischen Geruch von zu süßer Vanille auf, den Lisa ärgerlicherweise liebte. Dann zog er die nassen Schuhe aus und schleuderte sie so ungefähr in Richtung

Schuhregal. Die Jacke warf er über eine Stuhllehne. Sofort ging er ins Bad, wusch sich die Hände und nahm sich mit dem rechten Zeigefinger die Kontaktlinse heraus. Nun betrachtete er das gerötete Auge im Spiegel. Es war furchtbar anzusehen, aber so war das. So sahen Mutanten eben aus. Er hörte mit vier Ohren außergewöhnlich gut, ob er aber immer das hörte, was er hören wollte, war eine völlig andere Sache. Talon kehrte ins Wohnzimmer zurück und warf einen Blick aus dem alten Fenster auf die schon neblige Straße hinaus. Nachdenklich beobachtete er die Menschen, die weit unten am Gebäude vorbeigingen.

Er setzte sich auf das Fensterbrett und zog die drei Lose heraus. Jetzt würde sich zeigen, was er Lisa dieses Weihnachten zu bieten hatte. Beim Öffnen der Enden achtete er darauf, nichts auf den Boden fallen zu lassen. Ein Los nach dem anderen enttäuschte ihn. Frustriert gab er sie schließlich alle in seine Tasche.

---

„Hast du getan, worum ich dich gebeten habe?"

Talon öffnete die Augen. Sein schlafschweres Gehirn fand sich nicht sofort zurecht. Er musste eingeschlafen sein. Hatte da eben jemand gesprochen?

„Licht ein", hörte er.

Hell flutete es durch die Wohnung und da stand sie, mittelgroß, mit schulterlangem blondem Haar, ein herzförmiges Gesicht, das von einer Stupsnase geadelt wurde – seine Freundin Lisa. Ihre großen, ausdrucksvoll blauen Augen blickten ihn fragend an. „Hast du die Sprachsteuerung im Bad repariert?"

Er schüttelte den Kopf und versuchte, klar zu werden. Draußen war es mittlerweile stockdunkel. Irgendwo ging in der Ferne eine Sirene. Lisa warf ihre Tasche mit einem wütenden Peng auf die Garderobe.

„Wie ich nur darauf komme, dich um einen Handgriff zu bitten. Es ist mir völlig unverständlich, wie Männer Weltkonzerne leiten können, und dann schaffen sie nicht einmal das. Ich komme von einem Tag nach Hause, an dem ich eigentlich nur Affen beim Aufrecht-gehen-Üben zugesehen habe, und finde meinen Freund, der in Arbeitshosen auf der Couch schläft und wieder mal kein Staubkorn umgedreht hat. Hast du mir irgendetwas zu sagen, das meine Laune heben könnte?“

„Hallo, mein Schatz. Ich liebe dich.“ Talon grinste und hoffte, dass es versöhnlich auf sie wirkte, rappelte sich hoch und ging auf sie zu, um ihr einen Kuss zu geben.

Sie verschränkte jedoch abwehrend die Arme und drehte den Kopf weg. Dabei fiel ihr Blick auf die Teller im Spülbecken. „Hast du dir etwas zu essen kommen lassen? Zweimal? Ist dir nicht klar, wie viel der Bringdienst kostet?“

„Kunststück. Ich darf ja nicht raus. Ausgangssperre – schon vergessen?“

„Wie könnte ich das je, mein Schatz, wo du es mir doch täglich erzählst.“

Talon fand, dass sie „Schatz“ immer so sagte, als ob sie etwas ganz anderes meinte. Sicher fing sie gleich wieder mit dem Thema Lose an.

„Dann warst du wenigstens nicht draußen und hast dir irgendwelche dämlichen Lose gekauft.“

Wie gut er sein Mädel kannte. Sie patschte sich mit der flachen Hand mehrmals gegen die Stirn.

„Der Automat arbeitet mit Gesichtserkennung. Der weiß doch haargenau, wie oft du davorstehst, und je öfter, desto krasser verlierst du.“

Klar wusste er das, und viel besser als sie. Aber das lief diesmal anders, weil er ihn nämlich gerade illegal umprogrammierte. Besser, wenn er das nicht sagte.

„Weißt du, was ich glaube? Bei dir geht alles, was ich sage, durch zwei Ohren rein und durch vier Ohren wieder raus.“

Als sie es zum ersten Mal gesagt hatte, war es wenigstens noch originell gewesen. Seitdem hatte er es schon sehr oft gehört. Ihre Stirnfalte kam zum Vorschein. Ob er sich Sorgen machen musste?

„Wo hast du das Geld für die letzten Lose überhaupt hergehabt? Hast du wieder für deinen schwachsinnigen Cousin Malte Kapseln vertickt?“

„Nein. Das mach ich schon lange nicht mehr.“ Er setzte sein lammfrommes Gesicht auf.

„Ich sag's dir ganz ehrlich: Ich will, dass du dir endlich einen Job suchst und nicht mehr nur die Uhr rundherum meine Wohnung zumüllst. Hier drin stinkt's.“

„Nach Vanille. Es ist grauenhaft.“ Als sie darauf nicht antwortete, meinte er: „Lisa, du weißt doch ganz genau, wie sinnlos es ist, wenn ich mich bewerbe. Wer stellt schon einen Mutanten ein? Wenn ich die Augen so unschuldig aufschlage wie du, schreien sie alle.“

„Ich weiß auch schon einen Job für dich.“ Sie setzte ihren konzentrierten Blick auf, fuhr ihre Zeigefinger aus und zeichnete damit parallel auf gleicher Höhe vor sich zwei Haken in die Luft. Damit öffnete sie direkt vor sich ein schimmerndes, virtuelles Infofenster, und als es sich vollständig vor ihr materialisiert hatte, suchte sie in der Rubrik Stellenanzeigen und wischte Jobangebote in der Luft hin und her. Sie machte überlaut „ah“, „oh“, drehte schließlich den Text, den sie gefunden hatte, und zeigte ihn Talon.

Er las mit Entsetzen. „In der WunderBar? Bedienen im Luft- und Raumfahrtzentrum? Rollschuhe? Ich bin in meinem ganzen Leben noch nie Rollschuh gelaufen. Hast du die Arbeitszeiten gesehen? Da treffen wir uns ja praktisch überhaupt nicht mehr.“

Ihre blauen Augen wurden zu eisigen Pfützen. „Du kannst nicht Rollschuh laufen? Wir haben ja immer noch das Wochenende.“

Talon schwieg und versuchte abzuwägen, wie ernst sie das meinte.

„Du hast aufgegeben.“ Sie lehnte sich gegen ihr überdimensioniertes Schuhregal und musterte ihn traurig.

Er ahnte, was gleich kommen würde – und wie er das hasste.

„Weißt du, ich habe mir das alles irgendwie ganz anders vorgestellt.“ Sie senkte den Kopf und wischte an einer imaginären Träne. „Ich überlege schon lange, wie ich es dir sagen soll.“

Jetzt kommt es, dachte er. Er atmete tief ein und machte sich auf das Schlimmste gefasst.

„Mein Konto ist im Minus."

Er atmete wieder aus. Er steckte die Hände in die Hosentaschen und berührte die drei Nieten. „Für wie lange?"

„Zwei Monate. Mehr will ich gar nicht. Mach nicht so ein Gesicht." Sie lächelte und drehte ihm die Wange zum Kuss hin.

# KAPITEL ZWEI

Am nächsten Morgen setzte Talon sich barfuß aufs Fensterbrett, wackelte mit den Zehen und ließ seine Hand durch das Kraftfeld nach draußen gleiten. Auf der Außenseite nagte ein eisiger Wind an seiner Haut, und es fühlte sich an, als ob er seine Hand direkt in eine sibirische Schneekugel gesteckt hätte. Er zog sie sofort wieder zurück. Draußen war es tatsächlich so polarkalt, wie es von drinnen ausgesehen hatte. In gut einer Stunde würde er selbst da hinausmüssen, in dieses Schneegestöber, wegen des unglückseligen Bewerbungsgespräches. Und was sollte er denen bloß erzählen, warum er für den Job geeignet war?

Talon schlürfte schlecht gelaunt an seinem Kaffee, der heiße Dampf stieg ihm in die Nase. Hier auf dem Fensterbrett war sein üblicher Aussichtsplatz. Wenn er nicht beim Spielen oder Lesen war, beobachtete er vom siebten Stock aus oft stundenlang die Leute, wie sie aus der U-Bahn schwappten und in den kränklichen Park rechts von seinem Sichtfeld strömten.

Die Bäume dort reckten sich und streckten sich, ihre dürren, arthritischen Äste trotzten dem Winter. Der frische Schnee legte sich auf die Zweige, aber Vögel hatte Talon darauf noch nie gesehen. Die gab es hier schon lange nicht mehr. Wollte er Gezwitscher hören, ging er am besten zur Bahnhofstoilette, denn dort tönte das aus allen Lautsprechern.

Talon mochte den Park, auch wenn der jedes Frühjahr ums nackte Überleben kämpfte. Dann steckten in den Stämmen wochenlang große Nährstoffspritzen. Die Bäume wirkten zwar insgesamt recht abgemagert und fleischlos, aber immerhin, solange sie es schafften, am seidenen Faden hängen zu bleiben, waren sie für ihn okay. Er war ganz andere Aussichten aus dem Fenster gewöhnt. Talon betrachtete versonnen den Schnee, wie er in dichten Wirbeln auf die Menschen herabfiel, die sich tapfer vorwärtskämpften auf dem Weg zur U-Bahn. Wie Arbeiterameisen hinterließen sie auf dem Schneeteppich Hunderte von kleinen eiligen Fußabdrücken. Weit hinter dem Park trat ein himmelhoher Wolkenkratzer fast auf den nächsten, er konnte mühelos die hellen, dominant leuchtenden Firmenlogos auf deren Dächern erkennen. Hier also war sein Lieblingsplatz und von hier aus dachte er in Frieden darüber nach, wie die Menschen waren und die Welt, und fühlte sich fern von ihnen, doch mit allen verbunden.

Lisa hatte kein Verständnis dafür, dass er lieber eine Kuhle ins Fensterbrett saß, statt nach draußen zu gehen. Sie hatte vielmehr den Eindruck, dass er in Gedanken Gräber aushob. Er sollte seinen dramatischen Grübeleien keine Bühne aufbauen und sich mehr unter die Leute begeben, sagte sie. So würden sie ihn nie willkommen heißen, er ließ sie ja gar nicht erst, indem er sich ihnen systematisch entzog. Nun, der vor Wortwitz sprühende Partylöwe würde er sowieso nie werden, und was ihren gackernden, karrieregeilen Hühnerhaufen, den sie Freundinnen nannte, betraf, mochte das durchaus zutreffen, dachte er. Lisa vergrub sich in deren Mitte, plapperte munter drauflos, dann lachten sie alle schallend und er erntete später bedeutungsvolle Blicke. Da hatte Lisa ihnen hinter seinem Rücken wieder irgendetwas „Lustiges" erzählt. Die wussten bestimmt alle viel zu viel über ihn oder Dinge, die er nicht einmal selbst über sich ahnte. Mit ihm redeten sie kaum, über ihn dafür umso lieber. Nicht einmal sie waren unvoreingenommen, und das waren ihre besten Freundinnen.

„Du hast keine Ambitionen."

Lisa machte sich für die Arbeit fertig. Sie stand vor der Garderobe und sah in den großen ovalen Spiegel mit ihrer beider Bildern am Rand, da lachten sie glücklich dem Betrachter entgegen. Sie machte konzentriert einen umständlichen Knopf in ihren lila Schal, wie er zurzeit bestimmt unglaublich modisch war, und schien heute ernster als sonst. Ihre Augenbrauen samt Mundwinkel zogen sich nach unten, als hingen beidseitig unsichtbare Gewichte daran. Es schien das Präludium für einen Vortrag zu werden. Das Thema war spannend – seine übliche Trägheit.

„Überhaupt keinen Antrieb hast du. Wie kann man nur als erwachsener Mann, praktisch in der Blüte seiner Jahre", sie patschte sich so gerne auf ihre Stirn, „den lieben langen Tag in der Wohnung herumhocken, die Zeit erbarmungslos mit Nichtstun verstreichen lassen und bloß hirnrissige Abenteuerspiele spielen? Wie du das nur aushältst." Sie stöhnte laut. „Zwischendurch sitzt du am Fenster und starrst auf das Leben draußen. Wenn du mal zu verwesen anfängst, merkst du es als Letzter. Was hast du eigentlich für Ziele? Das kann doch nicht ewig so weitergehen."

Doch, das kann es eben schon, dachte er störrisch. Er fragte sich, ob sie ihn deshalb mit ‚Wohlgerüchen' wie ihrer Vanille traktierte, damit sie ihn aus dem Haus trieb. „Lisa, Assistentin der Geschäftsleitung ist nicht schlecht, aber auch nicht der Vorzeigejob des Jahrhunderts", warf er ein. „Du tratschst den halben Tag und nennst es dann Arbeiten. Zwischendurch nimmst du den Heißfärbestift und malst dir die Fingernägel um." Er hielt die Finger der rechten Hand hoch, tat so, als ob er einen solchen Stift in der Hand hätte, und fuhr sich über die Fingernägel. „Du kommst jeden Tag mit einer neuen Farbe daher."

Sie drehte sich nicht um, sondern betrachtete ihn im Spiegel nachdenklich. Den Riemen ihrer Handtasche hielt sie fest und ihre Knöchel bildeten dabei sonderbare weiße Hügel. Sie trat unruhig mit einem ihrer hochhackigen Stiefelchen auf, zwischen ihren Augenbrauen erschien wieder die Falte der Besorgnis.

„Mokiere dich nur. Immer noch um Klassen konstruktiver als die permanente Weltschmerzplatte aufzulegen. Du gibst dem

Ganzen unendlich viel Raum." Sie breitete ihre Arme weit aus, um das zu veranschaulichen. Etwas an ihrer Erscheinung schien sie aber plötzlich zu stören, sie ließ den Riemen der Tasche los und zupfte an ihrem Mantelkragen, bis er in der gewünschten Form war. „Du lebst das Pippi-Langstrumpf-Modell ja praktisch vor. Völlig unangepasst bist du. Eines Tages, wirst schon sehen, da wird dich das einholen, aber dann ist es zu spät, vielleicht früher, als dir lieb ist." Sie seufzte schwer und wischte an einem unsichtbaren Fleck auf ihrer Nase.

Ihre Mutter war Unternehmensberaterin, deswegen kam sie ihm immer wieder mit Wirtschaftsphilosophien daher. Heute ist sie ja besonders eitel, dachte er. Er blieb ungerührt im Fensterrahmen sitzen. Das Gespräch führten sie nicht zum ersten Mal.

„Ja, ich weiß schon, was für ein Krisenmodell ich bin." Er lächelte sie spöttisch an.

Lisa presste kurz die Lippen aufeinander. Sie wirkte nervös, humorlos. Irgendetwas anderes schien sie noch zu beschäftigen. „Ich denke, du solltest es noch einmal mit einem Fernstudium probieren."

„Wie kommst du denn darauf?", fragte er ehrlich erstaunt. Die zwei Studiengänge, die er versucht hatte, hatte er ergebnislos in die Tonne getreten. In die guten Kurse war nicht reinzukommen und überhaupt – diese Workshops, da hätte er ja ständig aus dem Haus gehen und sich sehen lassen müssen. Meist waren die anderen sowieso völlig überfordert mit ihm und seinem Anblick, glotzten ihn erst entgeistert an, wenn er ankam, dann peinlich berührt in irgendeine Ecke. Im Raum gab's nicht genug Ecken, es war direkt lachhaft, wie so viele angestrengt seinen Blick mieden, während andere ihn wiederum offen feindselig betrachteten. Die meisten fand er unqualifiziert, und sie erarbeiteten sich mit größter Mühe Sachverhalte, die ihn schon längst langweilten. Wenn er aber etwas erklären wollte, hörte ihm keiner zu. Darauf hatte er nun einfach keine Lust mehr.

Sie gab es auf, ihn überreden zu wollen, und knöpfte die Taschen an ihrem Mantel mit großer Sorgfalt zu. „Oder du solltest das Geld, das du mit dem neuen Job verdienst, sparen und dich um eine Optimierung bewerben. Im Grunde geht es doch immer nur um deine Augen und Ohren." Sie deutete auf seinen Kopf. „Du wärst so viel besser dran, wenn du nur zwei davon hättest. Ich könnte dir etwas zuschießen. Das Geld, das ich zu Weihnachten von meinen Eltern bekomme." Sie nagte an ihrer Unterlippe und wartete offenbar, wie er auf den Vorschlag reagieren würde.

Kam ihm das nur so vor oder beobachtete sie ihn zurzeit eingehender als sonst, auch so peripher aus den Augenwinkeln? Er glitt von der Fensterbank und machte ein paar Schritte auf sie zu.

„Ich hab's dir leider schon so oft erklärt, Lisa, dass das kaum was bringen würde. Mein Mutantismus ist registriert und genetisch messbar, auch ohne Augen und Ohren. Schade wär's ums schöne Geld."

Er hätte auch mit Ohrenamputation keine Lust dazu gehabt, sich wie ein Habicht ins Leben zu stürzen, denn das wünschte sie sich von ihm. Er war nicht der Typ dafür. Wir sind wie Feuer und Wasser, wir zwei, dachte er. Gegensätze zogen sich an.

Lisa nickte verloren und nahm ihre Handtasche unter den Arm. Sie war geschminkt und hübsch anzusehen, er war ja nicht blind. Das war seine Freundin. Es machte ihn stolz, dass es so war.

„Es würde dich glücklicher machen, glaub mir, wenn du mehr wärst wie die anderen. Geht es dir gut, geht es mir gut."

Er lächelte. Das war ihr Spruch gewesen, die ganzen sechs Jahre hindurch, seit sie zusammen waren.

„Aber wenn du dich aufgibst, wie soll ich mich dabei fühlen?"

Das Lächeln verging ihm. Sie betupfte ihre Ohrläppchen nachdenklich mit Vanille und sah ihm dabei im Spiegel ein letztes Mal in die Augen.

„Ich kann dir das nicht abnehmen, Talon. Du musst den Weg da raus allein finden. Gib dir Mühe mit der Bewerbung, ja?" Sie lächelte unglücklich, gab ihm einen flüchtigen Kuss auf die Wange, wandte sich um und ging hinaus.

Ihre Schritte waren bald im Treppenhaus verklungen, er hörte, wie sich unten die Tür schloss. Ein paar Minuten später machte er von oben unter den vielen Menschen Lisas blonden Schopf aus. Sie warf keinen Blick zurück oder winkte, wie sie es früher immer getan hatte. Vielleicht ist sie spät dran, sagte er sich, denn sie lief heute besonders schnell die Straße hinunter. Sie war unzufrieden mit ihm, schon klar. Die Welt wie einen Mantel zu ihren Füßen ausbreiten konnte er nicht, und sie mit teurem Schmuck überhäufen auch nicht. Sie führte seine Arbeitslosigkeit auf fehlende Ambitionen zurück. Nun, das mochte mittlerweile wohl stimmen, aber die Arbeiten, die ihm als Mutant angeboten wurden, sollte sie einmal machen müssen. Das wäre ein Spaß, wenn sie bei der Jobvermittlung ihre hübschen blauen Augen aufreißen und protestieren würde: „Waaaaaas soll ich tun?" Ob sie dann immer noch erwarten würde, dass es für sie rote Rosen regnete?

Talon spähte nach unten. Sie wirkte lebhaft, gut gelaunt, nicht so wie eben, winkte wie immer irgendwelchen Leuten zu und war ganz wild auf Kontaktaufnahme, völlig im Gegensatz zu ihm. Ein dunkelhaariger Fremder schien bereits auf sie zu warten, er bekam sogar ein langes Küsschen auf die Wange. Der mimte den Kavalier, hielt ihr die Hand hin, um ihr auf die Rolltreppe zu helfen. Der Eingang zur U-Bahn fraß sie beide auf. Stirnrunzelnd ließ Talon das auf sich wirken. Aber sie waren schon weg und es gab für ihn nichts weiter zu beobachten.

Er warf einen Blick auf die Uhr, es war bald halb acht, Zeit, sich für dieses unsägliche Bewerbungsgespräch fertig zu machen. Im Luft- und Raumfahrtzentrum war er einmal mit seinem Opa gewesen, er erinnerte sich vage. Der hatte sich in dieser Gegend niedergelassen, nachdem er vom Mars zurückgekehrt war.

Talon ging zur Küchenzeile und ließ die Tasse mit einem protestierenden Klonk ins Waschbecken fallen. Dann tappte er zum Bad. Er konnte es tagelang ohne Dusche aushalten, aber für das Bewerbungsgespräch war es wohl besser, nicht im Dschungel-Look seines 3D-Charakters daherzukommen. Lisa überprüfte sogar seinen Wasserindex und behauptete, dass er das meiste Wasser für seinen Kaffee verbrauchte. Er ging zum Badspiegel, tippte darauf und wählte aus dem Menüfenster die Schnelldusche aus. Anschließend zog er sich das Shirt über den Kopf – in dem schlief er meistens – und streifte die Pyjamahose nach unten. Er stellte sich unter den Sensor und die Düse ließ sofort das warme Reinigungswasser über ihn regnen. Jede Duscheinheit roch anders, das hatte er Lisa geschenkt, am Anfang, da hatte er sie noch beeindrucken wollen. Heute roch sie nach Erdbeeren. Mit dem Wasser kamen rote Seifenblasen aus den Düsen und schwebten viel munterer, als er sich fühlte, in der begehbaren Dusche umher. Diese olfaktorischen Duschen nervten ihn bereits, aber Lisa schienen sie immer noch zu gefallen. Talon fing ein paar der Seifenblasen auf. Wenn sie zerplatzten, kitzelten sie auf seiner Haut. Er wusch sich lustlos die Haare, rubbelte die Stelle zwischen seinen Ohren und dachte an den Weg, den er vor sich hatte. Das Luft- und Raumfahrtzentrum lag im Norden, etwa achtzig Kilometer außerhalb der Stadt, eine Bahnfahrt von nicht mehr als drei Minuten, wenn er in den Vakuumzug der Hauptroute einstieg. Alles in allem würde es mit Fußweg etwa zehn Minuten dauern, von Tür zu Tür.

Er ließ das Wasser über seinen Körper laufen und über seine Seele und fragte sich, warum er sich vorgestern Abend eigentlich so über den Job aufgeregt hatte. Die Aussichten, dass er ihn tatsächlich bekam, waren gleich null, also etwa genauso gut wie die, dass er zum Bürgermeister der Stadt gewählt wurde. Die letzten vier Bewerbungsgespräche waren allesamt Rohrkrepierer gewesen, und was für Jobs das gewesen waren.

Das Wasser versiegte, die Seifenblasen verebbten und die Düsen schalteten sich um, bliesen heißen Föhnwind auf ihn und machten ihn umgehend wieder trocken, sodass sich die kleinen Härchen auf seiner Haut aufstellten. Er verließ die Dusche, zog seine Unterwäsche an und ging barfuß zurück zum Spiegel. Dort grub er die Zehen in den flauschigen Fransenteppich und schielte feindselig auf sein gelbes Auge. Lisa nannte es beschönigend senffarben, aber für ihn war das nicht zu beschönigen. Er hasste das aggressive Gelb mit den braunen Sprenkeln. Talon betrachtete das saubere Waschbecken, Lisas Paartiere an Lippenstiften und die Horden an farbigen Döschen am Rand. Er kämmte sich mit den Fingern durch die Haare und schielte angewidert auf seine Tube mit der blauen Reinigungsflüssigkeit, in der seine ausgehärtete Kontaktlinse unappetitlich schwamm. Es war fast das Einzige, das er im Bad deponiert hatte. Die Flüssigkeit roch nach Pfefferminze, ein Geruch, den er nicht mehr mochte, seitdem Lisa ihn ein Dreivierteljahr lang in der Wohnung damit traktiert hatte. Wenn er die Linse wegließ, bekam er den Job wirklich nie. Er hatte nicht das Bedürfnis, sich jeden Tag in die Kälte hinauszuquälen, um dann einen Job machen zu müssen, bei dem er sich rundherum schlecht fühlte und bei dem er ständig Leute traf, die von ihm angewidert waren. Er spielte mit dem Gedanken, die Linse wegzulassen. Aber so unzufrieden, wie Lisa zurzeit mit ihm war, überwand er sich, griff ins blaue Wasser und fasste nach dem glitschigen Ärgernis. Er zog das Lid auseinander und quälte die Linse mit bloßen Fingern über das furchteinflößende Auge.

Es brannte ordentlich. Beleidigt kniff das Lid zu und er drückte die Reste der blauen Flüssigkeit heraus. Blau tränte es ihm die Wange hinunter. Er konnte es nicht lassen, es juckte ungemein und er rieb kräftig daran. Wenn er die Linse vorher mit Wasser wusch, so wusste er aus Erfahrung, war sie sogar noch kratziger. Talon prüfte das Ergebnis, nachdem sich sein Auge wieder etwas beruhigt hatte. Seine Iris war nun braun, im Weiß schimmerte es blaukristallen nach und rundherum war die Haut rot geschwollen. Er seufzte und wischte sich das Gesicht mit Lisas weißem Handtuch ab, das die blaue Farbe sofort aufsaugte und neutralisierte.

Nachdenklich betrachtete er sich im Spiegel, die schnurgerade Nase, die gleichmäßigen Züge, er war doch eigentlich gutaussehend, oder nicht?

Talon wählte ein artiges blaues Hemd aus, ein Zugeständnis an die Situation, und zog dann seine übliche braune Arbeiterhose mit den verstärkten Knien an. Das Ganze rundete er mit zwei unterschiedlichen Socken ab, das würde sowieso niemand bemerken. Vor der Garderobe schlüpfte er in seine schwarze Jacke mit den silbernen Schnallen vorn und zog sich seine schweren dunkelgrünen Söldnerstiefel an, ein Geschenk von Lisa. Seine heißgeliebten Sportschuhe waren immer noch nicht trocken. Er setzte sich eine unauffällige graue Mütze auf, so waren seine zwei Ohren samt Sicherungskopien wenigstens gut versteckt. Auch das überprüfte er noch einmal eingehend im Spiegel. Alles in allem fand er, dass er leidlich normal wirkte.

Er verließ die Wohnung und ging die Treppe mit den im Boden eingelassenen Muscheln nach unten. Lisa und er. Auch sie wurde bald dreißig, und das war die magische Zahl, bei der die Frauen anfingen, verrückt zu werden, sich für cholerische Babyköpfe in Kinderwägen zu begeistern, um dann in ein verträumtes Lächeln zu verfallen und mit ihren Gedanken selig davonzuschweben, nahm er an. Ob Lisa Kinder mit vier Ohren aufziehen wollte, wusste er nicht, hatte bislang nicht den Mumm gehabt, mit ihr darüber zu reden. Er scheute das Thema, und sie fing auch nicht damit an. Es war gut so, wie es war, und man sollte sowieso besser im Heute, Hier und Jetzt leben. Talon dachte an seine Mutter, wie sie ihm immer gepredigt hatte, dass er nicht jammern solle und dass das Mindeste, das er für seine Mitmenschen tun könne, sei, sein Leben klaglos auf die Reihe zu kriegen. Nun, er gab sich Mühe. Lisa hätte ihr vielleicht gefallen.

# KAPITEL DREI

Talon machte unten die schwere Sicherheitstür auf und zog sie anschließend fest hinter sich zu. Die Kaltluft-Ohrfeige traf ihn sofort. Nass wehte der Schnee direkt in sein Gesicht. Er zog den Kragen seiner Jacke hoch und lief quer über die Straße in Richtung Bahnhof. Er war froh, als er endlich das Vordach der Rolltreppe erreicht hatte. Dort wischte er sich die Flocken von der Jacke, nahm seine Mütze ab und klopfte den Schnee darauf herunter. Er fing den Blick eines Mädchens auf, das gerade nach oben fuhr. Sie glotzte. Sie hatte eine Glatze. Erst als sie den Kopf angewidert zur Seite drehte, merkte er, dass sie hinten das Bild einer Friedenstaube aus kurzrasierten Haaren trug. Er setzte sich umgehend die Mütze wieder auf. Der Wind blies den Geruch von frisch gebratenen Würstchen um die Ecke. Ganz in der Nähe stand eine Imbissbude. Dort holte er sich manchmal etwas zu essen, wenn er fast kein Geld mehr hatte. Es roch zwar gut, schmeckte aber gelegentlich nach frisch gegrilltem Plastik, seiner Meinung nach.

Er stellte sich auf die Rolltreppe und sie nahm ihn langsam mit nach unten. Es wurde dunkler und stickiger, die Luft roch nun weniger nach Würstchen und immer mehr nach Kaugummi und Schweißfüßen. Die Treppe fuhr mit ihm über hundert Meter weit bis ganz in den Schlund; die Vakuumbahn lag unterhalb der U-

Bahn-Linie. Die Sauerstoffanlage war wohl an diesem Morgen wieder ausgefallen, das passierte regelmäßig.

Die Wartehalle im Tunnel war sehr geräumig. Ein blaues Backsteingewölbe spannte sich über etwa vierzig Wartende. Platz gehabt hätten mehr als vierhundert. Der Boden war aus glänzend schwarzem Graphit. Eine Doppelreihe an Lampen spendete warmes Licht. An die Wände hatten Kunststudenten Bilder gemalt, ein farbenprächtiger Sonnenuntergang, davor nur die schwarze Silhouette der Stadt. Wie immer ertönte Harfenmusik aus dem Lautsprecher, wohl damit keiner hier unten ausflippte.

Er warf zwanzig Credits in den silbernen Automaten, der in der Mitte des Bahnsteigs schwebte, und hielt die Handfläche in die Nähe der Ausgabe, damit das Ticket auf die Haut gestanzt wurde. Credits in Münzform benutzte man nur noch selten, höchstens bei einem medizinischen oder technischen Notfall. Jeglicher ernstzunehmender Zahlungsverkehr wurde über die „Erweiterung", einen Mikrachip dicht unter der Haut am Handgelenk, abgewickelt. Nur konnte er sich diesen Chip nicht leisten.

Talon musste nicht lange auf den Zug warten. Er brummte heran wie eine gigantische Hummel. Schnell öffneten sich die Türen und Talon beeilte sich, sofort einzusteigen. Es war ihm unangenehm, durch Türen zu gehen, denn es war schon vorgekommen, dass sie ein hässliches Alarmgeräusch von sich gegeben hatten, ein Aufreger wegen seines fragwürdigen Genmaterials. Aber diese Tür nicht, alles war gut.

Er wurde begrüßt von Geräuschfetzen in unterschiedlichen Sprachen, Studenten pendelten bis in die USA, mit dem Zug war's weniger als eine halbe Stunde. Heute war viel los, fast jeder Platz war besetzt. Es roch nach gebrannten Pinienkernen, dem Verkaufsschlager der nahegelegenen Stadt und vorherigen Station. Talon suchte sich einen Platz unter jungen Leuten aus. Er setzte sich und der Sitz änderte seine Farbe zu Grün. Das Abfahrtsignal ertönte durch die sechsreihigen Abteile – je drei Sitze befanden sich links und rechts. Talon nahm seine Mütze nicht ab und wich den Blicken der Menschen aus. Auf dem Boden lag der Schmutz mehrerer Kontinente, Essensreste, Kieselsteine, Wasserflecken. Neben seinem Sitz fand er ein zertretenes weißes Blümchen.

Der Zug fuhr an. Die Beschleunigung drückte ihn in den Sitz. Die Gespräche verstummten kurz. Durchs Fenster sah er auf die flimmernde graue Röhre, durch die der Zug ins künstliche Vakuum glitt. Dieses wurde von einem Schwerkraftfeld gehalten. Es lohnte sich eigentlich kaum, sich hinzusetzen, denn die Fahrt dauerte höchstens drei Minuten bis zum nächsten Halt, aber Stehen war auch nicht ratsam bei dieser Geschwindigkeit. Er erinnerte sich, dass er dadrin in den Schächten vor vielen Jahren einmal selbst gearbeitet hatte. Tiere, die sich dorthin verirrten, wurden nicht einfach getötet, sie wurden pulverisiert. Nach einiger Zeit roch das natürlich fürchterlich, und er hatte das Zeug noch als ganz junger Kerl mit ein paar anderen Minderprivilegierten mit langstieligen Bürsten von den Wänden gewaschen. Nicht lange, nur die eine Stunde, bis er sich übergeben hatte. Völlig umsonst, das Ganze. Geld hatte er dafür keines gesehen.

Er wagte den Blick in die Reihen. In der Nähe fielen ihm zwei junge Leute in den blauen Uniformen des Raumfahrtzentrums auf. Auf den Jacken befand sich ein Logo. Es war der stilisierte Stier mit dem Sternenkranz. Sie unterhielten sich leise miteinander und Talon beobachtete sie eine Weile. Sie wirkten interessant, strahlten eine selbstbewusste Unbekümmertheit aus, die er mit Erfolg assoziierte. Sie kamen ihm den anderen überlegen vor, aber das bildete er sich vielleicht auch nur ein. Solch ein entspanntes Gesicht wie die beiden machte er selbst wahrscheinlich nur, wenn er schlief.

Der Zug bremste ab, Talon klammerte seine Finger fest um die stählerne Armlehne, damit er nicht nach vorn rutschte. Er hatte vergessen, das Feld für das Passagierkraftfeld anzutippen, das das Abbremsen angenehmer machte. Schnell kam das Monstrum zum Stehen. Es herrschte eine konzentrierte Atmosphäre, denn wenn man seine Station verpasste, konnte man schon mal in einem fremden Erdteil landen.

Talon stand nervös auf und eilte zum Ausgang, bevor die Tür am Ende wieder zuglitt, bevor er draußen war. Das Geld für die zwei Fahrten war genau abgezählt. Falsch auszusteigen konnte er sich schlicht und einfach nicht leisten.

Auf dem Bahnsteig sah er sich um. Es war hier heller und ruhiger als in der letzten Station. Es gab keine Musik, merkte er. Hier war alles weiß gekachelt und schien sehr sauber zu sein. Es roch leicht nach Salz, ein teures Reinigungsmittel. Ein Reinigungsbot zerschoss gerade Müll in einer der Ecken. Talon beobachtete kurz die Flamme. Die Asche und der Geruch wurden sofort aufgesaugt. Es dauerte nicht lange, und hinter ihm brummte es. Schon fuhr der Zug weiter und davon.

---

Die Menschen schlängelten sich zur Rolltreppe, die zum Zentrum führte. Talon zog den Kopf ein und passierte zwei Polizisten. Er hatte sich für heute eine Ausnahmegenehmigung besorgt, dafür, dass er tagsüber auf die Straße gehen durfte zwecks Bewerbungsgespräch. Trotzdem hatte er keine Lust, von ihnen aufgehalten und durchsucht zu werden. Er folgte der Menge nach oben und staunte, als er den Haupteingang des Raumfahrtzentrums erreichte. Das hier war der Nabel der Welt, was Missionen in weit entfernte Schicksalsorte betraf. Wie klassisch alles gehalten ist, dachte er und betrat das Gebäude. Innen hallte es so erhaben, wie er es sich in einer Kathedrale vorstellte. Alles glänzte in schwarzem Mondgestein, es gab schlanke Säulen ringsherum, das erinnerte ihn fast ein wenig an einen antiken Tempel. Mitten auf dem Boden war eine riesige goldene Uhr eingelassen mit griechischen Ziffern. Sein Herz schlug schneller. Er war aufgeregt, und es fühlte sich für ihn so an, als ob er freie Partikel von Abenteuerlust, die dort herumschwirrten, ins Blut aufnehmen würde. Das Hologramm an den mannshohen Fenstern war auf Sommersonne eingestellt, und so fielen helle Streifen aus Licht auf den Boden, obwohl es draußen trüb war. Hier irgendwo war das Trainingscenter für Raumreisende. Talon stellte sich in einen Lichtstrahl und schloss kurz die Augen, genoss das Gefühl der Sonne auf seiner Haut, und obwohl es eine Illusion war, fühlte es sich wärmer an, irgendwo tief in ihm drin.

Er öffnete die Augen wieder und versuchte sich zu orientieren. Hier ging es sternförmig in verschiedene Gebäudekomplexe ab. Einen Empfang gab es nicht. Talon beobachtete uniformierte Menschen, die zielstrebig an ihm vorbeiliefen und hinter Säulen und Türen verschwanden. Er beneidete diese Menschen, die ihrem Leben Sinn geben konnten, indem sie fremde Welten erforschten, kartographierten und am Ende auch noch besiedelten. Außerirdisches intelligentes Leben: Die Suche danach hatte nie aufgehört. Vor wenigen Jahren war der eindeutige Nachweis gelungen, aber was gäbe er darum, ein solches Wesen mit eigenen Augen zu sehen. Er wagte nicht daran zu denken, welche Qualifikationen man aufweisen musste, um hier zu bestehen und Arbeit zu finden oder gar bei einer echten Weltraummission dabei sein zu dürfen. Da liefen die Bewerbungsgespräche etwas anders als bei ihm, vermutete er. Er staunte, wie gepflegt sie alle waren. Die wussten, was sie wollten, sie hatten so eine Art von Zielstrebigkeit, die ihm fremd war. Es kam ihm so vor, als hätten sie allesamt etwas wirklich Bedeutsames zu tun.

Talon stellte sich auf die goldenen Zeiger der Uhr. Er hatte noch etwas Zeit. Hier war die Ganzjahresausstellung des Zentrums, mit den außerirdischen Exponaten. Er schlenderte neugierig hinüber, die Hände tief in den Jackentaschen vergraben. Im Eingang blieb er kurz stehen, dann betrat er zaghaft die Ausstellung, die niemand bewachte. Er sah sich um. So eine kultivierte Atmosphäre auch hier, er konnte nur staunen. Sogar der Schall seiner Schritte traute sich nicht, aufdringlich zu seinem Gehör vorzudringen, und war gedämpft, als ob er über Samt laufen würde. Er sollte schnell machen, mahnte er sich, er hatte nur noch zehn Minuten Zeit. Drei Eingänge standen zur Wahl: Links ging es zu den Exponaten, in der Mitte waren außerirdische Standardwohneinheiten für die Siedler aufgebaut, rechts befanden sich die Projektionen.

Talon wandte sich nach rechts und betrat einen schwarz ausgekleideten, abgedunkelten Raum. Im Halbkreis leuchteten auf dem

Boden – immer einen halben Meter voneinander entfernt – je zwei Fußsohlen. Darüber schwebten jeweils hell die Namen fast aller Planeten des Sonnensystems, inklusive mehrerer bewohnbarer Monde. Es war niemand in diesem Ausstellungsraum, er war ganz allein. Talon wählte den nächstbesten Planeten aus, es war Saturn, und stellte sich auf die überdimensionierten Fußsohlen. Die Projektion lief an. Es wurde hell um ihn herum und er schien direkt am Fenster einer Raumstation zu stehen. Die Gänge glänzten weiß, auf dem Boden erkannte er Farblinien, wohl Wegmarkierungen, damit man sich auf der Originalstation nicht verlief. Beim Blick nach draußen erkannte er, dass die Station an Eis- und Gesteinsschollen vorbeidriftete und eine Bahn um den Saturn verfolgte. Das waren wohl über hunderttausend einzelne Ringe um den gestreiften Planeten in der Mitte. Manche der Schollen waren nur häusergroß, andere erschienen ihm so riesig wie Kontinente, die sich langsam, wie selbstgefällig, um die eigene Achse drehten. Das Universum war hier vollständig im Eis erstarrt, die Erde nur als Lichtpünktchen links oben erkennbar. Es war eine unbegreifliche Schwärze dahinter, Milliarden Sterne zeigten sich ihm.

Talon kam sich winzig klein vor, und obwohl sein Verstand wusste, dass man auf einer Raumstation sicher war – sie hatte schließlich einen zuverlässigen Schwerkraftgürtel um sich herum – und er sowieso nur auf den Füßen irgendeiner Ausstellung stand, machte ihn das Herandriften von tödlichen Eismassen trotzdem nervös. Der Mensch war nicht dafür gemacht, an einem unfruchtbaren, lebensfeindlichen Ort wie diesem zu bleiben, fand er. Es war zwar schaurig schön, aber das Unbewusste dankte es einem nicht, sondern interpretierte Gefahr. Ein unförmiger Eisberg änderte ruckartig die Richtung und schnellte direkt auf ihn zu. Er merkte, wie es elektrisierend in seine Hand- und Fußspitzen schoss. Besser man spähte auf einer Raumstation nicht zu lange aus dem Fenster, schloss er. Er trat nach vorn und beendete die erschreckend lebensechte Simulation. Es wurde wieder dunkel und er sah auf den Halbkreis der leuchtenden Himmelsobjekte.

Er bemerkte den „Mars". Talon ging darauf zu und stellte sich auf die Markierung. Wieder lief die Projektion an. Der Planet hing orangerot vor ihm im Weltraum. Das Raumschiff, auf dessen Brücke er wohl stand, manövrierte im Orbit langsam nach links, wohl weil es zur Landung ansetzte. Der Mond Phobos – oder war es Deimos? – schob sich in der Form einer grauen Kartoffel links in sein Blickfeld und verschwand sofort wieder. Das Schiff beschleunigte drastisch und der Planet wurde plötzlich immens groß, das Rot füllte schon das gesamte Sichtfenster vorn aus. Doch dann waberte die Illusion und veränderte sich. Plötzlich zeigte sich die Marsstadt im Gestein von einer der erhöhten Reparaturplattformen aus. Talon konnte über sich die milchig-weiße Kuppel und darunter die Vegetationen verschiedener Klimazonen erkennen. Da waren Bäume, Sträucher und braun-grüne Pflanzenfelder, das wirkte alles nicht so ausgehungert wie im Park bei ihm um die Ecke. Die Stadt hatte an die zehntausend Einwohner. Da kannte jeder bald jeden, irgendwie, vermutete er. Wieder veränderte sich die Sicht und er stand inmitten der Menschen. Talon war fasziniert von den Leuten auf dem Hauptplatz. Die Marsianer sprühten sich ihre Kleidung direkt auf die Haut. Der Stoff wurde danach fest. Das war nahtlos und funktional und es gefiel ihm. Wenn man an diesem Ort aufgewachsen war, veränderte sich allmählich der Körperbau und die Menschen erschienen größer, dünner und hatten ein wenig rundere Köpfe als auf der Erde. Eigentlich ironisch, dass sich die Menschheit Außerirdische lange so vorgestellt hatte, sinnierte er. Dabei nahmen die Menschen diese Form nach und nach selbst an, wenn sie erst lange genug im Weltall geblieben waren.

Hin und wieder fielen Talon Menschen mit Mutationen auf. Da – die Nase mit den drei Löchern. Das Problem hatte er auch gehabt, bis er sich mit dreizehn die eine Nasenscheidewand zu viel aus Frust mit einem Küchenmesser herausgeschnitten hatte. Er hatte geblutet wie ein Ferkel und seine Mutter war fuchsteufelswild deswegen gewesen. Heute merkte man davon nichts mehr.

Hier sprach jeder, wie ihm der Schnabel gewachsen war, die

Erweiterung übersetzte ja alles sofort, aber es hatte sich trotzdem eine Art Sondersprache gebildet, Marsspeak, ein breites Gemisch aus Sprachbrocken der ganzen irdischen Welt. Zu Opas Zeiten hatte man zuweilen noch das Online-Wörterbuch bemühen müssen, um alles verstehen zu können. Auch hier eine milchig-weiße Kuppel über dem ganzen Geschehen, die Licht spendete und die Stadt abschirmte von einem tödlich strahlenden Umfeld.

Das Bild waberte wieder und die nächste Illusion erschien. Talon stand draußen, auf offenem Marsgelände. Überall sah er gigantische, scharf gezackte Felsformationen und eine atemberaubend gute Fernsicht gab den Blick frei auf eine riesige Schlucht und rechts davon auf einen gigantischen roten Supervulkan am Horizont. Der Wind wehte und zerrte an ihm. Als er an sich heruntersah, merkte er, dass er einen Raumanzug trug. Aber er spürte keinen Helm. Er kam sich wie in einem Traum vor. Talon fuhr mit der Fußspitze im roten Staub mit den Bröckchen herum, zog einen Strich in die Marslandschaft, schrieb seinen Namen. Überall war rotes Eisenoxid, auf dem Boden, in der Luft, der ganze Planet war voll davon – er rostete durch und durch. Über dem Vulkan entwickelte sich gerade ein überwältigender Staubsturm. Da konnte einem schon mulmig werden, wenn man dem Naturereignis in persona ausgeliefert war. Denn schutzlos musste man sich fühlen, angesichts dieser roten Wolken, die sich unaufhaltsam und unheimlich kilometerweit in die Höhe schoben, bis zur Atmosphäre hinauf und direkt auf einen zu, alles war blutrot. Es war schier angsteinflößend, man spürte die Urinstinkte, die einem zuflüsterten: Lauf!

Sein Opa hatte ihm von diesen gewaltigen Stürmen erzählt. Die roten Staubpartikel legten sich wie Kleber auf das Visier des Helmes und die Strahlung hatte damals noch zu Funktionsstörungen im Heimfindeprogramm geführt, sodass man praktisch blind umherlief. Der Staub hielt sich unfassbar lange in der Luft, der Regen blieb aus für immer.

Talon seufzte und trat einen Schritt zurück. Die Simulation endete abrupt und er stand wieder im schwarzen Raum im leuchtenden Halbrund der Füße. Er merkte, dass ihm von all den Bildern der Schweiß ausgebrochen war.

Talon schlenderte zum Ausgang zurück und dachte daran, wie viele Menschen wohl schon die Erde verlassen hatten. Waren es vierzigtausend? Es wurden stetig mehr, es tröpfelte Leute ins Weltall. Das Sonnensystem war im Aufbau begriffen, und das würde noch sehr lange so weitergehen. Als er ein Junge gewesen war und man ihn gefragt hatte, was er einmal werden wolle, hatte er eine Zeitlang geantwortet „Astronaut". Fremde Welten, die aufs Äußerste reizvoll waren und nur darauf warteten, dass sie nicht *irgendjemand* entdeckte, sondern er. Dass es da draußen keine Luft gab und man im Raumanzug gegen die Unendlichkeit anschwitzen musste, hatte er ja nicht ahnen können. Opas Geschichten vom Mars, die rote Kuppelstadt – schön und aufregend. Dass dort jeden Tag die Sirene ging und Strahlenalarm und Sauerstoffentweichung anzeigte, wusste er damals ebenso wenig. In seiner Fantasie blühte es. Das Abenteuer war nah. Talon hatte auf etwas Großes gehofft, das alles verändern, alles in ein neues Licht tauchen würde, so ähnlich wie die Herbstsonne eine verödete Landschaft verzaubern und die gelb-roten Blätter in den Parks vergolden konnte. So poetisch würde sein Leben sein, wenn er – ja –, wenn er *was* tat? Heute glaubte er, dass er auf nicht weniger als ein Wunder gehofft haben musste. Jetzt wurde er bald dreißig und stellte sich an, weil er älter wurde ...

Das Wunder war nie eingetreten, die Poesie ausgeblieben, mehr als die Erde hatte er nie gesehen. Er konnte natürlich zum Mars fliegen, zur Kuppelstadt. In den Minen arbeiten, die nahmen Mutanten noch unter Vertrag. Dort wurden Füllpartikel für die magnetischen Brennspulen ausgehoben – für die echten Langstreckenflüge. Es war eine immens schwere und riskante Arbeit, die nur im Raumanzug zu bewerkstelligen war. Aber warum sollte er sich die Mühe machen, dort in den Bergwerken zu krepieren? Das schaffte er doch bequemer gleich hier.

Opa hatte den Mutantismus in die Familie gebracht, und getroffen hatte es am stärksten – Talon. Ob er mit sich selbst klarkam? Alles andere als *nein* war gelogen. Und würde er noch weit über dreißig werden müssen, bis er verstand, dass er nichts Besonderes war, dass er war wie alle anderen Mutanten? Diese Welt brauchte ihn nicht. Die Mutantengesetze verschärften sich alle paar Jahre. Die Ausgangssperre war allerdings neu. Ein paar Leute konnten Mutanten vor achtzehn Uhr offenbar nicht mehr ertragen. So schillernd seine Träume auch gewesen waren, nichts war so gekommen wie erhofft.

Talon senkte den Kopf, steckte die Hände in die Jackentaschen und ging langsam weiter zu den Exponaten. In den Vitrinen wurden Steine aus dem gesamten Sonnensystem ausgelegt. Alles wurde durch Kraftfelder abgeschirmt und schien zum Greifen nah. Er ging von einem zum anderen und bestaunte die schwarzen Steine des Mondes Io, das blendende Türkisgold von Sharon oder die kraftvoll geröteten Steine vom Mars. Sein Opa, der war aus anderem Holz geschnitzt gewesen als er. Ein echter Ingenieur und voller Abenteuerlust. Der hatte sich durch nichts aufhalten lassen und sich getraut, auf den Mars zu gehen. Talon fiel plötzlich ein, dass der ihm als Kind einen ebensolchen roten Marsstein geschenkt hatte, wie er ihn gerade vor sich betrachtete. Er musste noch in seinem Besitz sein, irgendwo.

Plötzlich verging ihm die Lust, sich die Steine noch weiter anzusehen und in verpufften Träumen zu schwelgen. Er musste zum Bewerbungsgespräch. Talon kehrte zur Haupthalle zurück und steuerte auf die graue Infotafel zu. Er stellte sich davor und krächzte „WunderBar". In der Luft erschien ein blinkender Zeiger, der vor ihm herschwebte und ihm die Richtung wies.

# KAPITEL VIER

Am Eingang der Bar kam ihm süßlicher Geruch entgegen. Es roch nach Popcorn, Kokosschnaps und reinem Privatvergnügen. Am Vormittag waren nicht viele Gäste hier. Die Einrichtung wirkte auf Talon ungemein edel. Hier fühlte er sich sofort besser. 3D-Projektionsflächen warteten nur darauf, eingeschaltet zu werden. Er bemerkte braunes Holzimitat, schwarz glänzende Einfassungen und täuschend echte Pflanzen. Der Ausschank lag in der Mitte, dahinter die Projektionsfläche – ein Blickfang. Nur sie war eingeschaltet und darauf schienen sich echte Palmen im Wind zu wiegen.

Die Rollbahn verlief sternförmig und führte zu allen Tischen. Als er sich vorstellte, dass er hier im Service arbeiten sollte, verschwand das Wohlgefühl wieder und wich der Unruhe. Stirnrunzelnd erspähte er die Rollwege. Das dahinten musste die Barbesitzerin sein. Er bemerkte eine Frau allein an einem der runden Tische. Sie hatte ein Infofenster vor sich geöffnet.

Er schlenderte langsam auf sie zu, und als er direkt vor ihr stand, räusperte er sich, um ihre Aufmerksamkeit zu erregen. „Frau Dorn?"

Sie sah nicht gleich auf, sondern las erst noch den Absatz zu Ende. Sie trug ein schwarzes Kostüm mit vorn schief abgeschnittenen Ärmeln, weiß gefärbte glatte Haare, weiße Rosentätowierungen an Hals, Armen und Händen und besaß graue, kühle Augen. Die Unzufriedenheit hatte sich in ihrem Gesicht in tiefen Linien eingegraben.

Endlich hob sie den Kopf und ihre Augen verengten sich. „Sie sind Talon Klein?", fragte sie nicht unbedingt höflich. Wie alt mochte sie sein? Vierzig? Sie hatte eine tiefe Stimme.

„Richtig." Er schüttelte ihre schlaffe Hand. Ihre Fingernägel waren sechseckig manikürt, um ihr Handgelenk baumelte teurer Bernstein.

Sie deutete auf den Sitz ihr gegenüber. „Setzen Sie sich."

Er hielt sich gerade noch davon ab, sich wie immer auf den Sitz plumpsen zu lassen. Sie schaute ihn mit einer Mischung aus Langeweile und Skepsis an und schien nicht mit ihm zu reden, sondern mit seinen Ohren.

„Sie haben alles verstanden, was die Stelle betrifft?"

Talon nickte ernst.

„Was motiviert Sie, warum möchten Sie bei uns arbeiten?" Sie war angeödet und hatte diese Fragen wohl schon viel zu oft gestellt.

Talon räusperte sich. „Also, ich arbeite gern im Team. Ich mag Menschen, und ich finde Bedienen ganz okay", log er aufs Stichwort. Nichts konnte ihn mehr langweilen als das.

„Machen Sie Überstunden?"

„Unbedingt." Er verkrampfte die Hände unter dem Tisch.

Ihre Erweiterung registrierte seine Antworten und seine Stimmführung dabei und würde ihr die Auswertung, ob sie ihn einstellen sollte oder nicht, am Ende des Gespräches automatisch geben, falls sie keine Lust darauf hatte, selbst eine Entscheidung zu fällen. Da muss sie nicht mehr denken, wie überaus praktisch, dachte er.

Sie machte eine ungeduldige Bewegung mit dem Kopf. „Sehen wir uns Ihr Arbeitsprofil im Netz an."

Sie hielt sich nicht lange mit Höflichkeitsgeplänkel auf, merkte er, sondern öffnete umgehend ein neues virtuelles Infofenster vor sich, wie die ganze Welt es konnte, alle außer ihm, weil er ewig zu abgebrannt war, sich das auch zu kaufen. Talon gab sich Mühe, keinen allzu offensichtlichen Flunsch zu ziehen. Wenn er gereizt war, verdrehte er schon mal die Augen, etwas, das ihm nicht half, bei keinem erdenklichen Gespräch.

Sie warf einen schnellen Seitenblick auf ihn. „Sie sind aber nicht vom Amt hergeschickt worden, oder?"

„Nein", versicherte er ihr, schüttelte freundlich den Kopf und lächelte. Obwohl sich seine Freundin Lisa zu einer erstklassigen Arbeitsvermittlung entwickelt hatte, zumindest was ihn betraf.

Er wischte sich die schweißnassen Hände an seinen Oberschenkeln ab. Auf seinem Kopf juckte es, aber er unterließ es, sich zu kratzen. Irgendwo in der Ferne hörte er eine Durchsage. Die Trainingseinheiten A bis D sollten sich zur Schwimmhalle begeben.

Frau Dorn runzelte die Stirn. „Hier steht, dass Sie eine hohe Auffassungsgabe haben, sehr schnell lernen, und wenn Sie die Arbeit vollständig beherrschen, dann kündigen Sie nicht einmal, sondern tauchen nie wieder auf. Ist das so richtig?" Vorwurfsvoll sah sie ihn an.

Talon setzte sich eine Spur aufrechter hin und rutschte auf dem Sitz weiter nach vorn. „Ich denke, ich gehe einfach gern unter die Leute, und viele Jobs waren dafür bisher nicht geeignet. Das Amt, verstehen Sie?" Das war wieder gelogen. Er hasste es, unter Menschen zu gehen, und blieb am liebsten zu Hause bei Lisas Zentralheizung, programmierte oder spielte 3D-Spiele. Talon legte die Hände auf den Tisch und verschränkte sie dort ineinander. Er unterdrückte ein Seufzen.

Ihr Gesichtsausdruck wirkte ungnädig, als sie sich wieder in ihren Bildschirm vertiefte. Er beobachtete ihre weiß gefärbten, geschwungenen Augenbrauen, wie Mondsicheln wirkten sie. Sie hatte eine breite, dominante Nasenwurzel und die letzten Tage zu wenig geschlafen oder zu viel gefeiert, nahm er an. An ihrem linken Auge war etwas Mascara verschmiert.

„Sie haben einen Internetschulabschluss, ach, wie süß. So etwas habe ich ja noch nie gesehen", rief sie aus. „Wer hat Ihnen denn das ausgestellt?"

„Die Cambridge University. Ich muss dazu sagen, dass es kein echter Abschluss ist, sondern die Auswertung eines Online-Intelligenztests."

Sie wirkte herablassend-belustigt.

Er verzog kaum merklich den Mund. Dazu gab es nichts zu sagen. Als er mit sechzehn volljährig geworden war, hatte er die Schule ohne Zeugnis beendet, und Nachholen ging nicht, als er wieder bei Verstand gewesen war, denn dann hatte es bereits die ersten Mutantengesetze gegeben. Nicht gesehen, nicht gehört, so sollten sie von Rechts wegen bleiben.

„Waren Sie schon einmal mit dem Gesetz in Konflikt?"

„Nein, natürlich nicht." Er setzte wieder seine lammfromme Miene auf.

„Hmm, das steht anders hier." Sie hob bedauernd die gezupften Augenbrauen.

Talon schwieg irritiert und betrachtete die hölzern glänzende Tischplatte. Das hatte er gestern Abend doch noch extra aus der Polizeiakte entfernt. Er ärgerte sich. Eine geschlagene Dreiviertelstunde hatte er gebraucht, um endlich in dieses Igelsystem einzudringen. Anscheinend hatte ein übereifriges Universalgenie es heute früh zurückfrisiert. Die Zeit hätte er sich sparen können. Er merkte, wie ihn die Frau milde lächelnd ansah. Jetzt war er da, der Moment, in dem sie ihm sagen würde, dass das Gespräch mit ihm zwar ganz anregend gewesen, seine Qualifikation aber so läppisch und seine Arbeitshaltung ein Desaster sei … und vielen Dank auch, dass Sie hergekommen sind, dachte er.

„Wovon haben Sie bisher gelebt?" Sie schaltete das Auswertungsprogramm mit einem Schnippen der Finger ab.

„Marketplace." Da gab es unzählige Mini- und Midijobs in der Stadt, die dort ausgeschrieben wurden, und da fragte auch keiner nach seinen Noten.

„Ach, davon kann man leben?" Sie amüsierte sich bereits, über ihn und sein schrulliges Dasein.

„Meine Familie hat ein eigenes Haus." Eine weitere Lüge.

„Ach."

„Mein Großvater war Mitglied der dritten Marsmission."

Sie schwieg und betrachtete ihre Hände. Das musste sich wohl erst einmal setzen. Was hatte sie denn gedacht, wo er seinen doppelten Satz an Ohren herhatte? Sein Opa lebte heute von der staatlichen Rente im Altersheim Elysium und das reichte gerade mal für ihn, mit besten Grüßen. Dafür hatte er seine Gesundheit geopfert und die Integrität seines Genmaterials, aber das wusste sie ja nicht und eine Zeitlang hatte er ja wirklich sehr gut verdient.

Nüchtern fragte sie: „Wie heißt Ihr Großvater?"

„Benjamin Klein."

„Der Strahlenschutzexperte?"

Experte mochte man bezweifeln, wenn Talon sich selbst mit seinen Ohren so ansah. „Ja, der."

„Der, dessen Bild in der Ausstellung ist?"

„Genau." Er wusste es zwar nicht mit Sicherheit, aber das mochte schon sein, er hatte sich das Ganze gerade eben nur zehn Minuten lang angesehen.

„Ihr Großvater ist ein Held, das ist Ihnen klar", sagte sie und musterte ihn eingehend.

„Ja", hauchte Talon ehrfürchtig. In Wahrheit hatte sein Opa ihm das mindestens tausendmal selbst zu verstehen gegeben, bis seine vier Ohren schon geglüht hatten, und es hing ihm schon längst zum Hals heraus. Wenn es jemand Fremdes sagte, wirkte es zugegebenermaßen etwas besser auf ihn. Er setzte sein wärmstes Lächeln auf.

Sie zögerte, dann lächelte sie verhalten zurück. „Na gut, versuchen wir es. Kommen Sie morgen Abend. Der Barkeeper John wird Sie in alles einweisen." Sie betrachtete ihn nachdenklich.

„Vielen Dank." Er stand prompt auf und streckte ihr im Stehen die Hand entgegen.

Sie schüttelte sie, etwas überfahren, diesmal war der Händedruck fester und sie sah ihm dabei nicht mehr auf die Ohren, sondern direkt in die Augen. Er fragte sich, ob sie seine Kontaktlinse bemerkte. Schnell drehte er sich um und ging hinaus. Draußen hätte er sich ohrfeigen können. Warum nur hatte er nicht seinen Mund gehalten?

---

Auf die Nachricht, dass er die Stelle hatte, lächelte Lisa nur mal kurz. Sie interessierte sich wohl nicht dafür, wie das für ihn sein würde. Talon, der Clown auf Rollschuhen. Das reizte ihn. Sie lag bäuchlings auf der Couch, bemerkte ihn kaum, sondern vergrub ihre Nase in einem virtuellen Schmöker. Der schien um einiges unterhaltsamer zu sein als er.

„Was liest du da?" Es roch nach Plätzchen, die mussten hier irgendwo verborgen sein. Talon merkte, dass er Hunger hatte.

„Die Ehre der treudoofen Schafe."

„Komischer Titel."

Sie zuckte mit den Achseln.

„Und was soll diese Ehre sein?"

„Hm", machte sie. „Finde es doch selbst heraus. Übrigens wäre ich dir sehr verbunden, wenn du deine ganze Onlineausstattung endlich mal in eine Tasche packen würdest. Das Zeug liegt überall in meiner Wohnung herum. Zu Weihnachten möchte ich Ordnung haben."

Seine Ausrüstung war sein ganzer Stolz. Er hatte als Fernstudent einen Geldbetrag bekommen, nichts Großartiges, nur ein kleines Stipendium als Belohnung für seinen überdurchschnittlichen Intelligenztest. Das Geld hatte er nicht in ein Studium, sondern in Computerteile investiert. Damals hatte er noch Wirtschaftswissenschaften studieren wollen, auf Lisas Wunsch. Im gesamten Universum gab es kein langweiligeres Fach.

Talon pflanzte sich vor ihr auf, breitbeinig und unzufrieden, und stemmte die Hände in die Hüften. Sie ignorierte ihn. Lisa hatte die Wohnung weihnachtlich dekoriert, in der Ecke stand seit heute ein künstlicher grüner Baum, und er stand genau in der Ecke, wo sein Fensterbrett, also sein Aussichtsplatz war. Echte Bäume waren unerschwinglich, wer einen illegal fällte, bekam empfindliche Strafen. Da musste er sich ja durch die Zweige kämpfen, wenn er dort sitzen wollte, wurde ihm klar.

„War heute irgendetwas Besonderes im Büro?", fragte er und suchte seine Sachen zusammen.

„Nö", sagte sie leichthin und las weiter.

Früher hatte sie ihm begeistert lustige Bürogeschichten zum

Besten gegeben und sich gefreut, weil er ein so guter Zuhörer war. Zurzeit schien sie überhaupt keine Lust darauf zu haben. Sie nahm ihre Beine hoch und schwang sie gutgelaunt hin und her. Ihre Plüschpantoffeln schwangen mit, die Glöckchen daran klingelten weihnachtlich.

„Wer war der Dunkelhaarige heute früh, der, den du auf offener Straße praktisch niedergeknutscht hast?“

Sie schürzte die Lippen. „Der Neue. Ist 'ne Bombe. Geh halt mal raus, dann erfährst du alles aus erster Hand.“ Sie gab keine weiteren Erklärungen ab, sondern räkelte sich auf dem Sofa. „Übrigens, zu Weihnachten kommen meine Eltern.“

„Ach nein.“ Verbittert verzog er den Mund. Sie hatte ihnen immer noch nicht gesagt, dass sie mit einem Mutanten zusammen war, und erwartete, dass er während der Feiertage das Feld räumte. Er sollte sich irgendwo eine Bleibe organisieren, weit weg von ihr und ihrer drolligen Verwandtschaft. Er steckte die Hände in die Hosentaschen und zog die Schultern hoch. Die Vanille stank stärker als je zuvor.

„Wirst du es ihnen sagen? Das mit uns?“

Sie schwieg lange, vergrub ihre Nase noch tiefer in das Buch. „Ich bin ja nicht blöd“, murmelte sie schließlich. „Die kriegen sich nicht mehr ein, und das war's dann mit den ruhigen Feiertagen. Tut mir leid.“ Sie nahm sich ein Bonbon aus der Schale auf dem Tisch, steckte es in den Mund und lutschte daran.

Er beobachtete sie aufmerksam, aber falls sie es überhaupt bemerkte, ignorierte sie es. Sie wirkte nicht so, als ob ihr irgendetwas leidtäte, sondern im Gegenteil, sie war beschwingt, ohne ihn daran teilhaben zu lassen. Er schwieg und nahm irgendeine Tasche.

„Nein, nicht die“, mahnte sie.

Talon nahm eine andere und sammelte stumm seine Sachen auf. Als er damit fertig war, stellte er sie in irgendeine Ecke.

„Nein, nicht da.“

Ordnung war das halbe Leben, zumindest bei Lisa. Talon hatte keine Lust mehr darauf, am Computer zu zocken, sondern ging direkt ins Bett, aber sie kam ihm nicht nach.

Als sie Stunden später das Zimmer betrat, tat er so, als wäre er schon fest eingeschlafen. Tatsächlich geisterten die Bilder der Projektionen noch lange in seinem Bewusstsein herum, sodass er ewig keine Ruhe finden konnte. Nach dem Bewerbungsgespräch war er noch einmal zur Ausstellung zurückgegangen und hatte sich auf jede einzelne der Projektionsflächen gestellt.

# KAPITEL FÜNF

In der WunderBar war es noch voller, als er erwartet hatte. Talon stand direkt vor dem Ausschank, das Tablett unter den Arm geklemmt, und wartete, bis er an die Reihe kam. Es roch nach Pfefferminzschnaps und nach Schweiß, aber das mochte sein eigener sein. Laut ertönte Musik aus dem Äther, Talon konnte das Pfeifen in seinen Ohren bald kaum mehr von der Musik unterscheiden. Die Gäste hatten eine Regelungseinheit am Ohr, mit der sie die Lautstärke nach Belieben einstellen konnten. Freitag war Discoabend. Wenn er auf die Tanzfläche spähte, bemerkte er immer neue ausladende Verrenkungen unter der Discokugel, man war direkt versucht, den Arzt zu rufen. Die 3D-Bildschirme machten es vor, sie zeigten, welch schöne Verrenkungen edle Körper zustande brachten und was echter Showtanz war. Die Anwesenden eiferten dem nach, so gut sie es vermochten.

„He, Mutantenarsch, zwei Bier, aber dalli."

„Ein Soda-Klick, bringst du das auf die Reihe? Und eine Drossel."

„Bestell lieber gleich, bevor er sich den Hals bricht." Das war geflüstert.

„Der arme Kerl", noch leiser geflüstert.

„Drei Sturzflug auf Saturn, zwei Tripods on Ice und einen Kaffee schwarz. Weißt du überhaupt, was Kaffee ist?"

Talon tippte gehetzt auf die kleinen Getränkebilder an seinem Unterarm. Dort hatte er sich die Karte vom Barkeeper anheften lassen. Der hatte ihn vielleicht angestiert deswegen. Das zweifache Wunder: ein Mutant, noch dazu einer, der ohne Erweiterung unterwegs war. Die Bestellungen wurden nach dem Antippen automatisch weitergeleitet an die Bar. Warum man ausgerechnet Rollschuhfahrer brauchte, um die Getränke heranzukarren, war Talon schleierhaft. Warum konnte er nicht einfach gehen wie jeder andere normale Mensch auch? Die Rollschuhe fühlten sich so natürlich an, als ob er im Wasser versuchen würde zu laufen. Dass er sich mit der Jacke wie ein Idiot fühlte, war selbstredend. Er musste sie anziehen als Bedienung. Sie war so ähnlich aufgemacht wie eine echte Uniform des Raumfahrtzentrums, nur sehr viel bunter. Er kam sich billig vor, verdrängte es aber, soweit es möglich war, und konzentrierte sich nur noch auf seine Arbeit. Wäre er ein Gast gewesen, hätte er sich für sich selbst fremdgeschämt.

Mit ihm arbeitete ein Mädchen, den Namen hatte er sofort wieder vergessen, sobald er gefallen war, erst danach hatte er sie zum ersten Mal gesehen. Sie hatte ihre pechschwarzen Haare aufgeflochten zu einem eigenwilligen Turm, hatte große dunkle Augen und eine aufreizende Figur. Sie trug ein kurzes Röckchen mit Illusionsshirt darüber, damit es so wirkte, als wäre ein Loch in ihrem Bauch. Aber sie war wohl nicht allzu helle, denn sie schoss regelmäßig aus der Kurve direkt in seine Laufbahn, ohne sich zu vergewissern, wo er gerade war. Sie hatte ein paar Wochen mehr Praxis als er. Und das kommt dabei raus, dachte er frustriert.

Auf dem Weg zurück zur Bar warf er schon einen misstrauischen Blick auf ihre Seite – und richtig, da kam sie angeflitzt, er konnte gerade noch abdrehen und fuhr mit einem stattlichen *Plomp* gegen die Bar. Er packte die Theke mit beiden Händen, um nicht zu fallen, und hielt sich kurz daran fest wie ein Ertrinkender an der letzten freien Schiffsplanke. Der Barkeeper sah mordlüstern auf, er hatte gerade eingeschenkt und die bunten Schnäpse schwappten alle über den Rand der Gläser auf die blankgewienerte Arbeitsfläche. John war glatzköpfig und über fünfzig, dazu tätowiert und so leutselig wie ein Sack voll Steine. Ein Typ, bei dem sich Talon vorstellen konnte, dass er unter der Theke eine abgesägte Flinte voller Nagelmunition bereithielt.

Talon wartete und sah zu, wie der Barkeeper seinen großen Lappen herauszog, alles grimmig wegwischte und dem Mädchen mit wiedergewonnenem Lächeln die Bestellungen aufs Tablett stellte. Sie zwinkerte John zu, nahm alles mit einem routinierten Schwung auf Schulterhöhe und rollte ab. Talon rollte nach, stellte sein Tablett auf die Theke, musste sich jedoch seine Sachen selbst draufstellen. Es wurde ein zauberhaft glitzernder Flaschen- und Gläserberg, in mehreren Getränken tanzten Farbflocken, Gold, Silber, Violett oder auch tiefstes Kohleschwarz. Was das genau war, konnte er nicht benennen. Nicht für einen Hunderter hätte er es geschluckt. Bestimmt blieb einem das Zeug auch noch glitzerbunt auf der Zunge kleben.

„Ist das schon alles?", rief der Barkeeper und deutete mit einer Bewegung des Kopfes auf das Mädchen.

Sie hatte viel mehr Getränke aufgeladen als Talon. Bei ihr soffen die Gäste wie leere Shuttlebatterien. Talon zuckte die Achseln. Sie hatte wohl irgendeine Art Verkaufsstrategie. Jedes Mal wenn er auf der anderen Seite überhaupt heil ankam, war es für ihn schon wie ein Wunder; und das war seine gesamte Strategie und sonst gar nichts.

„Das ist doch keine Drossel", beschwerte sich der gepflegte Junge mit den blonden Rastalocken und kräuselte vornehm die Nase.

Anscheinend hatte sich Talon bei den Bilderchen vertippt, es stand ja auch kein Name dabei und er war kein eifriger Nachtclubgänger, der sich mit den Getränken gut ausgekannt hätte.

„Auf der Erde gibt's keine Vögel mehr." Talon knallte ihm das Getränk schlechtgelaunt auf den Tisch.

„O Gott, was ist das denn? Hast du den Typen gesehen? Der hat ja vier Ohren. Der sieht aus wie Jumbo, der Koalabär. Da muss ich unbedingt ein Foto machen, das glaubt mir sonst niemand." Eine junge Frau mit violetten Haaren hielt begeistert ihren Finger hoch, an dem mittleren befand sich eine Ringkamera. Schon hatte sie ihn verewigt.

Talon rollte zu ihr hin. „Meine Agentur hat das Copyright auf jegliches Foto von mir. Die klagen das ein; mein Wort drauf. Du bist auf der Überwachungskamera. Das kostet dich hundertfünfzig Credits, und das nur, weil du so hübsche Augen hast." Er schaute ihr fest ins Gesicht. Das Mädchen wirkte überrascht. „Oder du löschst es sofort, das liegt ganz bei dir."

Sie brummte etwas Unzufriedenes, das nicht einmal er verstehen konnte, und schien es zu löschen. Überprüfen konnte er es nicht.

„Was wollt ihr bestellen?"

Die Frau mit der Kamera warf ihrer Freundin einen finsteren Blick zu und beide standen prompt auf und gingen in den anderen Servicebereich, dorthin, wo das Turmmädchen bediente. Sein Dasein passte wohl nicht in ihr Weltbild. Aber Kunststück auch, die Rechtspopulisten waren wieder einmal auf dem Vormarsch und hatten eine Abschreckungskampagne am Laufen, denn da fühlten sie sich wohler in ihrer eigenen Haut. Schade, dass die schnelle Erreichbarkeit anderer Kontinente bei manchen gedanklich zu völliger Abschottung geführt hatte. Sie redeten sich ein, sie wären umso bedrohter, je schneller all die vielen Fremden zu ihnen kommen konnten. Im Moment hatten sie Genmutationen im Visier und deren gefahrvolle Verbreitung. Sie versuchten, pseudowissenschaftliche Nachweise zu erbringen, dass Mutanten allesamt blöd waren bis hin zur Allgemeingefährlichkeit, und bombardierten die Leute mit kuriosen Bildern, gaben Schnelltests und Prämien für Abtreibungen *schadhafter* Babys aus. An den einfach gestrickten Gemütern, die glaubten, jemandem anhand der Genetik die Schuld an der Weltmisere geben zu dürfen, blieb so was hängen. Mutanten waren uncool, manchen reichte auch das schon aus. Sie schickten sich gegenseitig Mutantenwitze und *lustige* Filmchen. Und wenn zehn von ihnen das alles weiterverbreiteten, waren es ein paar Tage später x-mal so viele, die sich den Mist reinzogen. Das ging herum wie eine Seuche. Pfeif auf die Nächstenliebe und die Weihnachtszeit.

Auf seinem öffentlichen Profil auf Social Media hatte Talon bald eine Million Daumen nach unten angesammelt. Dabei war das staatlich angelegt, er honorierte es mit keinerlei persönlichem Eintrag.

Hier schien sowieso jeder alles von jedem zu wissen, mit der Erweiterung konnte man das Lebensmotto und die ganze dazugehörige Lebensgeschichte herunterladen, wenn man vor der betreffenden Person stand und sie das so wollte.

Talon gab dem Barkeeper ein Zeichen, die gestreckten zehn Finger, John schüttelte verärgert den Kopf. Talon fuhr zum Rand der Rollbahn, setzte sich und schnallte die Mordinstrumente ab. Die Schwerkraft schien ihn nicht mehr zu mögen, er wackelte über den Boden, als hätte er nie Laufen gelernt. Es fühlte sich an, als ob der Lärm Löcher in sein Trommelfell stampfte, aber bestimmt war er der Einzige, der das so empfand. Er stapfte die grauen Steinstufen hoch in den hinteren Bereich.

Neben den Toiletten war ein mickriger kleiner Aufenthaltsort für Angestellte, er kannte die Sorte, die musste er vorher gar nicht erst gesehen haben, um zu wissen, wie es dort aussah. Er öffnete die Tür und kickte sie mit dem Fuß umgehend wieder zu, sobald er eingetreten war. Er wurde mit Stille belohnt, endlich.

Das Licht ging automatisch an. Der Raum war nur schlecht beleuchtet, billig, muffig und umfasste geschätzte vierzehn Quadratmeter. Ein paar alte Stühle und Sessel waren lieblos ins Zimmer gewürfelt worden. Weder Tische noch Fenster, lediglich gelbe Wände. Es war nicht einladend hier und sauber gemacht hatte seit Ewigkeiten auch niemand mehr.

Talon ließ sich auf die erstbeste Sitzgelegenheit plumpsen, sank zur Belohnung für seinen Schwung ganz tief in dem alten Sessel durch bis fast auf den Boden. Er rappelte sich nicht auf und suchte sich eine bessere Unterlage, sondern beäugte träge von dort aus die Ecke. Er zählte drei Wollmäuse. Daneben lag ein altes Schokoladenpapier, ‚bitter extra kräftig' stand darauf. Ihm kam es so vor, als ob das sein ganzes Leben beschreiben würde. Eine Weile lang blieb er so, bis ihm eine Getränkemaschine auffiel, die an der Wand gegenüber hing. Jemand hatte ein paar Dellen in den weißen Kasten geschlagen. So etwas konnte schon mal passieren in der Vorweihnachtszeit.

Talon suchte die Uhr – die Zeiger rotierten direkt über ihm an der Decke. Da wurde ihm klar, dass er erst zwei Stunden gearbeitet hatte. Es war ihm doppelt so lang vorgekommen. Er durfte dreimal zehn Minuten in die Pause. Die hieß es mit Bedacht zu nutzen.

Talon hievte sich von dem Sessel hoch, bemerkte jetzt erst die Staubwolke, die davon aufstob, und stakste zur Tür. Er öffnete sie lustlos und der Lärm kam ihm wie eine schallende Wand entgegen. Nein, an die Lautstärke konnte er sich nicht gewöhnen, beim besten Willen nicht, aber dafür hatte Lisa bestimmt kein Verständnis.

Die Schuhe drückten ihn, die Füße waren stark angeschwollen. Er zwängte sie trotzdem in die Rollschuhe – was sollte er auch sonst tun – und rollte wieder auf die Bahn. Er wollte nur diese eine Nacht durchhalten. Nach drei Tagen wurde es schon besser, das wusste er aus Erfahrung mit solchen Jobs. Zwei Monate hatte er Lisa versprochen; und die musste er schaffen, bevor sie den Glauben an ihn restlos verlor.

„Das waren dreizehn. Sag ich der Chefin", rief ihm John von der Seite aus zu.

Talon nahm wieder Bestellungen auf, übte Drehungen und fuhr hin und her, zum ewig durstigen Volk. Viel zu oft sah er auf die Uhr, aber der große Zeiger musste stehen geblieben sein, irgendwann zwischen elf und halb eins. Die Leute amüsierten sich, lachten, hatten gute Laune, ganz im Gegensatz zu ihm. Es schien, als wäre es immer so gewesen.

„Das Bier schäumt nicht."

Ein teurer Anzug beschwerte sich bei ihm. Irgendein Firmenchef, der es gewohnt war, dass von ihm Befehle erteilt und sofort befolgt wurden. Talon sah ins Glas. Tatsächlich war die Schaumkrone zerflossen, eine traurige Erinnerung im braunen Brackwasser und nicht mehr der Rede wert. Das war ihm vorher nicht aufgefallen.

„Moment. Warten Sie bitte."

Talon fuhr mit Anlauf zur Bar zurück und nahm sich aus dem Besteckkasten einen langen Löffel. John beobachtete ihn genau dabei, mit den Argusaugen eines Barkeepers.

Talon fuhr zu dem Mann zurück, steckte den Löffel in dessen Glas und rührte kräftig darin um. „Sehen Sie, jetzt schäumt es aber."

Die Augen des Mannes wurden erst groß und seine Pupillen dann ganz klein. Er schwieg ein paar Sekunden lang. „Ich möchte mit deinem Chef sprechen."

„Der ist heute leider nicht da. Da müssten Sie schon morgen wiederkommen." Aber morgen würde der gute Talon hoffentlich nicht mehr hier sein, um sich den Platzverweis abzuholen. Nach dieser Nacht würde er wohl das Handtuch schmeißen, aber dass Lisa ihm dafür ihren Segen geben würde, war nicht anzunehmen.

Der Mann glotzte ihn auf eine Art und Weise an, als zerquetschte er ihn mit bloßen Augen.

Vielleicht hatte Talon einen Fehler gemacht. „Ich kann Ihnen ein neues bringen. Geht aufs Haus", meinte er matt.

Ich sollte wohl mit solchen Leuten anders reden, vermutete er, als er zurück zur Bar rollte, den Löffel dort ablegte und ein neues Bier bestellte. Als er wieder bei dem Mann war, nahm es dieser entgegen und sagte kalt lächelnd: „Den Löffel abgeben ist das Beste, was du tun kannst."

Talon schwieg, nickte bedächtig, wich dann seinem bohrenden Blick aus und bemerkte, dass ihm ein anderer Herr freundlich zuwinkte. Er nutzte die Gelegenheit sofort, verschwand, bremste vor dem Mann und drehte sich mehr oder weniger geschickt herum. Der Barbesucher hatte eine echte Uniformjacke an, die des Zentrums. Er war über vierzig, wirkte blass, hatte schütteres Haar und einen Oberlippenbart.

„Was möchten Sie bestellen?"

„Wissen Sie, Sie haben da einen ganz exquisiten Mund." Er hob lächelnd den Zeigefinger seiner rechten Hand, als ob er etwas Schlaues gesagt hätte oder als ob er sich melden wollte.

Hatte Talon das richtig verstanden? Sicher nicht, er war wohl viel zu gestresst mittlerweile. Der Fremde lächelte ihn aufmunternd an. Auf seiner Uniform war ein Namensschild, Dr. Tolo Fjord – ein Akademiker.

„Was möchten Sie bestellen?“, wiederholte er nochmals höflich.

„Oh, da gäbe es so vieles.“

Jemand anderes gab Talon ein Zeichen und er nahm lieber dort die Bestellung auf.

---

In der nächsten Pause kam das Mädchen ein paar Minuten nach ihm zum Aufenthaltsraum. Talon bemerkte sie erst, als sie mit einem Knall die Tür zuwarf.

„Haben sie dich auch drangekriegt? So ein Scheißjob.“ Sie drückte auf die Maschine und ließ sich etwas Grellgrünes heraus.

Das konnte nicht gesund sein. Talon hob ganz unten in seinem Sessel den Kopf und nickte düster. Der war zwar bodennah, aber ultrabequem. Von hier aus zählte er wieder die Wollmäuse.

„Ich mach das nicht mehr lange mit, das glaubst du aber. Mein Freund ist in der Army, er kommt nächste Woche nach Hause.“

„Schießt er dir dann den Weg frei?“, brummte Talon.

Sie lachte. „Du hast Humor. Das gefällt mir.“ Sie klopfte auf ihre Füße, anscheinend um letzte Wiederbelebungsmaßnahmen einzuleiten. „Da schläft bei mir alles ein, nur nicht ich“, murmelte sie.

Talon hievte sich aus dem kaputten Sessel. Es war eins. Seine Schicht dauerte bis um vier. Traurig dachte er an Lisa. Als er die Tür öffnete, die Augen auf den Boden geheftet, rempelte ihn eine Frau Mitte dreißig an. Sie hatte pechschwarze Haare, zitronengelbe Lippen und große, runde Ohrringe, in denen Schmucksteine kreisten. Diese waren geschaffen wie kleine Raketen. Die Frau war sehr dünn, trug einen Hosenanzug und war schwungvoll auf dem Weg zum Kommunikationsraum für Gäste.

„Entschuldigung.“ Sie lachte gut gelaunt.

Talon nickte nur, sagte nichts und wartete auf das Mädchen. Er hielt ihr derweil die Tür auf.

Die Frau blieb am Eingang des Raumes stehen.

„Was war das?“ Eine entfernte Frauenstimme.

„Ein Bastard, den es gar nicht geben sollte.“

„Ich rufe an wegen der Mission. Was willst du als Erstes hören? Die gute oder die schlechte Nachricht?“

„Die schlechte.“

„Der Biologe, Jean Bennet, ist euch abgesprungen.“

„Dass sich die Leute das nicht vorher überlegen, geht über meinen Verstand“, keifte sie. „Und warum? Hat er das gesagt?“

„Irgendetwas mit Familie. Näheres weiß ich nicht.“

„Das ist es immer. Irgendein Scheißdreck mit der Familie. Und wo soll ich jetzt auf die Schnelle einen Biologen herbekommen, der was taugt und der sich hundertfünfzig Jahre lang im Eiswürfelpaket hinters Thanhäuser Tor schießen lässt? Kannst du mir das mal sagen?“

„Jetzt die gute Nachricht.“

„Die kann ich gebrauchen.“

„Sie ist da.“

„Was ...“ Die Frau besann sich. „Die Box?“, fragte sie eifrig.

„Ja, direkt aus Johannesburg. Ich habe sie gesehen, sie ist einzigartig. Eigentlich viel zu schade, um sie den Kolonisten mitzugeben. Sie ist auf dem allerneuesten Stand.“

„Ja, weiß ich. Ein portables Wunder. Bis das in Serie geht, dauert es noch mindestens zwanzig Jahre.“

„Absolut.“

„Ich dachte schon, sie kommt überhaupt nicht mehr. Der Start ist in drei Wochen.

„Fjord sitzt schon auf der Box wie die Henne auf dem Ei. Wenn du verstehst, was ich meine.“

„Ich weiß haargenau, was du meinst.“ Beide lachten.

„Damit könnte er sich bei Gelegenheit das Oberlippenbärtchen stutzen lassen.“

„Oder etwas Bestimmtes, das er nicht mehr braucht.“

Das Mädchen tippte Talon von hinten an und deutete sorgenvoll nach oben auf die Uhr. Talon hob die Schultern, um ihr zu zeigen, dass ihm das herzlich egal war. Es kostete ihn einiges an

Überwindung, zurück zur Rollbahn zu gehen und die Bestrafungsinstrumente wieder anzuschnallen. Ein Klicken ... und die Bänder schlossen sich um seinen geschwollenen Knöchel wie die Kette um den Sträfling. Schade, dass ihm die nicht in der Zwischenzeit einer geklaut hatte.

„Das waren fünfzehn", rief der Barkeeper.

„Ach, halt doch die Schnauze", schrie Talon entnervt zurück.

John wienerte als Antwort darauf die Theke und glotzte hasserfüllt zu ihm herüber. Der kam ihm rachsüchtig vor, dieser John. Solche Menschen gab es, die kosteten schon Energie, wenn sie nur in seiner Nähe standen.

Während er wieder zu den Gästen rollte, und das ging wenigstens langsam schon wirklich gut, sah er auf die Stelle, wo der seltsame Mann vorhin gestanden hatte. Er war verschwunden.

Beim Weg zurück zur Bar dachte er an das Gespräch der Frau mit den Raketen. Eine Mission, einhundertfünfzig Jahre lang eingefroren durchs All. So verrückt sich das auch anhörte, das musste man sich einfach mal vorstellen. Man schlitterte quasi über die Gravitationswellen hinweg wie ein Kieselstein übers Wasser. Hundertfünfzig Jahre Raumzeit waren bestimmt keine einhundertfünfzig Jahre hier auf der Erde. Das kam ganz auf die Textur der Zeit in dem betreffenden Raum, also auf die Flugroute an.

Das konnte nur eine Besiedelungsmission sein, eine Kolonie auf einem Exoplaneten, und das so weit draußen? Talon hatte noch nie davon gehört.

Um eine Zivilisation aufzubauen, die abgeschottet war von der Ursprungswelt, konnten nicht nur zwanzig, dreißig Leute unterwegs sein, mutmaßte er. Das war bestimmt eine Riesensache mit Hunderten oder Tausenden von Siedlern. Ein echter bewohnbarer Planet, einer, den sie für wert befunden hatten, ein solches Risiko einzugehen und Kolonisten dorthin zu schicken.

Das musste wohl irgendein indirekter wissenschaftlicher Nachweis gewesen sein, der auf eine habitable Welt hingedeutet hatte. Oder hatte sich das jemand am Reißbrett errechnet oder hatten sie das Rätsel um das Bohren von Wurmlöchern doch noch gelöst und einen Erkundungsbot hinschicken können?

Bei Besiedelungen durfte die Strahlung des Zentralgestirns zwar stark genug sein, um das Eis zu Wasser zu schmelzen, so wie das auf dem Mars der Fall war, aber doch nicht so stark, dass die ganze Menagerie einfach verdampfte.

Wie es dort wohl war? Eine zweite Erde, unberührt und lupenrein. Keine halb unbewohnbare Dreckschleuder wie hier.

Talon sortierte die Getränke auf sein Tablett und verteilte das Gewicht nun geschickter als vorher. Er hob es an wie das Mädchen und fuhr ab.

Die bislang entfernteste Erdenkolonie war vierunddreißig Lichtjahre weit draußen, ein Mond, Talon versuchte sich zu erinnern, das war doch auf ...

Sie kam um die Ecke geschossen, aber er reagierte zu spät. Das Mädchen prallte auf ihn wie eine Bowlingkugel beim Volltreffer, die Welt machte eine Drehung und er lag plötzlich mitten in einem Gläser- und Scherbenhaufen, die Schnaps- und Cocktaillachen blinkten in den wechselnden Farben der Discokugel, erst rosa, dann lila, dann blau, und das alles nur wenige Zentimeter vor seinem Gesicht.

Talon lag in der klebrigen Lache, sein Knöchel schmerzte. Er setzte sich auf und sah verdutzt auf das Mädchen ihm direkt gegenüber. Die hatte sich auf den Boden gesetzt wie er und wischte sich gerade Obststückchen der Cocktails aus dem Illusionsloch in ihrem Bauch.

Das kam ihm plötzlich alles so absurd vor, das Mädchen auf dem Boden, der ganze Grund, warum er heute hier war, die lächerlichen Tänze auf der Discoplattform und dazu der glatzköpfige John, der nun wütend die Barriere zu seiner Bar hochklappte und auf sie zustapfte, sodass er nicht anders konnte: Er musste einfach lachen.

Das Mädchen entspannte sich sichtlich, sie war gerade dabei gewesen, in Tränen auszubrechen.

John lehnte sich nach vorn und brüllte ihm aus nächster Nähe in die Ohren. „Raus, du Niete. Verschwinde und lass dich hier nie wieder sehen.“

Zu sagen, dass er nicht schuld war, konnte Talon sich sparen. Seine Schuld war genetisch bedingt.

John unterstrich das Ganze noch dadurch, dass er seine Rechte zu einer geschüttelten Faust formte.

Da war er ja wieder, Talon, die Pfeife, die nichts auf die Reihe brachte, schon gar keinen vollen Arbeitstag. Das fremde Missgeschick ließ sich Lisa eventuell besser vermitteln, sofern sie ihm überhaupt glaubte. Er würde die Sache mit dem Umprogrammieren der Losmaschine zu Ende bringen und das Jahr gemütlich auslaufen lassen. Er würde schon noch irgendwie zu Geld kommen, irgendwann.

Talon ignorierte John, der sich drohend vor ihm aufbaute, rappelte sich hoch und hielt dem Mädchen die Hand hin, damit sie besser aufstehen konnte.

„Scherben bringen Glück", meinte sie mit tränenglänzenden Augen zu ihm, als sie aufgestanden und auf seiner Höhe war.

Er lächelte sie traurig an. „Dir wohl eher als mir."

# KAPITEL SECHS

Es war weit nach eins, als Talon die Muscheltreppe zu Lisas Wohnung hochstapfte. Es war ganz still im Treppenhaus, roch noch leicht nach Salzputzmittel, jeden Freitag wurde geputzt. Es beeindruckte ihn immer noch, wie sauber und weiß hier alles war, ganz im Gegensatz zu früher, im Haus, in dem er aufgewachsen war. Da hatten sich die Insekten auf der Treppe gegenseitig die Beine abgebissen.

Endlich an der Tür, hauchte er auf das Paneel zu Lisas Wohnung. Es öffnete sich mit einem vertrauten Klicken.

Wahrscheinlich schlief sie schon und auch er wünschte sich nur noch eines: zu ihr ins Bett zu klettern, ihre Wärme zu spüren und tief und fest schlafen zu dürfen. Als er eintrat, merkte er, dass die Beleuchtung nicht anging wie sonst.

„Lisa, hast du das Licht verändert?“, rief er. „War es nicht weihnachtlich genug?“

Niemand würdigte seine Frage mit einer Antwort und so trat er im schummrigen Licht mitten auf ein paar Schuhe, die dort standen. Es waren nicht seine Sportschuhe, die er zum Trocknen achtlos dort hingeworfen hatte. Er schob sie mit dem Fuß zur Seite und war zu müde, um sich Gedanken darüber zu machen.

Es roch auch anders als sonst, merkte er. In die Vanille mischte sich der Geruch von Alkohol. Richtig, da waren ein paar Gläser auf dem Tisch, solche mit den Eiswürfeln in den Zwischenwänden, wie er sie heute Nacht tausendmal hin und her gerollt hatte.

Nie wieder Rollschuhfahren. Talon seufzte, warf seine Jacke erleichtert auf die Stuhllehne und ließ sich auf die Couch fallen. Dort massierte er seine Nasenwurzel, seinen wunden Knöchel und betrachtete schläfrig den Vollmond durch das Fenster. Er stellte sich vor, dass den Mond gerade keiner betrachtete, nur er, sonst niemand auf der Welt, und dass er ihm im stummen Zwiegespräch etwas sagen wollte. Der hatte ihm sein ganzes Leben lang schon zugesehen. Gütig erschien ihm der Mond. Weise. Talon gähnte und schloss die Augen.

„Du bist wunderschön", flüsterte eine besonders tiefe Stimme. Es schmatzte im Nebenzimmer.

Talon öffnete die Augen und ließ den Nachhall des Satzes auf sich wirken. Er hörte das Bett knarzen und lauschte wie ein Wildtier, aufgeschreckt von einem zerbrochenen Ast.

Er sah fragend hoch. Der Mond schien nun nicht mehr gütig, sondern belächelte ihn, wie er seit Zigtausenden von Jahren die Menschenwesen belächelte. Ja, so naiv war er gewesen, so vertrauensselig – und so ein dämlicher Satz spülte seine ganze Sicherheit davon.

Talon hörte das lustvolle Vergnügen im Schlafzimmer. Er hatte Lisa später erzählen wollen, was er alles erlebt hatte bei seinem Ausflug in die Arbeitswelt, aber jetzt war ja klar, dass sie das herzlich wenig interessieren konnte, wenn sie genau diese Zeit zum Fremdgehen genutzt hatte. War sie deshalb so darauf versessen gewesen, dass er die Stelle annahm? Ja, wahrscheinlich.

Talon hatte keine Ahnung, wie man auf einen solchen Verrat aus Subjekt, Prädikat und Prädikativ reagieren sollte. Noch einmal nach unten auf die Straße gehen und klingeln? Würde der andere dann machen, dass er wegkam? Oder würde es zur offenen Konfrontation kommen? Wenn er sich prügelte, zu wem würde Lisa dann halten? Talon malte sich die verschiedensten Szenen aus, und keine davon gefiel ihm. Was sollte er jetzt nur machen?

Was er tun konnte, war, seine Sachen in eine Tüte zu packen

oder in mehrere oder in so viele, wie er überhaupt Lust hatte, Hauptsache er packte seinen Krempel und verschwand. Genau das schien sie zu wollen. Hatte sie nicht gesagt, dass zu Weihnachten ihre Verwandtschaft komme?

Sie brauchte, sie liebte ihn nicht mehr. So einfach war das. Sie hatte ihn bereits ausgetauscht, in ihrem Kopf war er längst ausgezogen, und was tat er dann immer noch hier? Was war nur aus ihrer Liebe geworden, war sie denn einfach verschwunden? Nein, nicht so einfach, schalt er sich, er hatte die Anzeichen ja gesehen und ignoriert, weil er für sein Denken und sein Handeln keine Alternative hatte finden können, keine Lösung. Sie hatte von ihm genug und auch von seinen sonderbaren Problemen. Das Weihnachtsgeld war wohl als Abschiedsgeschenk gedacht gewesen.

Er starrte auf den Boden, auf ihren Inkateppich; Alpakas, die in den Bergen weideten, psychedelisch mit ganz großen Augen.

---

Er stand auf und suchte seine Sachen zusammen, nahm lautlos die schon gepackte Tüte mit seiner Ausrüstung und ging ins Bad. Dort machte er seine Umrisse im Spiegel aus, die verhassten Ohren. Er kehrte sofort wieder um und holte sich eine Decke von der Couch, packte die Crisps, die gerade auf der Küchenzeile lagen, und stopfte alles in die immer praller werdende Tüte. Danach zwängte er seine geschwollenen Füße in die Sportschuhe.

Er richtete sich auf und lauschte nochmals. Sie waren fast am Ende, also beeilte er sich besser. Talon betrachtete ein letztes Mal die Wohnung, seinen alten Aussichtsplatz am Fensterbrett und die Couch, auf der er mit Lisa händchenhaltend gesessen hatte. Er dachte an die Bilder am Garderobenspiegel; die Aufnahmen waren zu ihrer Anfangszeit entstanden, und sie hatte sie später immer wieder hin- und abgehängt, je nachdem, welcher Besuch gerade kam. Sie waren weg.

Am Ende atmete er noch einmal bewusst den Vanillegeruch ein. Wie könnte er je wieder hierher zurückkehren? Und dabei war alles noch so wie immer, so vertraut, das war doch sein

Zuhause, wie war das so schnell zu begreifen? Hatte er den Satz des fremden Mannes nur geträumt? Aber das, was er da hörte, war kein Traum. Lisa räkelte sich durch die Welt und dabei war es das gewesen, was ihn anfangs so angezogen hatte, ihre Unbekümmertheit. Kein Wunder, dass sie ihn nie verstanden hatte. Und wenn er es genauer betrachtete, er sie auch nicht.

Talon holte seine Jacke und seine Mütze und zog leise die Tür hinter sich zu. Auf dem Weg nach unten riss der Henkel der überfüllten Stofftüte ab und Teile des Inhalts kullerten und schepperten die Stufen hinunter. Laut hallte es durch das Treppenhaus. In vorauseilendem Gehorsam Lisa gegenüber bemühten sich seine Sachen wohl, ihn noch zu überholen, um das Haus schneller zu verlassen als er selbst. Talon setzte sich auf die Muschelstufen und dachte nach. Die Sachen ließ er erst einmal liegen. Wohin sollte er jetzt gehen?

# KAPITEL SIEBEN

Hoch oben, in zwei Metern Höhe, schwebte die Grenzmarke. Eine hellrote Eins, nicht zu übersehen. Talon marschierte nun schon über eine Stunde stadtauswärts und war kurz davor, den äußersten Stadtring zu betreten. Über der Schulter hing die Decke, in die er seine verbliebenen Habseligkeiten eingewickelt hatte. Gut, dass er seine Weihnachtsmütze nicht dabeihatte, er wäre sich sonst wie die Parodie eines Weihnachtsmannes vorgekommen. Talon überquerte die Grenze. Hier fing die Betonwüste an. Es gab haufenweise leerstehende alte Gebäude, in die er sich verkriechen konnte. Er warf einen langen Blick die Straßenschluchten hinauf und hinunter, erfasste leere, seelenlosen Häuser, die sich auftürmten. Der Asphalt war voll von schwerem Schnee. Wenn er darauf trat, wurde er zu Matsch, gemischt mit Sand und Steinen. Hier draußen streute niemand Schneefresser, die Stadtverwaltung interessierte sich nicht dafür. Es knirschte beim Vorwärtsgehen, seine Socken waren nass. Wie dumm von ihm, die Sportschuhe anzuziehen, die Söldnerstiefel wären im Nachhinein viel besser gewesen, aber klar zu denken war ihm vorhin nicht möglich gewesen.

Talon blieb stehen und lauschte. Alles wirkte verlassen und still. Der Geruch von verbranntem Gummi verfolgte ihn schon seit drei Straßen, irgendeine illegale Produktionsstätte musste ganz in der Nähe sein. Es kitzelte in seinem Hals bis hinunter in seine Lunge, als ob da kleine Steinläuse herumliefen. Das war der ganze Dreck in der Luft, der die Atemwege reizte. Der Himmel war klar und wolkenlos, dementsprechend kalt war es auch. Der Mond warf seinen eigenen Schatten vor ihn auf die Straße. Der Vollmond, der alte fette Sack, schaute ihm dabei zu, wie er sich durch die Straßen kämpfte. Hier draußen fuhren keine Autos, an das U-Bahn-System war diese Gegend nicht mehr angeschlossen worden.

Talon blieb an einer Kreuzung stehen und lauschte erneut. Die Laternen verströmten ein orange-gelbes Licht, auch auf die langen Straßen und die ganzen verschneiten Gehwege links und rechts. Für Talon wirkten sie wie schwebende Orangen, die eine kalte Welt in pseudowarmes Licht tauchten. Über ihm thronten leere Hochhäuser. Früher war das hier das Finanzzentrum der Stadt gewesen, vor über achtzig Jahren. Jetzt war alles verfallen und leer. Vereinzelt bemerkte er noch echte Fensterscheiben, die meisten davon eingeschlagen, als ob sie den ewigen Sommer verkündeten. Ein paar Meter weiter rechts von ihm surrte eine quadratische Sauerstoffanlage. Sie war aus dem Takt geraten, ein seltsames Rasseln mischte sich in das Reinigungsgeräusch, als ob jemand eine Büchse voller Metallschlüssel hineingeschüttet hätte. In der Ferne heulte ein Hund und die Gebäude warfen den Schall hin und her. Es hörte sich unheimlich an. Hier waren vereinzelte Menschen in diesen abweisenden Gebäudehülsen und sogar Hunde. Besser, wenn er niemanden traf.

Am Horizont bemerkte er einen helleren Streifen. Die Nacht würde bald vorbei sein. Er sehnte sich nach Schlaf, verließ die Straße und steuerte auf das nächstgelegene Gebäude zu. Er gähnte. Die Luft hier draußen war mehr als schlecht. Die tiefe Stille, die über allem lag, machte ihn unruhig.

Talon stapfte zum nächstbesten Fenster, dessen Kraftfeld von außen intakt erschien. Er befühlte es mit der Hand. Es kitzelte an seinen Fingerkuppen. Talon nestelte seinen Dietrich aus der Tasche. Es war ein quadratisches Kästchen, mit dem man kleinere Kraftfelder überwinden konnte. Er befestigte es, sodass es mitten im Fenster quasi im Nichts hing. Das Lämpchen ging an und sprang umgehend von Rot auf Grün. Es drehte das Feld im Fenster um, dadurch konnte er problemlos hineingelangen. Talon fing das Gerät wieder auf und steckte den Kopf durch den Rahmen des Kraftfelds. Er roch ein wenig Moder, entschied, dass ihm das nichts ausmachte, dann warf er seine Habe voraus. Die Ausrüstung schepperte, aber sie hielt es aus, das wusste er. Dann hievte er sich hinterher. Mit einem Sprung war er drin und landete auf bröckeligem PVC.

Er konnte auf dem Boden gerade noch verwitterte Karos erkennen, weiß und schwarz. Die Straßenlaternen schickten ihr Licht durch die Fenster, fünf orangene Lichtkegel fluteten den großen Raum. Sie zeigten ihm siebzig Jahre alte, zerschlissene Büromöbel. Niemand hatte sich noch die Mühe gemacht, sie zu entsorgen. Wenigstens war es hier etwas wärmer als draußen.

---

Da war jemand. Zwei waren es, er hörte kleinere Lungenvolumen, keine Erwachsenen. Sie befanden sich am anderen Ende des Raumes.

„Kann ich hier übernachten?“, fragte er laut und wartete.

„Ich weiß nicht, ob du das kannst.“ Eine raue Mädchenstimme.

Talon hörte, wie ein Knopf gedrückt wurde und ein hohes Summen ertönte. Es heizte die Spindel einer Waffe auf, die Fleisch in Asche verwandeln konnte. Aber die Tonhöhe klang nicht richtig. Er hätte sein Leben darauf verwettet, dass sie defekt war. Mit den Leuten hier draußen war nicht zu spaßen.

„Ich bin nicht bewaffnet“, sagte Talon ruhig.

„Das ist gut“, meinte das Mädchen.

Wie alt mochte sie sein? Dreizehn?

„Was hast du in deinem Sack? Ist da was Essbares drin?“

Sie trat aus der Dunkelheit in einen der orangen Lichtstreifen. Ihr Gesicht wirkte hart. Sie hatte große, ausdrucksvolle Augen, gekleidet war sie wie ein Junge, in grauen Hosen und blauem

Jutehemd. Die Mündung einer Waffe war auf ihn gerichtet. Talon entdeckte eine deformierte Hand am Abzug.

„Was ist mit deinem Freund? Hat er auch Hunger?"

„Ich bin allein." Eine Lüge. Aber von allen Menschen verstand sie vielleicht die Tragweite des Wortes *allein* wirklich.

„Geh zum Licht, damit ich dich besser sehen kann", befahl sie ihm. „Was hast du dort unter der Mütze versteckt?" Das Mädchen schien alarmiert zu sein.

„Nichts", meinte Talon weiter betont ruhig.

„Nimm sie ab."

Er seufzte und zog sich die Wollmütze mit einer fließenden Bewegung über den Kopf.

„Du bist ein Mutant." Sie staunte. Ihr Atem ging schneller.

„Sollten Mutanten nicht freundlich zueinander sein?"

„Ich weiß nicht." Sie wirkte unsicher.

„Ich habe ein paar Cracker dabei, wenn das hilft", seufzte er. „Ich will nur einen ruhigen Platz zum Übernachten, ohne dass jemand mit einer abgeschmierten Aschepistole auf mich zielt."

„Sie ist nicht kaputt." Kindlicher Trotz.

„Ach, komm." Er winkte ab, was sollte er dazu noch sagen, und setzte sich auf einen Schreibtisch, der leidlich stabil wirkte, dort breitete er seine Decke aus. Er hatte etwas Wichtiges in der Wohnung vergessen, er fühlte es ganz deutlich. Was war es nur? Er fand die Tüte mit den Crackern und warf sie dem Mädchen zu. Sie fing sie geschickt auf, riss gierig daran. Sie kaute kurz und schluckte sofort.

Das konnte man niemandem erzählen, aber er hatte nicht einmal Unterwäsche zum Wechseln dabei. Seine sämtliche Wäsche war noch in Lisas Schlafzimmer. Was musste er tun, um an Bares zu kommen? Morgen würde er zu seinem Opa ins Altersheim gehen und ihn um Geld bitten.

Talon hörte leichtfüßige Schritte. Der Junge kam, riss dem Mädchen die Tüte aus der Hand und fiel über das her, was sie ihm übriggelassen hatte.

Der Tisch, auf dem Talon saß, knackste unter seinem Gewicht. Er stand lieber auf. Der Boden zu seinen Füßen schien ihm gerade recht, um darauf zu schlafen. Er wickelte die Decke um sich und legte sich mit dem Arm über seiner Habe hin. Seine Ausrüstung war auf dem Schwarzmarkt ein paar tausend Credits wert. Das Kostbarste daran waren seine selbstgeschriebenen Programme.

Auf dem Boden war es auszuhalten, aber bequem war es nicht. Talon hatte keinen Nerv mehr, sich etwas Besseres zu suchen. Auch die Schuhe ließ er lieber an. Ob er in nassen Socken schlafen konnte? Es würde sich zeigen. Seine Habseligkeiten aus Lisas Wohnung würde er schon bekommen. Wenn er Lisa wieder ertragen konnte. Wann das sein mochte, war ungewiss.

„Wo kommst du her?" Das kauende Mädchen.

„Von weiter drin."

„Und was willst du hier?"

„Meine Ruhe." War das nicht fundamental alles, was er je gewollt hatte?

Sie schwieg daraufhin.

Er hätte wetten können, dass sie aus irgendeinem Heim kamen. Talon drehte den linken Fuß, sodass er bequemer lag. Zwei Stunden Schlaf, das war alles, was er sich von dieser unsäglichen Nacht noch erhoffte. Damit ließ sich leidlich über den nächsten Tag kommen. Er schloss die Augen, das gelbe mit der Linse schmerzte. Jetzt fiel ihm ein, was er vergessen hatte – die Tube mit der Reinigungsflüssigkeit und das Linsenspray. So konnte er die Linsen nicht wechseln. Er öffnete die Augen wieder und machte große Schimmelflecken über ihm an der Decke aus, die ihn an Kartoffelsäcke erinnerten. Es waren zudem kleine runde Löcher in der Decke – seltsam, dachte er sich, wozu? – und er fing an, sie zu zählen. Er überlegte sich, was er mit der Linse tun sollte.

Draußen fuhr ein Wagen vorbei. Das Licht der Scheinwerfer wanderte kurz durchs Zimmer, schien nach ihnen zu suchen wie Licht auf einem Gefängnishof und verschwand sofort wieder. Von seinem Schlafplatz aus nahm er marode stählerne Stuhlbeine wahr und im Schatten der Ecken standen krumme Regale. Das PVC wellte sich direkt vor seinem Gesicht, als hätte es jemand aufgeschlitzt. Er war so ausgelaugt, dass er nicht einschlafen konnte.

Ob Lisa schon gemerkt hatte, dass er längst zu Hause hätte sein müssen? Ob sie sich am Ende Sorgen machte? Oder freute sie sich, dass sie ihn so einfach losgeworden war? Wie lange sie wohl schon fremdging? Dass er das nicht gemerkt hatte ... Er zog die Decke fester um sich, sie spendete wenig Wärme in dem kalten Gebäude. Talon vertrug Kälte schlecht, den Winter hasste er. Dass es Leute gab, die sich freiwillig einfrieren lassen wollten, überstieg sein Begriffsvermögen.

Er hörte nichts mehr von den beiden Kindern, hatte plötzlich das seltsame Gefühl, verkehrt herum zu liegen, und glitt in einen unruhigen Schlaf.

# KAPITEL ACHT

Talon wachte mit einem Ruck auf. Er hatte wieder diesen Traum gehabt, den vom Ende der Welt. Alle hatten auf das unvorstellbare Ereignis gewartet. Er hatte es noch zu Lisa schaffen und mit ihr einen letzten Ausweg suchen wollen. Immer wenn er gemeint hatte, er hätte sie erreicht, war sie woanders gewesen. Dann war die Erdkruste in grauenhaft tiefe Furchen aufgebrochen. Von jetzt an würde er Lisa wohl nur noch in seinen Träumen finden oder, wie es aussah, nicht einmal mehr dort.

Er drehte den Kopf. Wie öde konnte eine Gegend überhaupt sein? Jemand sollte sich ein Herz fassen und das alles wegsprengen. Es war immer noch nicht hell, lange konnte er nicht geschlafen haben. Warum war er aufgewacht? Er hörte die Kinder nicht mehr atmen, sie waren dem Anschein nach verschwunden. Sie trauten ihm vielleicht nicht. Talons Nacken und Rücken taten weh und er richtete sich auf. Seine Ausrüstung lag neben ihm, alles war in Ordnung, doch er fühlte eine innere Unruhe. Nicht dass es dafür einen konkreten Grund gegeben hätte, aber er hatte das absurde Verlangen danach, den Raum zu verlassen, und zwar jetzt und sofort. In seinem Nacken kribbelte es, als ob er beobachtet wurde. Er stand auf. Das bildete er sich nur ein.

Er bemerkte eine Tür, besser gesagt einen Rahmen, dem alles andere fehlte. Er ging langsam hindurch, dann trat er auf einen breiten, unbeleuchteten Gang. Hier kam das Orange der Straßenlampen fast nicht mehr durch. Sich ein wenig die Beine vertreten, die Unruhe loswerden, das wollte er; und dann würde er sich wieder hinlegen und sein Kreuz beim Aufstehen später neu sortieren. Wie lange dieses Haus wohl noch halten würde, bevor das Dach einsah, dass es keinen Zweck mehr hatte, und einstürzte? Am Boden lagen Fetzen von uraltem Teppich, er musste aufpassen, dass er nicht daran hängen blieb. Wie Fußangeln standen die Fäden heraus. Er roch stark nach Moder.

Er spürte einen leichten Luftzug auf der Haut. Dann war er vorüber. Als Junge hätte ihm das gefallen, dieses Erkunden eines verlassenen Gebäudes. Alles, was er hier fand, gehörte ihm, und er musste lächeln bei der Vorstellung.

Er kam an eine geschlossene Tür und drückte die Klinke. Die Tür bewegte sich nicht, aber die Klinke brach ab. Talon hielt das rostige Ding in der Hand und legte es schließlich auf den Boden. Er drückte gegen die Tür. Schwerfällig gab sie nach und den Weg frei. Dieses Zimmer war leer. Der Boden war in der Mitte aufgerissen und wellte sich nach oben. Es roch nach chemischen Stoffen, die seit Jahrzehnten nirgendwo anders ausdünsten konnten als in dem ewig gleichen Raum. Es kam ihm so vor, als ob das Zimmer Chemie ausschwitzte, und er schmeckte Bittermandel auf der Zunge. Ihn ekelte davor. Irgendwo hörte er das stetige Tropfen eines alten Wasserhahns. Das müsste eigentlich längst abgesperrt sein, kam ihm in den Sinn. Aber niemand kümmerte sich um Wasserleitungen in diesen alten, nutzlosen Kästen.

Er ging zum Fenster. Aus einer Laune heraus schwang er sich über das Fensterbrett hinaus. Durch Kraftfelder gelangte man zwar problemlos von drinnen nach draußen, jedoch nicht zurück. Schließlich wollte das System ungebetene Gäste abhalten. Aber das machte nichts, der Dietrich befand sich in seiner Hosentasche.

Sein Atem bildete kleine Wölkchen. Vergeblich versuchte er, ein paar funkelnde Sterne auszumachen. Das Mondlicht warf düstere Schatten und Talon grübelte darüber nach, wie viele Tage in seinem Leben wohl noch schlechter gewesen sein mochten als heute, bis er schließlich genug davon hatte und wieder zu seinem

Schlafplatz zurückwollte. Er holte den Dietrich aus der Tasche und wollte damit das Feld im Fenster umdrehen, damit er wieder ins Gebäude kam. Als er ihn gerade auf das Kraftfeld aufsetzen wollte, bemerkte er drinnen einen Schatten, der vorher nicht da gewesen war. Talon drehte den Kopf, versuchte mehr zu erkennen, und etwas auf der anderen Seite drehte den Kopf genauso wie er und kam langsam näher. Seelenlose Augen … Als das Ding näher kam, sah Talon ein glattes Gesicht. Es war nichts Individuelles darin, Reihenfertigung. Ein Android. Das musste einer aus diesen eingesargten Beständen der Europäischen Armee sein. Träumte er denn? „Sie hat recht gehabt, das ist was wert", hörte er weit drin jemanden reden. Sie wollten seine Ausrüstung klauen, die er auf dem Boden zurückgelassen hatte.

Talon bemerkte das Blinken des Dietrichs, den er eingeschaltet hatte. Das riss ihn endgültig aus seiner Starre. Er wollte noch den Dietrich nutzen, um die Umkehrung des Kraftfeldes permanent zu machen, sodass der Android nicht ins Freie käme, aber es war zu spät. Das Wesen hangelte sich bereits durch das Fenster. Talon wich zurück, drehte sich um und rannte blindlings in die kahlen Straßen hinein, durch orangefarbene, unberührte Schneefelder, und er wunderte sich noch, wie schnell er war, aber schließlich lief er ja auch gerade um sein Leben. Er merkte, wie schwer ihm das Atmen fiel. Die Feinstaubbelastung war hoch und den Dreck würde er so bald nicht wieder aus der Lunge kriegen, wenn er ihn jetzt so tief einatmete. Es half nichts, schnell, er war ein guter Läufer, so schnell, immer schon gewesen, und jetzt besser nicht denken, nur laufen. Er musste nicht zurücksehen, um zu wissen, dass ihn das Ding verfolgte, pam, pam, ein Rhythmus im unheimlichen Gleichklang, mit schier endloser Energie ausgestattet. Er hatte solche Androiden schon mehrfach rennen und kämpfen sehen, in den großen Massenheeren erledigten sie ihre Aufträge mit grausamer Präzision, von Gewissen völlig unbelastet. Nach der weltweiten Abrüstung waren sie allesamt verboten und auf öffentlichen Schrottplätzen eingeäschert worden. Die ausgeschlachteten Programme erzielten auf dem Schwarzmarkt Höchstpreise. Talon wusste auch, dass seine Spuren auf dem Boden deutlich erkennbar waren und der anbrechende Morgen dazu beitrug. Die einzigen Fußspuren weit und breit; und man musste wirklich kein Fährtenleser sein, um ihn hier mitten auf dem Servierteller vorzufinden. Wie sollte er bloß entkommen? Wenn er nur nicht strauchelte ...

Pam, pam, dieser Android wog viel mehr als er, und ihn zu töten würde ein Leichtes werden, sobald der ihn erst eingeholt hatte. Talon keuchte beim Laufen, aber dieses untote Ding machte keinen Mucks, es atmete nicht. Die Häuser flogen neben ihnen vorbei.

Plötzlich rutschte der Boden unter ihm weg, es war sowieso nur eine Frage der Zeit gewesen, das Ganze. Talon schlug in voller Länge auf. Der Android packte ihn von hinten am Kragen und riss ihn an seiner Jacke in die Höhe. Talon spürte die immense Kraft dieses Wesens und das Zerreißen seiner schwarzen Jacke mit den silbernen Schnallen vorn. Sofort schlüpfte er aus den Ärmeln und kam auf die Füße. Wieder hetzte er voran und das Wesen lief hinter ihm her. Diese Androiden wurden nicht müde, nie. Katze und Maus. War das nicht eben eine Fahrspur gewesen auf dem Boden, als er hingefallen war? Hätte er eine Erweiterung gehabt, hätte er einfach die Polizei rufen können. Es wäre so einfach gewesen. Sie hätten ihm entgegenfahren können, ihn abholen. Ihn retten. Dass er heute sterben könnte, hätte er nie gedacht.

Er kam an einer Straßenecke heraus, an der früher ein Imbiss gewesen sein musste. Die Werbung flackerte grell in 3D und lockte mit nicht mehr vorhandenen Burgern. In der Nähe rauschte plötzlich der Fluss. Talon schlug einen Haken und rannte nach rechts auf eine alte, schlecht beleuchtete Brücke zu. Auf sie konnte er nicht laufen, merkte er gerade noch rechtzeitig, sie hing über dem Fluss und endete in dessen Mitte, abgerissen, einfach in der Luft, darunter das eiskalte Wasser, in dem Eisbrocken schwammen. Er änderte sofort die Richtung.

Er bemerkte wieder diese Reifenspuren, folgte ihnen und spürte den Androiden dicht hinter sich. Nicht mehr lange, und er würde ihn erreichen. Da – ein Polizeiwagen. Dieser parkte geschützt unter dem Brückenpfeiler. Talon lief direkt auf ihn zu, kam im letzten Moment wieder ins Rutschen und prallte seitwärts gegen den Wagen. Die Scheiben waren undurchsichtig. Er musste sich sofort bemerkbar machen und hämmerte aufs Autodach.

„Ich werde verfolgt. Helfen Sie mir." Seine Stimme überschlug sich. Er drehte sich um.

Das Wesen war breitbeinig stehen geblieben, nur wenige Meter hinter ihm. Wie ein mechanischer Klotz wartete es auf das, was passieren würde. Dieses Ding zeigte keinerlei erkennbare Regung. Es glotzte.

Talon hämmerte erneut und schrammte sich dabei die Haut an den Händen blutig, spürte aber nichts davon. Wind war aufgekommen, der ungebremst durch die Häuserschluchten pfiff und ihm die verschwitzten Haarsträhnen in die Augen wehte. Das orangefarbene Licht endete unweit der Stelle, an der er stand. Talon hämmerte weiter, mit der tauben Faust auf das Dach des Polizeiwagens.

„Dahinten sind zwei entlaufene Heimkinder. Ich kann euch zeigen, wo. Dreizehn und zehn Jahre alt. Fällt das nicht in euren Zuständigkeitsbereich?" Man musste ihn in dieser arktischen Stille doch kilometerweit hören, aber im Wageninneren regte sich nicht das Geringste. „Ich weiß, dass ihr dadrin seid", schrie er. Das war gar kein Schreien mehr, es war ein Flehen. Es fehlten Fußspuren, die vom Wagen aus weggeführt hätten. Die Polizisten mussten sich noch im Auto befinden. Sie würden dabei zusehen, wie dieses Etwas ihn erschlug und sein Blut in den Schnee spritzte.

Er drehte sich wieder um, aber der Android war weg, was ihn spontan erleichterte. Dann aber untersuchte er hektisch die unmittelbare Umgebung. Wo versteckte er sich? Aus welcher Richtung würde er angreifen?

„Ihr Mutantenhasser", brachte er gepresst hervor. „Ihr habt mich ein letztes Mal ignoriert." Er hatte heute genug ertragen. Es reichte. Er verlor die Kontrolle über sich, fing an zu brüllen und trat mehrmals kräftig gegen die Autotür. „Ihr wollt mich wohl alle loswerden. Die bringen mich um, macht endlich die Tür auf."

Schlagartig fiel ihm der Dietrich ein, er fühlte ihn in der Hosentasche. Wann hatte er die Zeit gefunden, ihn dorthin zu stecken?

Talon platzierte das Kästchen mit einem satten Plopp mitten auf dem Kraftfeld des Fahrersitzes. Das Lämpchen sprang von Rot auf Grün. Das Feld kippte und er konnte nun den Fahrer erkennen – einen noch jungen Polizisten, der ihn kalt anstierte.

Der Mann öffnete langsam die Fahrertür und stieg aus, unter seiner Uniform spannte es, das fiel Talon auf, er wirkte geschmeidig und muskulös wie ein Panther. Der Polizist taxierte ihn mit undurchdringlicher Miene, dann zogen sich seine buschigen Augenbrauen zusammen und er bemerkte den Dietrich am Fenster seines Wagens. Er drückte auf den Knopf des Dietrichs, um das Kraftfeld wieder zurückzusetzen. Talon hielt dem Polizisten automatisch die Hand hin. Aber statt es ihm zurückzugeben, holte der Mann aus und schleuderte das Kästchen in den Schnee.

„Ich werde von einem Androiden verfolgt. Die haben mich ausgeraubt, etwa drei Kilometer die Straße runter. Meine Ausrüstung hat einen Neuwert von dreitausend Credits. Ich habe sie legal erworben, das kann ich nachweisen. Die Diebe laufen allesamt noch dahinten herum. Tun Sie endlich Ihre Pflicht und nehmen Sie sie fest. Ich kenne meine Rechte.“

# KAPITEL NEUN

Widerwillig setzte Talon sich auf den ihm zugewiesenen Stuhl und tupfte ein Taschentuch an seine blutverkrustete Nase. Er war auf dem Revier und ein viel zu lang geratener, wirklich baumlanger Polizist nahm seine Aussage auf. Das Büro war an diesem Morgen voller Beamter, gelangweilt bohrte einer von ihnen in der Nase.

„Talon, Norbert, Klein", las der Mann langsam aus der Akte vor, die er eben aufgerufen hatte. Es wirkte so, als ob er mit dem Lesen Schwierigkeiten hätte.

Der Mann kam Talon seltsam bekannt vor. Er war so groß, seine angewinkelten Beine fanden unter dem Schreibtisch kaum Platz.

„Den guten Norbert vergessen wir lieber." Talon seufzte und verschränkte die Arme, ernüchtert von den letzten vierundzwanzig Stunden. Immerhin, er lebte noch. Alles andere konnte ihm im Moment egal sein. Harald Waltz – da stand es ja, auf der Uniform des Polizisten. Talon erinnerte sich. Der Mann war älter geworden und seine Augenringe so groß, dass er wohl selbst darüber stolpern musste.

Talon lehnte sich zurück. Es war stickig warm, roch süßlich nach Punsch oder nach zu viel verbrauchter Luft von Köpfen, die über dem Verbrechen in der Stadt brüteten. Da war sein

Bild, das war fürchterlich. Missmutig sah er darauf aus, mit seinen zweifarbigen Augen und seinen verdoppelten Ohren, da hatten sie ihn beim Verkauf von zwanzig Kapseln erwischt. Talon zog einen Flunsch bei der Erinnerung. Sein Cousin Malte hatte ihm das eingebrockt, ihm das Zeug aufgedrängt und gemeint, damit würden sich ein paar Leute einen schönen Nachmittag machen. Gegen schöne Nachmittage hatte Talon nichts einzuwenden. Dass er da der Zirkelstreife direkt in die Arme laufen würde, hatte er vorher ja nicht ahnen können und Malte hatte sich danach fast kaputtgelacht. Insgeheim vermutete er, dass Malte das womöglich auch noch mit Absicht getan hatte. Der machte sich gern einen Spaß mit den Leuten, und sei der auch noch so krude. Eines Tages würde ihm das einer mit Zinsen heimzahlen, und hoffentlich würde er dabei sein, um es zu sehen.

Harald warf einen schnellen Blick auf ihn. Seine Ohren waren von aufgeregtem Rot. Richtig, ein großer Redner war er damals ja auch nicht gerade gewesen.

„Was macht das Leben?“, fragte er mit seiner tiefen Stimme und kümmerte sich weiterhin um seine Akte.

„Meine Freundin betrügt mich mit einem anderen, man hat mir alles geklaut, was wertvoll war, ich sitze auf der Polizeiwache fest und bin auch noch glücklich darüber. Ich schätze, es läuft gerade nicht so prächtig.“

Harald verzog keine Miene und tippte unverdrossen weiter. Das kann länger dauern, dachte Talon und seufzte. Er lehnte sich in seinem Stuhl nach vorn und trank aus einem weißen Papierbecher eine sparsame, pulverarme Brühe aus dem Automaten, die er sich mit seinem allerletzten Credit aus der Hosentasche noch geleistet hatte. Wenigstens war das Gesöff keines von den allerschlechtesten.

Waltz schien etwas gesagt zu haben.

„Was?“

„Warum bist du hier?“

Talon räusperte sich. „Abgesehen von der Geschichte, die ich Ihrem ... Kollegen schon zweimal erzählt habe?“ Er schüttelte den

Kopf. ‚Wer das Ohr beleidigt, dringt nicht zum Herzen vor.' Ein Spruch seiner Mutter. Der fiel ihm gerade noch rechtzeitig ein.

Der Mann runzelte die Stirn und fragte nicht weiter. Polizisten bekommen nicht genug Gehalt, sinnierte er, sonst hätte der Mann längst Lesen und Schreiben gelernt. Er beobachtete Waltz, wie er quälend langsam mit zwei Fingern seiner Bärentatzen den Bericht über ihn eingab. Über dem Mann hing verloren ein Mistelzweig. Talon schielte an Harald vorbei auf die Uhr. Es war halb sieben Uhr morgens. Eine Stunde Schlaf hatte er dieser Nacht abgetrotzt, alle Achtung.

„Hast du einen Job?", fragte Waltz.

Talon schüttelte den Kopf, verzog angewidert den Mund und dachte an die WunderBar. Die war seit eineinhalb Stunden geschlossen. Lisa war bestimmt schon aufgestanden, um zur Arbeit zu gehen. Er erinnerte sich an die lebhafte Musik ihres Weckrufs. Oder war heute Samstag?

„Eine Bleibe?", fragte der Polizist weiter.

„Nö."

Ich hätte ins Obdachlosenheim gehen sollen, Idiot, der ich bin, dachte er frustriert. Davon gab es eine Kette hier draußen, wo sich der ganze Abschaum, der sich einredete, dass er keiner war, einfand. Die Stadtverwaltung betrieb das wegen der Ratten auf den Straßen. Die nagten an den Toten und das war ein gottverdammtes Ärgernis.

„Dann bleib die nächsten Tage bei uns, bei meiner Frau und mir", entschied Waltz.

Talon blinzelte überrascht. Er nickte langsam und sagte besser nichts. Das wollte er sich nicht kaputt reden ...

---

Sie schwiegen einander im Auto an, einer lauter als der andere. Waltz las immer noch Berichte durch, tippte das eine oder andere in seine Erweiterung ein und Talon beobachtete währenddessen draußen die verschneiten Straßen. Das Auto fuhr von selbst. Die ganze Zeit dachte er an den Androiden, der ihn verfolgt hatte.

Warum nur hatte er ihn umbringen wollen? Androiden machten eine ständige Gefahrenanalyse. Der hatte gesehen, dass er Mutant war, und ihn allem Anschein nach als gefährlich eingestuft. Aber in Wahrheit konnte er, Talon, überhaupt niemandem etwas zuleide tun. Fliegen im Haus fing er ein und ließ sie draußen wieder frei. Malte hatte das als Kind immer unheimlich lustig gefunden.

Er blinzelte. Hier gab es viele Einkaufsstraßen, beleuchtete Schaufenster, runde Kränze und reich behängte Weihnachtsbäume. In vier Tagen war Weihnachten. Ihm war nicht mehr nach Feiern zumute. Und wo sollte er das Fest auch verbringen – bei seinem Opa im Heim? Warum auch nicht? Lauter alte Leute mit Silberzahnprothesen. Sie krümelten auf das Weihnachtsbuffet und sprachen lebhaft über Krankheiten.

Sie passierten Santa Claus und Rudolf, das rotnasige Rentier, überlebensgroß standen die Figuren mitten auf dem Gehweg. Rudolf, den die anderen Tiere so gar nicht leiden konnten. Der war so wie er. Ihm war nicht nach Reden zumute, er war sowieso viel zu müde dazu. Waltz hatte ein neues Auto, alles glänzte hartnäckig, so wie nur etwas Unverbrauchtes glänzen konnte, und es roch nach gekochten roten Rüben – Rapid, biologisch abbaubares Plastik. Da gab es echte Glasablagen, der neueste Schrei.

„Willst du Musik hören?", fragte Harald, anscheinend war ihm eingefallen, dass er jemanden bei sich hatte, den er am Ende sogar bespaßen sollte.

Talon schüttelte den Kopf. Nicht zur Last fallen – die Kunst, länger aufgenommen zu werden.

Sie fuhren am Hafen vorbei. Talon bemerkte die großen automatisierten Frachtkräne, die wie Kolosse dort stumm auf Arbeit warteten. Die stählernen Arme hatten sie tatenlos an ihre Seiten gelegt. Das Wasser glänzte schwarz und unheimlich.

Sie erreichten Waltz' Garage, ein glattes stählernes Tor, das sich automatisch öffnete. Es gab eine lange Reihe von Toren, eines exakt so wie das andere. Talon stellte sich vor, dass hinter jedem Polizisten wohnten, die alle morgens mit ihren Uniformen aus dem Haus fuhren und Verbrecher einfingen. Bei dem Gedanken fühlte er sich ein klein wenig besser. Das Auto glitt lautlos hinein und parkte sich selbst.

Ein Piepen und eine hohe, kultivierte Frauenstimme, die sagte: „Willkommen zu Hause, Harry."

Sie stiegen aus. Tatsächlich hätte ihm die Garage als Übernachtungsort schon ausgereicht. Hier schien außerdem eine Art kleine Werkstatt zu sein, Harald schnitzte wohl, auf der Werkbank warteten treudoofe Schafe sauber aufgereiht auf ihr Ställchen. Es war bereits halb acht. Gestern um diese Zeit war er längst aufgestanden. Ein anderes Leben.

Sie gingen durch eine schmale Tür ins Haus, direkt ins Wohnzimmer.

Eine Frau erschien an der Tür und gab Harald ein Küsschen, wofür er sich weit hinunterbeugen musste. Sie war viel kleiner als Harald, Mitte dreißig, hatte volle braune Haare, einen langen weißen Schwanenhals und warme große Rehaugen. Knochig standen die Schlüsselbeine heraus, darauf hätte man wohl mit Klöppeln eine lustige Melodie spielen können. Dann fiel ihm aber ein, dass dieser Gedanke eigentlich höchst unpassend war. Er war müde. In ihrem weißen Morgenmantel bewegte sie sich flink und bestimmt.

„Magdalena hat wieder Fieber", flüsterte sie. Harald antwortete nichts darauf. Sie bemerkte jetzt erst ihren Gast, runzelte die Stirn und nickte ihm zur Begrüßung erstaunt zu. Talon nickte höflich zurück. Sie suchte, dann fand sie ihre Sprache.

„Ich bin Igrit. Schön, dich kennenzulernen. Willst du – willst du Frühstück?" Sie fuhr sich fahrig durch ihr zerzaustes Haar. Dann machte sie den Küchenschrank auf. Der war randvoll bis oben hin mit Tuben voller Lebensmittelpasten.

Er staunte. „Talon." Er deutete auf sich. „Nichts Kompliziertes", meinte er und lächelte.

Während ihr Mann ging, wohl um nach dem Kind zu sehen, toastete Igrit Brot und bestrich es dick mit etwas, das wie grüne ABC-Nährpaste aussah.

Egal was sie ihm gab, er würde es schon essen. Hier drin war es viel zu warm. Er überlegte, wo er schlafen konnte. Wenn er keinen Ärger machte, würden sie ihn wahrscheinlich die Dusche benutzen lassen. In der Küche roch es nach angebrannter Tomatencreme.

„Ich muss gleich zur Arbeit, aber Harald ist da, er wird sich um alles kümmern." Sie hatte anscheinend keine Ahnung, warum er hier war, und Talon eigentlich genauso wenig.

Talon nahm den Toast und biss davon ab. Er schmeckte nach Petersilie; und das mochte er. Ihm fiel die Werbung für diese Art Astronautennahrung ein, draußen in den Einkaufsstraßen. Da poppten die Produkte vor einem in der Luft auf, es war zum Herzinfarktkriegen.

„Wo kann ich mich hinlegen? Ehrlich gesagt fühle ich mich nicht so besonders."

„Die Couch?", fragte sie und deutete in die Ecke.

Talon nickte, zog jetzt erst die Schuhe mitsamt den nassen Socken aus und ließ sich schwer auf die Couch fallen, so wie er war. Eine Decke lag dort, die breitete er über sich aus. Igrit beobachtete ihn dabei. Er hätte im Nachhinein nicht sagen können, wann sie gegangen war, er musste sofort eingeschlafen sein.

---

Jemand rüttelte ihn kräftig wach. Erschrocken riss er die Augen auf und verstand nicht gleich, wo er war.

„Es ist zwei Uhr. Soll ich dich irgendwo absetzen?" Es war Harald.

Talon richtete sich auf und versuchte, klar zu werden. Wog ab. Einerseits wäre er wahnsinnig gern liegen geblieben und hätte der Frau noch ein paar Brote aus dem Kreuz geleiert, aber andererseits war sie müde und ausgelaugt. Vermutlich wollten sie ihn hier nicht allein lassen.

Talon nickte. Seine Kontaktlinse brannte langsam wie Essigsäure. Es ließ sich im Moment nicht ändern. Er brauchte Linsenflüssigkeit, ein zweiter Grund, um mit Harald zu gehen.

„Dann mach dich fertig. In einer Viertelstunde wird gefahren."

„Hast du vielleicht irgendeine Jacke für mich? Ich hab ja schon zu Protokoll gegeben, wie sie mir abhandengekommen ist.“

Harald überlegte kurz und nickte stumm.

Sie kehrten schweigend im Auto zur Polizeistation zurück. Talon betrachtete während der Fahrt die Gegend rückwärts bei Tage. Wieder Santa Claus und Rudolf, das Rentier. Wieder die Schaufenster, die so überladen waren, dass sie einem fast entgegenkippten mit ihrem reizüberflutenden Reichtum, von dem er sich nicht das Allergeringste leisten konnte. Er war frustriert. Am Parkplatz angekommen stiegen sie aus.

„Ich will ja nicht lästig sein, aber kannst du mir auch ein paar Credits leihen?“

Harald sah ihn mit glanzlosen Augen an. Talon dachte schon, dass er ihm nicht antworten würde, aber er zog einfach einen losen Zehner aus seiner Uniformjacke und hielt ihn ihm kommentarlos hin.

„Danke.“

Harald nickte knapp. „In acht Stunden ist meine Schicht zu Ende.“ Damit drehte er sich um und ging weg.

Talon schaute ihm nach, als er die Stufen hochstieg und im Polizeigebäude verschwand. Warum der wohl Polizist geworden war, fragte er sich. Vielleicht weil man da nicht viel reden musste. *Stillgestanden, Hände hoch,* das brachte auch ein Harald Waltz zustande. Ihm fiel ein, dass immer noch Ausgangssperre war. Harald musste das vergessen haben, und er selbst hatte auch nicht daran gedacht. Aber was konnte schon passieren, im schlimmsten Fall würden sie ihn am Kragen zurück zu Waltz' Revier schleifen. Also brauchte er sich keine Gedanken mehr zu machen, wie er zum Parkplatz kam. Harald ist kaum zu Hause gewesen, da muss er schon wieder zur Arbeit, wunderte er sich.

Er vergrub die Hände in den ungewohnten Jackentaschen, Harald hatte ihm eine seiner ausrangierten Polizeijacken geliehen, die natürlich viel zu groß ausfiel. So schlenderte Talon ziellos die Straße hinunter. Die Autos fuhren achtlos an ihm vorbei, wobei er aufpassen musste, dass er keinen Matsch abbekam – auf seine letzte und einzige Hose. Er musste eigentlich dringend mit Lisa reden, um an seine Sachen und an seine Wäsche zu kommen. Wie sie wohl auf ihn reagieren würde? War es ihr peinlich, dass er es so erfahren hatte? Oder war es ihr vollkommen egal? In einer solchen Situation hatten sie sich beide noch nie befunden.

Es war viel los am Wochenende. Mit zehn Credits kann man wenigstens haushalten, dachte er. Er würde sich in einen der alten Läden in der Einkaufsstraße setzen, auf die Leute glotzen und seine Lage überdenken.

---

Talon war nicht lange geschlendert, als er auf ein KI-Café traf. Er spähte hinein, nur wenige Gäste, das gefiel ihm; bloß zwei, drei Tische waren besetzt. Auweia, keine Stühle, nur unsichtbare Schwerkraftsitze. Er zupfte seine Mütze zurecht und ging hinein. Beim Eintreten roch es angenehm nach Kaffee und frischen Waffeln. Talon senkte den Blick, damit keiner sein entzündetes Auge wahrnahm. Er kam sich wie immer vor wie ein bunter Hund unter Katzen.

Das Café war länglich aufgebaut wie ein Diner, am Tresen stand ein Android, ein altes Modell, das hatte noch einen silbern glänzenden Schädel. Talon trat vor ihn hin, dachte an den Androiden von letzter Nacht und sah irritiert hoch auf die Speisekarte. Dann sagte er ohne Umschweife: „Kaffee."

Höflichkeiten waren an die Maschine verschwendet, genauso wie offensichtlich an ihn, Talon.

*Bzzzt* machte es und der Android drehte sich um. Er drückte einen Knopf am Automaten. Das hätte er selbst auch noch gekonnt. Instantwürfel, nichts frisch Gebrühtes. Egal.

Er musste sich nach einem Minijob umsehen, und zwar rasch.

„Milch?" Wieder dieses *Brzeln* in der Stimme, das gefiel Talon nicht, noch weniger seinen Ohren. Er nickte.

„Ich brauche eine Stundenlizenz."

„Das kostet zwei Credits."

Die metallene Stimme des Androiden schnitt in sein Trommelfell. Das war noch beleidigt von gestern Abend. Er musste sich diese paar Stunden Arbeit in der WunderBar unbedingt auszahlen lassen. Der Android gab ihm mit einer ruckartigen Bewegung einen mit klebrigen Fingerabdrücken übersäten Stick, die Imitation einer Erweiterung, die nur im Café funktionierte. Damit und mit der Tasse – die war jetzt brandrot und warnte vor Heißem – ging Talon in die Nähe des Ausgangs, falls er schnell verschwinden musste. Am Tisch angekommen, setzte er sich quasi ins Nichts, auf das kleine Kraftfeld. Wenigstens war es federweich.

Talon beobachtete draußen die Leute, wie sie zu den Geschäften gingen. Wenn jemand in der Kälte steht, wirkt das völlig anders als wenn er im Warmen steht, sinnierte er. Die ganze Haltung ein einziger Unterschied. Offen, nach oben oder geschlossen, in sich gekehrt. Die kauften Geschenke für ihre Liebsten. Heuer brauchte er Lisa nichts mehr zu schenken, niemandem eigentlich. Er würde von ihr auch nichts kriegen. Dabei hatte er so auf ein wichtiges Programm gehofft, von dem er ihr schon lange vorgeschwärmt hatte und das er für die Umkehrung seines tristen Losglücks brauchte. Ob er in ihre Wohnung schleichen sollte, um nachzusehen, was er dort zu Geld machen konnte? Aber das war eigentlich nicht seine Art. Wenn er etwas nahm, das sie sowieso nicht mehr brauchte? Heute war Samstag und sie aller Wahrscheinlichkeit nach zu Hause. Er konnte aber auch ihre Unterwäsche nehmen und sie einfach aus dem Fenster werfen, damit es ominöse Höschen auf die Straße regnete. Er seufzte. Er war fast so besitzlos wie damals, als sie die Habseligkeiten seiner Mutter verschleudert hatten. Der Vermieter hatte einfach Sachen gepackt und an ihm vorbei zur Tür hinausgetragen. Nichts davon war je wiederaufgetaucht. Sein Opa war zu der Zeit ein letztes Mal auf dem Mars gewesen und seine anderen Verwandten konnte man samt und sonders in der Pfeife rauchen.

Er schnippte mit den Fingern, und der Stick reagierte. Ein Fenster ging vor ihm auf. Talon graste die Anzeigen durch. Putzanzeigen, so weit das Auge reichte, darauf hatte er aber am allerwenigsten Lust. Hatten die alle kein Geld für den Putzbot? Manche wollten ihre Spielfigur auf ein neues Level heben, solche

Jobs liebte Talon eigentlich, aber er besaß keine Ausrüstung mehr. Lieferdienste, dazu brauchte er erst neue Linsen. Unzufrieden und uninspiriert starrte er auf den Boden, auf die schmutzigen schwarzen Schuhabdrücke, deren Linien wie winzige Landkarten aussahen, und ging sich selbst auf die Nerven dabei. Warum er immer auf den Boden glotzen musste, als ob er erwartete, dort etwas Schönes liegen zu sehen. Er roch an der Tasse, der Geruch von Kaffee kitzelte feucht in seiner Nase, er nahm das Braun in sich auf, das hin und her schwappte, und schlürfte daraus. Die Kaffeemaschine bei Lisa, die hatte er gekauft. Die würde er sich holen, sobald es ging.

Lustlos rief er die Seite des Luft- und Raumfahrtzentrums auf. Ja, jetzt wusste er genau, wie es dort war, den virtuellen Rundgang brauchte er nicht mehr. Er wischte ihn weg und gab „Abflüge" ins Suchfeld ein.

Eine Auflistung der nächsten Weltraumflüge war schnell gelesen. Da tat sich nicht viel, das waren ja keine Pendlerflüge da raus. Allein um auf den Mars zu kommen, müsste er noch drei Monate auf ein Shuttle warten.

Von der Jahrhundertmission zur neuen Erde keine Rede. Nur ein Abflug in drei Wochen. Das Ziel stand nicht da, aber der Vermerk „geschlossener Kreis". Keine Liste der Reisenden, keine Anzahl, es musste der Kolonistenflug in den leeren Raum sein, der offensichtlich keine Menschenseele etwas anging. Einem Jean Bennet war das zu heiß geworden, diese eisige Reise ohne Wiederkehr. Der saß jetzt zu Hause bei seinen Lieben und sein Platz wurde frei. Talon stellte sich den Unbekannten vor, wie er sich in Filzpantoffeln vor dem heimischen Kamin wärmte, eine rote Tasse Tee in der Hand.

Der Platz war bestimmt nicht mehr zu besetzen in diesen drei kurzen Wochen, so jemand Verrücktes war nicht zu finden und sie brauchten doch jeden Mann, jede Frau für den Aufbau einer neuen Zivilisation.

Er rief das Profil von Dr. Tolo Fjord auf. Richtig, der blasse Uhu aus der Bar. Kühl und konzentriert lächelte er mit seinem Schnauzbart Talon zu, da hatte er gestern Abend einen ganz anderen Ausdruck im Gesicht gehabt. Sein Werdegang war allerdings beeindruckend. Talon las die Wegmarkierungen von Fjords Karriere durch, er selbst hätte keine einzige Zeile davon zustande gebracht, nicht einmal die harmlosesten Praktika.

Die Weihnachtsmelodie an der Tür ertönte und drei Halbwüchsige kamen herein. Mit dem geschärften Blick für alles Ungewöhnliche entdeckte einer von ihnen sofort Talons Augen. „Zombiealarm", jubilierte er laut und rempelte seinen Kumpel mit dem Ellbogen an. Er deutete unverhohlen auf ihn. Der andere Teenager lachte.

„Was macht der denn hier? Wartet der auf sein Schiff?"

Sie fingen an, auf dem Weg zum Tresen die Arme anzuwinkeln und wie Zombies herumzutaumeln. Dabei verdrehten sie die Augen und machten die seltsamsten Geräusche. Das fanden sie lustig und lachten dabei. Lustig war es nur, wenn alle lachten.

Talon hatte die letzten vierundzwanzig Stunden aber weit Schlimmeres erlebt; er trank mit stoischer Ruhe die Tasse aus, stand dann auf, ließ den Stick liegen und ging wortlos zur Tür hinaus.

Er musste nicht lange überlegen, es gab sowieso nur einen Menschen, der es wert war, besucht zu werden, und das war sein Opa Benjamin.

# KAPITEL ZEHN

Das Altersheim war ein plattes, besiegtes Gebäude, das durch billige Illusionsbilder aufgepeppt wurde. Ein überdimensionierter Weihnachtsbaum leuchtete in 3D in allen Farben. Das Heim gab sich Mühe, es hatte einen echten Springbrunnen vorn an der Eingangstür wegen der positiven Atmosphäre und so. Es sprudelte lebendig. Da ist bestimmt hektoliterweise Schneefresser drin, dachte Talon stirnrunzelnd, als er das smaragdgrüne Wasser passierte. Was wohl die Öko-Aktivisten dazu sagen würden? Er ging an der automatisierten Pforte vorbei die breite Treppe hoch. Sie war mit Teppichen ausgelegt und dämpfte die Schritte, als ob alte Menschen keine lauten Geräusche mehr vertrugen. In den Gängen roch es nach Medizin und Apfelkuchen und es hingen bunt blinkende Zeichnungen von Enkelkindern an den Wänden – allerhand Getier: Pferde, Katzen, Hunde und Menschen.

Talon klopfte an die Tür. Er hörte schon von Weitem, wie Benjamin hustete, und es wirkte ganz so, als ob er jeden Moment seine Bronchien mit ausspucken würde. Er trat ein.

Sein Opa warf nur einen kurzen Blick auf ihn. Er saß angezogen mit dem Schal auf dem Bett und hatte einen Bildschirm vor sich geöffnet. Mit einer ungeduldigen Geste wischte er ihn weg ins Nichts.

„Bleib gesund, sagt Malte ... als ob das so einfach wäre." Seine Stimme war noch heiserer als sonst.

„War er denn hier?"

„Gerade eben, der Geier, der um den Kadaver kreist. Er glaubt, ich hätte noch Reichtümer zu vererben." Er machte einen geringschätzigen Laut. „Und, mein Lieblingsenkel, wie sieht es mit meiner Allbestattung aus?"

Talon sah sich im Zimmer um. Das war der Lohn für die Anstrengungen eines ganzen Lebens. Zwei Tische, zwei Stühle, jeweils ein simpler Schrank. Fünfzehn Quadratmeter ohne Rückzugsraum.

Er merkte, wie sein Großvater ihn erwartungsvoll ansah. Benjamin war der Typ, der ganz nüchtern über sein Dahinscheiden reden konnte. Er nahm kein Blatt vor den Mund, bei gar nichts. Und wenn er nicht bekam, was er wollte, wiederholte er es immer wieder, gnadenlos.

„Jungchen, rede mit mir."

Talon musste es ihm endlich sagen. Er setzte sich auf den Besucherstuhl. „Trübe bis ganz trübe sieht es damit aus. Es tut mir leid, dass du auf der Erde nicht einmal verscharrt werden möchtest. Du bekommst eine Urne, wie wir anderen alle auch. Du hättest beizeiten dafür sparen sollen, statt mir deswegen monatelang auf den Senkel zu gehen." Na, endlich war das heraus, war doch gar nicht so schwer gewesen. Das hatte er ihm schon so lange sagen wollen. Das und noch viel mehr.

„Ahh." Enttäuscht lehnte sich Benjamin auf seinem Bett zurück, er schien Schmerzen zu haben. Auf Talons fragenden Blick antwortete er: „Lungenkrebs."

„Ewig das Gleiche. Du nimmst deine Kapseln nicht", stellte Talon fest. „Sonst wärst du das schon lange los."

„Davon kann ich tagelang nichts schmecken."

„Alter Hedonist. Ist doch völlig egal, wie was schmeckt. Hauptsache du wirst gesund. Von deinem schnellen Ableben hat nachweislich keiner was."

Der Alte schloss die Augen. Wenn er etwas nicht hören wollte, kniff er immer die Augen zu. Talon betrachtete ihn. Benjamin

Klein, der smarte Held von Mission 3, der unzählige Leben gerettet hatte. Heute war er achtundsiebzig, hatte ledrige Haut und Nikotinflecken vom vielen Rauchen. Er war nicht mehr smart, sondern führte sich ärgerlich kindisch auf, vor allem wenn es um seine eigene Gesundheit ging. Talon betrachtete die hervorstehenden Adern an seinem Hals. Die vielen Falten an den Augen und im ganzen Gesicht, die schlohweißen Haare. Wenn man alt wurde, wurde man hässlich und stur. Es war eine traurige Sache. Aber nie hatte er sich jünger gefühlt als in Benjamins Gegenwart.

„Hast du etwas Geld?", fragte er ihn direkt.

Misstrauisch schlug der Alte die Augen wieder auf und beäugte ihn. Es erinnerte ihn unwillkürlich an ein Krokodil im Wasser.

„Lisa geht fremd." Als ob das irgendetwas erklären würde. Oder erklärte es alles?

Benjamin schüttelte bedauernd den Kopf. „Das stramme Mädel."

„Jetzt ist sie für jemand anderes stramm", bemerkte er, verschränkte die Arme und schaute sich missmutig die ewig gestrigen Bilder an, die Benjamin auf seinem Nachttisch hortete. Da war ein Haufen Rot vom Mars in den Bildern. Er fand seine Mutter und sich selbst. Er drehte sich um, zum Bett von Benjamins Nachbar. Dort schlief ein älterer, verschrumpelter Herr.

„Hast du jemand Neues hereinbekommen?"

„Ein wackerer Korporationsberater." Benjamin schnalzte missbilligend mit der Zunge. „Ist bisher nicht aus seinem Nest gekommen, das arme Küken. Er schläft immerzu", bemerkte Benjamin mitleidlos. „Und da kenne ich noch jemanden." Er beäugte Talon unfreundlich.

Benjamin war kein angenehmer Zeitgenosse. Wegen seiner ruppigen Art beschwerten sich viele. Talon konnte verstehen, warum.

„Und du damals auf dem Mars? Warum bist du eigentlich dort hingegangen?"

„Ahh", machte er. „Wenn du jung bist ..." Er brach ab und schloss die Augen wieder. Er sagte nichts mehr.

„Ja?", fragte Talon ungeduldig. Hin und wieder schlief der Alte während des Redens ein. Das machte Talon vollends verrückt. Aber er war der einzige Verwandte, von dem er wusste, dass er es wirklich gut mit ihm meinte. Wahrscheinlich hatte er seine vier Ohren von dessen Drogenexzessen und von nichts anderem.

„Im Luft- und Raumfahrtzentrum ist ein 3D-Bild von dir. Überlebensgroß und in voller Montur. Hast du's gesehen?"

Benjamin nickte. Er öffnete die Augen wieder und dachte angestrengt nach. „Mars ist der Gott des Krieges, des Kampfes. Hast du das gewusst, mein Junge?"

Talon schüttelte den Kopf. „Mythologien langweilen nur. Mich interessiert die reale Welt mehr."

„Dann kennst du Kairos, den Gott der verpassten Gelegenheiten, genauso wenig."

„Ja", meinte Talon sperrig.

„Malte ist ein Kämpfer ... Ich wünschte, du wärst mehr wie er."

„Wir können uns gern sagen, was uns aneinander nicht passt, wenn dir das so lieber ist. Sag mir besser, was du über die Jahrhundertmission zur neuen Erde weißt. Hast du schon mal was von Fjord gehört? Dr. Tolo Fjord?"

„Ein Korinthenkacker ... Er war bei der Eröffnung der Ausstellung dabei." Benjamin dachte nach. „Von so einer Mission weiß ich", er hustete, „nichts Konkretes."

„Und was weißt du überhaupt darüber?"

„Die Idee spukt schon lang im Schädel Haflingers herum. Seit Planet X damals entdeckt worden ist."

„Wieder so eine lästige Angewohnheit von dir, Namen zu nennen, ohne zu erklären, wer das ist."

„Der Esa-Chef des Raumfahrtzentrums." Benjamin schüttelte den Kopf über so viel Unwissenheit. „Er und ein paar Chinesen." Er überlegte. „Oder waren es die Afrikaner?"

Er fixierte Talon direkt, wie es nur wenige taten. Er ließ sich von seinen bunten Augen nicht im Mindesten irritieren.

„Das Schwerste ist der Entschluss, es zu tun, mein Junge. Alles andere kann man lernen."

Talon blinzelte.

„Warum fragst du? Möchtest du", er hustete tiefgründig, „zum Mars fliegen?"

„Nein, in eine andere Welt", seufzte Talon, ohne vorher darüber nachzudenken.

„*Du*?" Benjamin machte *Ccht* und spuckte aus in sein Taschentuch.

„Warum sagst du das so komisch? Ja, ich", erwiderte Talon verstimmt. „Und warum auch nicht? Zwei Arme, zwei Beine, ein wenig Köpfchen, braucht man denn mehr?"

„Ein wenig Köpfchen ...", echote Benjamin.

„Es ist ungeheuer inspirierend, wie wenig du mir zutraust. Hast du dich damals einfrieren lassen? Dann hättest du wenigstens einmal deinen Mund gehalten." „Respekt, mein Junge", mahnte Benjamin heiser. „Wer Respekt einfordert, will nur nicht kritisiert werden. Erst der Dialog schärft den Geist."

Benjamin schien unzufrieden zu sein. „Wo hast du das denn gelesen?", fragte er.

„Hin und wieder fällt mir auch selbst noch was ein." Sie glaubten alle, ihn in- und auswendig zu kennen, aber dabei wussten sie herzlich wenig über seine Träume und geheimsten Gedanken, von seiner Liebe zur Natur und auch nichts von seiner akribischen Ader, die manchmal zum Vorschein kam, besonders wenn er programmierte. Da wusste er genau, dass er jede Nuss knacken würde, wenn er nur nicht aufhörte, es zu versuchen. Überhaupt hatte er dann seine Ruhe und keiner ging ihm auf die Nerven dabei. Davon hatten sie bloß nie etwas mitbekommen. Er hatte es nie erzählt.

Benjamin schüttelte den Kopf. „Das Schiff hat nur Tage gebraucht ... Das konnten wir abwarten."

„Welche Qualifikationen haben sie da konkret verlangt?"

„Was meinst du? Ich bin Ingenieur für Raumfahrttechnik. Was genau willst du wissen?"

„Ach, nichts", meinte Talon frustriert. „Weißt du irgendetwas übers Einfrieren?"

„Es geht schnell."

„Wie wird es gemacht?" Er war ehrlich neugierig.

„Recht einfach. Sie stopfen dich in eine Kiste, füllen sie mit chemischen Kampfstoffen auf und frieren dich ein bei", er schüttelte seine alten Hände, als ob er Parkinson hätte, „minus tausendachthundert Grad. Dann wird der Deckel draufgemacht. Schön sauber, damit nichts verloren geht." Benjamin lachte leise.

„Hm", machte Talon. Konnte man das glauben? Das gefiel ihm überhaupt nicht. „Was, wenn dem System auf der Reise der Saft ausgeht?"

Benjamin lachte herzhaft, so gut sein Lungenkrebs das zuließ.

„Dann kriegst du meine Allbestattung, mein Junge."

Talon fand es immer noch nicht lustig. Das war doch Wahnsinn. Oder war er wahnsinnig, wenn er hierbleiben wollte? Benjamin betrachtete Talons ernstes Gesicht.

„Ein Kriegsreporter, frühes 22. Jahrhundert, hat geschrieben, das Leben müsse sich nicht reimen, es sollte lediglich eine hübsche Metapher ergeben."

„Das verstehe ich nicht."

Benjamin deutete anklagend mit dem runzligen Finger auf ihn. „Weil du vor der Schule davongelaufen bist. Wie vor allem anderen auch. Du willst ins All davonlaufen? Lass es sein, mein Junge, du hast nicht das richtige Format dafür. Das wird nichts."

„Das wirst du mir noch ewig vorwerfen."

Benjamin hatte ihm den Schulabbruch damals sehr übelgenommen. Aber im Nachhinein war es egal gewesen, per Dekret von ganz oben durften Mutanten sowieso keine ernstzunehmenden Abschlüsse mehr erwerben. Da war es doch ganz gleich, wann er das Handtuch geworfen hatte. Das war wohl der Grund, warum er Malte ihm hin und wieder vorzog, zumindest tat er bisweilen so. Der hatte es immerhin bis zum mittleren Abschluss geschafft, egal mit welch grausamen Noten. Benjamin wusste natürlich herzlich wenig über dessen kreative Nebeneinkünfte und auch nichts von seinen eigenen Ausflügen zum Polizeifotografen. Geheimnisse machten einsam.

Opa hat recht, dachte Talon, als er eine halbe Stunde später aufstand, um zu gehen. Es war eine dumme Idee gewesen, geboren aus dem Hirngespinst eines Träumers, der glaubte, etwas Besseres verdient zu haben. Er sollte endlich in der Realität ankommen.

Benjamin hielt ihn sofort am Ärmel fest. „Wann kommst du wieder? Ich weiß nicht, wie lange ich noch auf dieser Welt sein werde."

„Das weiß ich auch nicht", sagte Talon verstimmt. Benjamin war zäh und der würde älter werden als sie alle zusammen. „Bald, vielleicht zu Weihnachten."

Benjamin nickte.

Er wollte immer wissen, wann er wiederkommen würde, eigentlich war es rührend.

---

Talon vertrieb sich die trübsinnigen Stunden in aufgeheizten Einkaufsmeilen und beobachtete den lieben langen Tag gelangweilt Familien, die ihre Weihnachtseinkäufe erledigten. Er bemerkte die Kinder, wie sie mit glänzenden Augen Dinge hochnahmen, lautstark danach verlangten und wie ihre Eltern am Ausgang brav ihre Handgelenke zum Bezahlen an der Schranke drehten. Inmitten der Menge fühlte er sich nicht wohl mit seiner auffallenden Polizeijacke und zog immer wieder an seiner Mütze. Er durfte ein paar Tage bei Harald übernachten. Talon stellte sich abends zu früh auf den Parkplatz und lehnte sich mit verschränkten Armen an Waltz' Auto. Er betrachtete den Himmel und sah dabei zu, wie dort langsam die Dämmerung hereinbrach und ihr tagtägliches Morden an der Sonne vollbrachte. Die Wolken bedrängten sie, dann hing sie dort oben schwerverwundet, blutete aus, noch eine ganze Weile lang, bis sie erstarb. Das letzte Rot wurde von schwarzen Wolken aufgewischt.

Talon hatte sich nicht entschließen können, sich für einen Job zu bewerben. Heute hatte er eine Bleibe, das reicht doch fürs Erste aus, versicherte er sich, vielleicht morgen, wenn er ausgeschlafen war. Morgen war Sonntag, fiel ihm ein, da konnte man länger liegen bleiben, ohne sich etwas vorwerfen zu müssen. Er dachte an seine Freundin und wurde wütend.

Und was war, wenn er in der letzten Nacht, bevor sie ihn endgültig rauswarfen, Haralds Dienstwaffe nahm und sie sich einfach an den Kopf hielt? Dann brauchte er sich nicht mehr anzustrengen, keinen Job und keine Bleibe mehr, und auch keine Lisa. Er hatte genug von sich, von seiner aussichtslosen Lage. Das Schwerste war der Entschluss, es zu tun. Alles andere ...

# KAPITEL ELF

Bei Waltz gab es kein Abendessen, nur lustige bunte Pastenbrote. Schweigend saßen sie alle am kleinen Tisch im Esszimmer und kauten an den Broten herum, das Mädchen Magdalena inklusive. Sie war wohl erst vier Jahre alt und aß das Zeug mit einem Enthusiasmus, den Talon nur bewundern konnte. Die Kartoffelschmiere war bestimmt nicht gesund, zumindest schmeckte sie nicht so. Die Kleine nannte das „Karbofel" und hustete wie zur Bestätigung seiner Gedanken. Alle schwiegen, langsam wurde es Talon ungemütlich.

„Was hat sie?", seufzte er und bemühte sich um ein Minimum an Tischkonversation.

„Eine Autoimmunerkrankung. Ausgehend von der Lunge befällt es nacheinander die Organe." Große Tropfen bildeten sich über Igrits Pupillen und fielen über den Rand ihrer Lider ins Nichts.

Harald senkte den Kopf und starrte ins Leere.

Talon sah überrascht von einem zum anderen und hörte zu kauen auf.

„Wir arbeiten an einer Lösung", versicherte Igrit und wischte die Tränen mit einer schnellen Bewegung ihres Handrückens ab.

Sie stand auf, ging zum Fenster und stellte sich neben die schweren Schleifengardinen. Sichtbar war die nächste Wohneinheit quer gegenüber. Talon hob die Augenbrauen und quittierte mit Staunen, wohin ihn sein Versuch der Tischkommunikation gebracht hatte.

Er dachte lange nach. Dann sagte er: „Was würdet ihr tun, damit eure Tochter wieder gesund wird?"

„Alles." Sie sagte es ganz unaufgeregt, aus tiefster Überzeugung.

Harald nickte dumpf.

Das Mädchen beobachtete ihn mit interessierten Kinderaugen.

„Im Luft- und Raumfahrtzentrum gibt es eine medizinische Operationseinheit, sie nennen sie dort ‚Box'. Sie ist auf dem neuesten Stand." Sollte er das überhaupt erzählen? Wozu? „Sie heilt wohl jede uns bekannte Krankheit; bis auf ein paar wenige Ausnahmen, nehme ich an."

„Das können wir uns nicht mehr leisten. Die Kasse hat uns endgültig abgewiesen", meinte Igrit sofort.

„Ich habe nicht gesagt, dass es legal ist."

Sie sahen beide hoch, in Igrits Augen entzündete sich ein Funke.

„Ich sage bloß, dass es diese Box gibt und dass es eine Überlegung wert ist, wie man an sie heran- und in sie hineinkommen könnte. Ich bin mir sicher, dass es möglich ist. Ein gewisser Dr. Fjord ist für sie zuständig. Jeder Mensch ist bestechlich. Fragt sich nur, wofür er sich begeistert oder was ihn besticht. Das müsste noch herauszufinden sein. Wie viel Geld habt ihr noch?"

Ohne Zögern gab sie es preis. „Zweitausend Credits."

Er verzog das Gesicht. „Das ist erbärmlich wenig für so ein Vorhaben."

Sie nickte nüchtern. „Eine Behandlungseinheit für Magdalena kostet dreitausend Credits." Sie warf einen besorgten Blick auf das Mädchen, als fürchtete sie, zu viel zu verraten. „Wir haben unzählige Kredite aufgenommen, uns bei Freunden und Verwandten Geld geliehen. Das machen wir, solange es geht. Mehr können wir nicht tun."

„Man kann immer mehr tun", widersprach Talon und dachte dabei an seine Mutter. „Nur weiß man das oft nicht." Er überlegte.

„Ich werde mit diesem Fjord Kontakt aufnehmen. Ich habe ihn schon mal gesehen. Vielleicht kann ich mit ihm reden, ihn überzeugen. Einen Versuch ist es wert, dann muss man sich wenigstens nicht vorwerfen, untätig geblieben zu sein. Haben wir etwas zu verlieren?" Er lächelte. Er würde damit zumindest Zeit gewinnen und noch länger hier wohnen bleiben dürfen. Versuchen würde er es ja wirklich, ihnen zuliebe.

Sie nickte und schlang die Arme um sich. „Harald denkt genauso wie ich. Wir ... Ich meine ..." Sie wirkte schmal und verletzlich.

Talon fühlte den Impuls, aufzustehen und sie in den Arm zu nehmen, obwohl er sie kaum kannte. Sie ließ es geschehen. Sie fühlte sich knochig an, so dünn war sie. „Es wird alles gut", log er ihr leise ins Ohr. „Man muss nur fest genug daran glauben." Er ließ sie wieder los.

Talon stellte sich vor den Küchentisch, als ob er eine Rede halten wollte. „In dieses Vorhaben müsst ihr natürlich investieren. Ich brauche sofort eine Erweiterung und eigentlich auch ... Haralds Dienstwaffe."

„Was willst du damit?", fragte Harald prompt.

Talon lächelte nur und sagte nichts.

„Du beantwortest die Frage ja nicht", meinte sie.

„Ein wenig Vertrauen gehört dazu." Er lächelte wieder und Igrit und Harald sahen ihn erstaunt an. Er hatte in der Betonwüste wenigstens eine Sache gelernt: Eine eigene Waffe war eine ungemein tolle Sache, egal wozu.

Sie planten noch eine Weile lang, bis das Mädchen müde wurde und Igrit und Harry sie ins Bett brachten. Noch in derselben Nacht gab Igrit die Bestellung auf.

---

Seine Erweiterung kam mit der Morgenrohrpost. Talon nahm sie im Wohnzimmer aus der Wandklappe und ging damit sofort ins Bad. Er öffnete das Paket. Darin lagen ein Mikrachip, ein Spender und ein Tuch zum Desinfizieren. Talon folgte der 3D-Anleitung gar nicht erst, sondern griff nach dem Spender, legte den Chip hinein und schoss ihn sich, ohne mit der Wimper zu zucken, unter die Haut. Der Chip öffnete seine winzigen Haken und setzte sich in seinem Fleisch fest wie eine Zecke an ihrem Wirt. Das Blut wischte er sich mit dem Tuch ab und warf es danach achtlos in den Eimer. So einfach ging das, ruckzuck. Er malte Winkel in die Luft, das Fenster ging wabernd auf und er gab einen Identifikationscode ein. Sofort erschien eine altbekannte Gestalt im Raum und drehte sich nachlässig zu ihm um.

„Malte, immer eine Freude, dich zu sehen", sagte Talon mit einem deutlichen Fehlen jeglicher Begeisterung.

Malte dagegen grinste. „Hab von deinem stolzen Vorhaben gehört. Willst auf deinen knorrigen Heimatplaneten zurück."

Malte war kaum größer als er, hatte schulterlange braune Locken, war gutaussehend, maskulin und sportlich. Unnötig zu erwähnen, dass die Frauen auf ihn flogen, es war geradezu ärgerlich. Malte hatte nicht das Problem mit den Ohren, nur mit dem Auge, aber er hielt es nicht für nötig, sich mit Kontaktlinsen abzumühen. Er trug gern lange Herrschermäntel und feste, schwere Schuhe. Malte hatte Mut. Der war keiner, der lief. Er blieb und vertrieb die anderen. In seiner Welt war er der Beste, da überlegte er nicht zu lange, das sparte Nerven und schuf Zeit für Schöneres.

Malte sah Talon fest in die Augen, wenn er mit ihm sprach, und das nervte Talon üblicherweise so, dass er irgendwann dem Blick auswich. Heute starrte Talon beharrlich zurück. Malte schien das zu bemerken. Er lachte. Er hatte überhaupt so eine Art zu lachen, die mochte Talon nicht. Da ging es darum, dass andere Idioten waren, wahlweise dieser oder jener. Im Zweifelsfall war es Talon.

„Woher weißt du überhaupt davon?" Eigentlich eine überflüssige Frage, es war mehr als offensichtlich.

„Du kannst dir das nicht denken? Der alte Benjamin ist inkontinent in jeder Beziehung. Wenn er schon glaubt, etwas zu erzählen zu haben ..."

„Ich denke nicht, dass er inkontinent ist. Malte, hast du irgendeine Ausrüstung an der Hand, Doppler, Groundbreaker, alles, was Laune macht?"

„Jetzt, wo du es sagst – ist heute heiß reingekommen. Absolut neuwertig, summa summarum dreitausend wert, Freundschaftspreis. Du brauchst eine?"

Talon nickte langsam.

„Irgend so ein Anfänger hat das ins Niemandsland gebracht und es sich dort abnehmen lassen." Malte lachte herzhaft.

„Das ist schwer zu begreifen." Talon seufzte. „Ein paar Linsen wären zudem nicht schlecht."

„Wie geht's deiner Lady?"

„Du weißt zweifellos, dass sie mir abhandengekommen ist."

„Happy wife – happy life. Habe ich dir oft genug gesagt."

Malte amüsierte sich prächtig. Er hatte es unzählige Male hinter seinem Rücken bei Lisa probiert. Noch etwas, warum er Malte die Faust ins Gesicht wünschte. Sie hatte es ihm jedes Mal verärgert erzählt.

„Wo soll ich es abholen?"

„Im O2-Markt. Bei Pepe, business as usual."

Talon nickte. „Man sieht sich."

„Ganz best..."

Talon wollte nicht weiter mit ihm reden und beendete das Gespräch.

---

Die Stadt lechzte nach Sauerstoff. Der O2-Markt war eine riesige überlaufene Großmarkthalle voller Frischluftgeräte jeglichen Preissegments. Es roch im Hintergrund nach Heu und Löwenzahn, den Geruch kannte Talon so gut. Überall waren Leute, die sich die Funktionsweise der Geräte von animierten 3D-Verkäufern erklären ließen. An einem Infostand, über dem ein roter Pfeil blinkte, machte er Pepe in seiner grünen Weste aus, mit Sonnenblumenstiefeln, so liefen die Verkäufer hier alle herum. Er beendete gerade wort- und gestenreich ein Verkaufsgespräch mit einer Schwangeren samt Familienanschluss. Pepe war ein nüchterner, nordischer Typ mit ungesunder Gesichtsfarbe und rotblonden kurzen Haaren. Der war ein Kumpel von Malte und als solchem war ihm per se nicht zu trauen.

„Pepe", sagte Talon und nickte ihm zu.

„Talon", bestätigte der und nickte ebenfalls.

Pepe hatte eine Art, ihn von oben herab blasiert anzusehen, da wünschte sich Talon, ihm von unten in die Schnauze zu schlagen. Pepe spähte nach links und nach rechts, ob ihn jemand beobachtete, dann griff er in seinem Stand ins Regal und hielt ihm mit braunen Rändern unter den Fingernägeln das Paket hin. Darin schepperte es kaum hörbar.

„Die Kohle?"

„Wenn ich wieder flüssig bin."

„Das wird ihm nicht gefallen."

Talon zuckte achtlos mit den Schultern. „Was ist mit den Linsen?"

„Im Paket."

Talon fiel zum ersten Mal auf, dass Pepe gar keine Wimpern besaß. Pepe musterte ihn gleichfalls, schaute sich seine zu lang geratene Polizeijacke mit den Flecken darauf ganz genau an. „Jeder Zirkus braucht 'nen Clown, nicht?", meinte er abschließend.

„Besonders wenn der aussieht wie ein Gärtner mit Sonnenbrand und eh schon Pepe heißt. Man sieht sich."

Talon drehte sich um. Er stand direkt vor aufgerissenen blauen Augen und einem herzförmigen Gesicht. Statt ihrer Tasche hing an ihrem Arm ein Kerl ... Beide sagten ein paar Schrecksekunden lang nichts. Es wäre ihr lieber gewesen, wenn sie ihn heute nicht getroffen hätte, merkte er. Es war ihr überdeutlich anzusehen.

„Lisa", stellte er ernüchtert fest und presste die Lippen zusammen.

Das Anhängsel grinste sofort und hielt ihm jovial von oben her die Hand hin. „Du bist sicher einer von Lisas schrägen Freunden. Ich bin noch dabei, alle kennenzulernen. Sie hat einen riesigen Freundeskreis. Rupert der Name."

Talon sah zum Ausgang, vor ihm teilte eine Hand die Luft. Er ignorierte sie.

Lisa sprang ein. „Wir kaufen eine Anlage für unsere Wohnung. Denk dir nur, Rupert ist Informatiker, und was für ein begabter. Er hat einen echten Technologieabschluss."

Sie plapperte drauflos, redete es weg, hoffte darauf, dass er bald gehen würde und dass Sinn machte, was sie sagte. Ihre Sätze waren voller Messer.

Talon ersparte ihr weitere Erklärungsnöte, drehte sich ohne ein weiteres Wort weg und ließ sie beide stehen.

# KAPITEL ZWÖLF

Die Wintersonne stand am frühen Nachmittag noch hoch am Himmel. Ein paar Kinder lachten und spielten unten am Weiher, fuhren auf dem Eis hin und her mit bunten Mützen und manche bewarfen sich mit Schneebällen. Immerhin – es war ein paar Grad wärmer als gestern. Zu Weihnachten würde es tauen, so sagte zumindest der Wetterbericht.

Talon stand am schmiedeeisernen Tor vor Dr. Fjords riesigem Anwesen und wartete stumm die Gesichtserkennung ab. Ein gnädiger Summton, das Tor öffnete sich für ihn und er ging den langen verschneiten Kiesweg hoch zu einem architektonischen Meisterwerk. Es war ein Haus in den kräftigsten Farben – grünes Dach, blaue Mauern, braune Fenster mit welligen Rahmen, Wasserlinie nannte man das wohl, Talon erinnerte sich. Das alles passte herrlich zusammen, obwohl die Farben so ungewöhnlich waren. Leichtfüßig schwebte das Gebilde fast völlig in der Luft, der Schwerkraft entkoppelt. Zur linken Seite hin kam im Halbkreis eine breite Holztreppe hoch, mit messingfarbenem Geländer. Draußen ein Garten so groß wie ein Park, mit echten Bäumen und echten Sträuchern. Talon ging beeindruckt und auch ein wenig melancholisch die braune Treppe hoch, sie war beheizt und gänzlich frei von Schnee. Das Geländer stammte wohl aus einer Kunstschmiede und hatte an den Spitzen die unterschiedlichsten Figuren. Bäume, kleine Tiere, Glückssymbole. Talon entdeckte einen Dreizack und fuhr mit der Hand darüber. Er fühlte sich grobporig an, war aber nicht kalt. Als er oben war, betätigte er den Klingelknopf. Nicht lange, und der Mann öffnete die Tür. Talon erkannte ihn wieder.

„Dr. Fjord?", fragte er ihn etwas zu leise.

„Ja?", fragte der neugierig. Er hatte einen weißen Kittel an und genau die Filzpantoffeln, die er sich bei Bennet vorgestellt hatte. Fjord hob die Augenbrauen, aber er öffnete die Tür bereitwillig und trat auf die Schwelle.

„Entschuldigen Sie, dass ich Sie störe, aber darf ich Sie einen Moment sprechen?"

Der Mann wirkte erstaunt. „Worum geht es?"

„Ich ..." Talon räusperte sich. „Ich bin einer Ihrer ehemaligen Studenten, als Sie noch Lektor an der Universität waren, und ich bin begeistert von Ihren Missionen. Darf ich Ihnen dazu ein paar Fragen stellen? Ich kann mir niemanden vorstellen, der qualifizierter ist als Sie, um sie mir zu beantworten. Es dauert auch nicht lange. Haben Sie kurz Zeit?"

Fjord blinzelte, überlegte kurz, dann nickte er. Er trat einen Schritt zurück und ließ Talon hinein. Beim Vorbeigehen musterte Fjord ihn ausgiebig.

„Ihre Ohren – ich wette, sie sind funktional, nicht wahr?"

Talon nickte knapp und sah sich im Raum um. Er war offen, oben befand sich rundherum eine riesige Galerie. Es war ungemein sauber, fast nicht zu glauben. Der Fußboden war weiß gefliest, unmöglich rein zu halten und wies trotzdem keinerlei Flecken auf. Es roch nach Salzputzmittel, ein Geruch, der Talon düster an mehrere Putzjobs erinnerte, von früher. Fjord schien allein zu sein und gute Laune zu haben.

„Also, junger Freund, in welcher meiner Vorlesungen sind Sie gewesen?" Er lächelte immer noch.

„Interstellares Reisen, die Zukunft und ich", log Talon.

Fjord nickte und legte die Fingerspitzen aneinander. „Ja, die Sterne haben uns schon immer angezogen."

„Das haben Sie in Ihrer Vorlesung auch gesagt. Reisen als hochkomplexer Prozess."

„In der Tat."

Fjord lächelte, bot ihm aber keinen Platz zum Sitzen an.

„Ach", er winkte ab, „wollen Sie nicht etwas trinken? Natürlich wollen Sie. Wasser? Mandellimonade? Mögen Sie am Ende sogar Kaffee?"

Talon seufzte und nickte. Fjord lächelte und ging zu einer kupferfarbenen Hochglanzmaschine, die unweit von ihnen auf einem unauffälligen Tischchen stand.

„Sieben Schichten Crema. Ein Glücksfall geradezu."

Talon beobachtete Fjord, wie er die Maschine bediente. Erst hielt er den Finger hoch, als ob er zielen würde, und drückte mit einem Ruck auf den Knopf. Dann reichte er Talon eine echte Keramiktasse.

„Vielen Dank." Talon hielt sie vorsichtig und kehrte sein höflichstes Benehmen heraus.

Sie gingen zu einem beigefarbenen Sofa, das im Viereck mitten im Raum stand, und Fjord zeigte mit der geöffneten Hand darauf, weil er sich setzen sollte. Es war noch weicher als das Kraftfeld im KI-Café.

„Also, junger Freund, welche Fragen haben wir?" Er lehnte sich bequem zurück und schlug die Beine übereinander.

Talon behielt die Tasse in der Hand. „Was genau machen Sie in Ihrer Abteilung?"

„Ich überwache das gesamte medizinische Procedere", meinte Fjord sofort, ohne dass es aufgeregt oder angeberisch wirkte. Es war einfach nur eine Tatsache.

„Wer friert die Kolonisten ein?"

„Ich selbst."

Talon schwieg überrascht. Fjord wirkte trotz seines Lächelns unterkühlt auf ihn. Wenn er Geld dafür bekam, dass die Temperatur im Raum sank, war er bestimmt ein Naturtalent.

„Kann es vorkommen, dass jemand unmittelbar vor dem Start abspringt?"

„Es ist verschiedentlich schon vorgekommen, aber im Großen

und Ganzen kann man sagen, dass die Verträge eingehalten werden. Wir haben Wartelisten für diejenigen, die es im ersten Anlauf nicht auf die Transportliste geschafft haben."

„Es gibt Verträge?"

„Es gibt Ausschreibungen an verschiedene Bildungseinrichtungen und ja – wir werben die Menschen gezielt an. Wir wollen ja nicht, dass sich Jovi und Bovi bewerben, nicht wahr?" Fjord kicherte.

Talon schüttelte zustimmend den Kopf.

„Ich frage mich … Das Einfrieren, ist es denn ein schwieriges Unterfangen?"

„Nicht für den, der aufs Knöpfchen drückt." Er lächelte verschmitzt und machte kurz ein Auge zu.

„Wie wird man darauf vorbereitet?"

„Nun, die Kolonisten werden engmaschig über einen Zeitraum von sechs Monaten hinweg betreut und in dieser Zeit auf ihre Eignung – sportlich und mental – getestet. Sie müssen trotz der Beanspruchung einen Ruhepuls erreichen können, der für den Winterschlaf günstig ist. Die Körperchemie und die künstliche Chemie des Raumschiffes – sie müssen synchron sein, optimal aufeinander abgestimmt."

Talon nickte erstaunt, kam sich mit der Tasse in der Hand langsam dämlich vor und stellte sie auf den Tisch. Sie klirrte leise.

„Darf ich mit Ihnen über Ihre neueste Mission sprechen?"

Fjord hob kaum merklich die Augenbrauen.

„Sie haben Ihren Biologen Jean Bennet verloren. Ich frage mich, ob Sie auf der Suche nach Ersatz sind."

„Ja, in der Tat." Er schielte an Talon vorbei aus dem Fenster. Dahinter lag sein verschneiter Park. „Darf ich Sie fragen, woher Sie das wissen?"

Wenn er es ihm vorenthielt, würde Fjord das nicht schätzen.

„Die Koordinatorin der Reise."

„Ach", sagte er langgezogen. „Schweigepflicht und Frauen. Ein Drama, finden Sie nicht auch?"

„Nun ja", murmelte Talon.

Fjord hatte eine seltsame Art, ihn anzuschauen. Nicht so wie

Malte, der einen einfach niederstarrte, es war so, als erkundete Fjord ihn, um möglichst viel dabei herauszulesen.

„Brauchen Sie nicht jeden Mann?"

Fjord lächelte dünn. „Da Sie nun schon davon wissen – wir haben bereits Ersatz gefunden. Nichts, worüber wir uns Sorgen machen müssten."

„Im Nachrückverfahren?", fragte Talon angespannt.

Fjord lächelte wieder.

„Sie haben eine Box aus Johannesburg. Was genau kann sie leisten? Wer hat darauf Zugriff? Ist Johannesburg denn ein medizinisches Zentrum?"

Fjord machte ein Gesicht, als ob er angestrengt Kleingedrucktes lesen müsste.

„Eine Fragehäufung. Welche soll ich denn nun als erste beantworten?"

Talon räusperte sich. „Die erste."

„Sie ist auf dem neuesten Stand."

„Ja, das habe ich gehört."

„Warum fragen Sie mich danach, wenn Sie es schon wissen?"

Das war das vielleicht wichtigste Gespräch seines Lebens. Er war dabei, es zu vermasseln. Er spürte es deutlich. Nervös fragte er: „Und die Box reist mit ihnen?"

„Oh, ich reise nicht mit. Sie reist mit den Kolonisten."

„Natürlich."

Talon nahm irritiert einen großen Schluck aus der Tasse. Dann stellte er sie wieder auf den Tisch und betrachtete sie nervös. Es waren goldene und rosarote Blumen darauf und ein unleserliches Monogramm. Er hob den Kopf. Dr. Fjord schaute ihn an, wie er eine Fliege unter dem Mikroskop betrachten mochte. Ganz genau und ohne wegzusehen. Vielleicht wollte er auch nicht ausgefragt werden nach Dingen, die der Geheimhaltung unterlagen.

Plötzlich fragte Fjord: „Scheuen Sie sich nicht, die Wahrheit zu sagen. Sie möchten von mir Informationen haben, nur wozu?" Er lächelte weich. „Sehen Sie, ich vergesse nie ein Gesicht."

Talons Lächeln verrutschte. Konnte er mit offenen Karten spielen? Er musste irgendwann mit der Sprache herauskommen.

Warum nicht jetzt? „Ich habe eigentlich nur noch zwei Fragen. Die erste Frage ist, ob Sie ein todkrankes Mädchen kurz in die Box lassen würden, bevor sie startet, und was Sie dafür verlangen würden. Die zweite Frage ist, ob es ein Szenario gibt, in dem denkbar wäre, dass ich mit den Kolonisten reise."

Fjord ließ sich nicht in die Karten schauen. Seine Reaktion war nicht erkennbar. „Drei Fragen und ein freier Platz?"

„... richtig."

„Junger Freund, Sie haben sich viel vorgenommen." Fjord hielt die offene Hand mit einem Lächeln in seine Richtung, eine großzügige Geste, als ob er Wohltaten verteilte.

„Ich wollte Ihnen wirklich nicht zu nahe treten. Ich dachte, ich rede einfach mit Ihnen, frage Sie, welche Möglichkeiten Sie bei dem Ganzen sehen." Talon verschränkte die Finger ineinander. Er kam sich erbärmlich defensiv vor, aber wie sollte er so etwas auch offensiv angehen? Er hatte nichts Substantielles anzubieten und keinerlei Druckmittel, dort, wo Mitleid versagte ...

Ein Reinigungsbot schabte um die Ecke, surrte durch den Raum und suchte nach Schmutz. Er würde keinen finden ...

„Ein sehr anregendes Gespräch, ich muss schon sagen. Meine Antwort ist leider Nein." Fjords Lächeln wurde glatter. „Die Box, wie Sie sie so schön nennen, untersteht nicht meiner Kontrolle, sie untersteht der KI der neuen Welt. Diese ist ausschließlich ihrer Mission verpflichtet. Glauben Sie nicht, dass entsprechende Vorsichtsmaßnahmen getroffen worden sind, um einem Missbrauch der Einrichtungen zuvorzukommen?"

Talon schüttelte betroffen den Kopf. „Und das kleine Mädchen? Was werde ich den Eltern sagen? Sie sehen dabei zu, wie es langsam stirbt."

„Sehr bedauerlich, in der Tat. Jedoch muss ich anmerken, dass das alles recht unvermittelt daherkommt. Fraglich ist, ob Sie die Wahrheit schildern und sich um dieses mir unbekannte Mädchen sorgen oder die Box stattdessen selbst benutzen möchten." Fjord stand auf. „Wie gesagt, ein sehr anregendes Gespräch, das zu allerhand Spekulationen Anlass gibt."

Talon hielt es für besser, ebenfalls aufzustehen. Der Hinweis, dass er gehen sollte, schien klar und deutlich. Er hatte versagt, auf ganzer Linie. Aber was hätte er sonst vorbringen sollen?

Er trottete Fjord hinterher, der den Weg zur Tür wies, unter der Galerie hindurch. Ihre Schritte hallten verloren wider. Am Eingang blieb er neben Fjord stehen.

„Kann ich ... Sie sagten, dass es immerhin ein anregendes Gespräch gewesen sei. Kann ich Sie wieder aufsuchen, falls mir neue Aspekte oder neue Fragen zu dem Ganzen eingefallen sind?"

Fjord lächelte, mit den Augen mehr als mit dem Mund. „Wenn Sie möchten."

„Vielen Dank." Talon fiel plötzlich der goldene Anstecker des Raumfahrtzentrums an Fjords Revers auf. Der Stier mit dem Sternenkranz, den trug er auch zu Hause.

„Ich danke. Sie haben einen durch und durch langweiligen Nachmittag gerettet." Dann zielte Fjord umständlich und drückte mit einem Ruck auf den Türöffner.

Ob er auf diese Art die Kolonisten einfriert? fragte Talon sich. Dann war das Letzte, das sie auf dieser Welt sahen, wie Fjord umständlich den Knopf anvisierte, vielleicht gar nicht gleich traf und endlich drückte.

Talon nickte dem Mann zum Abschied verdrossen zu und kehrte zum milchigen Winternachmittag und zur Holztreppe über dem Nichts zurück. Wie sollte er Magdalena jetzt noch retten?

# KAPITEL DREIZEHN

Es war wichtig zu wissen, wann man aufgeben sollte.

Talon setzte sich auf Waltz' gemütliche Couch, zog die nassen Socken aus und warf sie mit einem gezielten Wurf direkt unter den Tisch. Anschließend betrachtete er den Sauberkeitszustand seiner nackten Zehen. Einigermaßen zufrieden damit, ließ er seinen Blick durch den offenen Raum bis hin zur praktischen Einbauküche schweifen. Talon mochte es hier, er fühlte sich wohl in Waltz' Haus. Die Familie lebte im Erdgeschoss, nur Magdalenas Zimmer befand sich oben.

Natürlich kämpften die Wohneinheiten in einer eng gebauten Reihenhaussiedlung um das wenige Licht. Die Spots leuchteten diesen Raum nur unvollständig aus. Talon rätselte, warum. Möglich, dass Magdalena es nicht vertrug oder dass sie sparten. Nach hinten hinaus gab es einen Rasenstreifen für die ganze Familie, falls sie sich der ätzenden Luft da draußen aussetzen wollten. Weil Magdalenas Lungen wohl kaum robust genug dafür waren, fehlten die Spuren von kindlichem Schneevergnügen im Garten. Man registrierte nur blankes, weihnachtliches Weiß.

Hier war sein Refugium, mindestens bis zum 15. Januar, dem Abflugtag der Kolonisten. Dann würden sie ihn wohl bitten zu gehen. So lange würde er es schaffen, sich einzunisten, und sehen, ob es ihm gelang, noch irgendetwas für das Mädchen zu tun. Was danach kam? Das war heute nur schwer absehbar und er wollte auch gar nicht darüber nachdenken.

Talon packte seine Ausrüstung aus, verteilte sie auf dem Tisch und kontrollierte sie auf Vollständigkeit. Es war alles da, alles seins, keiner hatte die Einzelteile angerührt; es wusste wohl auch niemand, was man wohin und wie ineinanderstecken musste. Talon nahm sie in Betrieb.

Er war nicht wenig stolz darauf, dass er mit ihrer Hilfe binnen einer Viertelstunde eine Liste von rund achthundert Leuten auf dem Sichtfenster seiner Erweiterung hatte. Achthundert Menschen, die sich für hundertfünfzig Jahre mit den Füßen voraus durchs All fliegen lassen wollten, während die Menschen, die sie kannten, nacheinander starben und sich die Zivilisation auf der Erde weiterentwickelte. Eine Rückkehr war unmöglich. Was wohl diese Leute dazu bewegte? Talon fielen zwar allerhand Gründe dafür ein, bestimmt aber nicht für jeden.

Wer flog, brauchte einen Platz zum Liegen. So einfach war das. Wurde der Platz nicht von selbst frei – na ja. Er las die Liste durch, dabei fiel ihm auf, dass es eine Menge von akademischen Titeln darauf gab. Mit diesen Vorzeigeleuten wollte die Raumfahrtbehörde einen Neustart auf dem zweiten Planeten durchführen. Eine schöne neue Welt?

Er sank weiter in das Kissen zurück und ließ die Namen der Kolonisten auf sich wirken. Wenn er einen Beruf auswählen sollte, den Beruf eines Kolonisten, um ihn zu ersetzen, war für ihn Informatiker am besten geeignet. Darüber wusste er mit Abstand am besten Bescheid, auf alle Fälle mehr als dieser Rupert mit der Zahnlücke und den großen Händen, dachte er verstimmt. Er ging die Liste durch, dazwischen biss er in ein Auberginenpastenbrot.

Talon sank noch tiefer in den Sitz. Er wollte auf das Kolonistenschiff. Das war ihm mittlerweile bewusst geworden. Und wenn er tatsächlich jemanden aus der Liste auswählte, um dessen Platz einzunehmen? Ihm fiel Magdalenas Spielecke auf, dort lagen die Spielsachen durcheinander wie Rüben mit Kraut.

Opa Benjamin hatte sich im Leben viel leichter getan als er. Im Studium war er sehr gut gewesen. Niemand hatte ihm je Steine in den Weg gelegt, ganz im Gegenteil, ihm war ein Blumenteppich bis zum Mars ausgestreut worden. Manchmal beschlich Talon das Gefühl, dass das Leben für andere so problemlos war, so vorgezeichnet im Gegensatz zu seinem, zumindest wirkte es so. Auch bei Lisa. Große Kehrtwendungen in ihrem Lebenslauf waren kaum mehr zu erwarten.

Er hörte auf, ein Loch in die Küchenzeile zu starren, und kehrte zur Liste zurück. Die wenigen Informatiker waren – soweit er es verstand – im Familienverbund unterwegs. Das konnte er niemandem antun, ihn aus der Familie herauszureißen und für immer und ewig allein auf der Erde zu lassen. Außerdem musste er darauf achten, wer für die Mission gebraucht wurde. Wer war im Ernstfall verzichtbar, wer fürs Überleben einer Kolonie hingegen zwingend notwendig?

Talon wischte seine Finger an der zerrissenen Arbeitshose ab. Er hinterließ einen violetten Streifen darauf und nahm seufzend die nackten Füße vom Tisch. Igrit war oben beim Kind, Harald kurz draußen beim Einkaufen, irgendetwas in der Art hatte er ihn vorhin murmeln gehört. Vielleicht machte er auch ein Schäferstündchen und schnitzte sich draußen eins.

Ein „Dr. Cartu, Sorin, 30, Religionswissenschaftler" stand ohne Familie da. Halleluja, den brauchten sie nicht. Aber halt: Wenn er länger darüber nachdachte, würde er in ferner Zukunft ja dessen Aufgaben übernehmen müssen, Babys in Taufbecken versenken, Reden auf Hochzeiten schwingen, Amen und dergleichen. Talon fühlte sich völlig unberufen dafür.

Ein ganzes Heer an Sicherheitskräften. Einer mehr oder weniger – da starb die Kolonie nicht aus deswegen. Er spann den Gedanken weiter und stellte sich vor, auf jemanden schießen zu müssen, am Ende noch auf jemanden, der durch den ungewohnten Stress durch freie Natur grünblind und verrückt geworden war, nein, Sicherheitskraft war nichts für ihn.

Der Raumanzug – fiel ihm plötzlich ein. Bestimmt war das keine BYO-Sache, bring your own, woher sollte er einen auftreiben, der zu ihm passte? Was, wenn sie maßgeschneidert wurden? Sechs Monate Zeit, um Maß zu nehmen ... Sie lagen hundertfünfzig Jahre lang dadrin. Aus welchem Material der wohl bestand? Der durfte nach der ganzen Reise ja wohl kaum zerfallen, wenn sie aufwachten und aus ihren Kapseln schlüpften, oder? Andererseits, wen kümmerte das auf der Erde? Wie weit reichte die Fürsorgepflicht für nie mehr wiederkehrende Kolonisten? Es würde sich zu Lebzeiten niemand je beschweren ...

Es durfte anatomisch gesehen keine Frau sein, deren Platz er einnehmen wollte. Wenn er wirklich vorhatte, seinen Lebenslauf auf der Erde rapide abzukürzen, so konnte er wohl erst kurz vor der Zündung der Triebwerke ins Raumschiff, sodass ihn niemand, auch keiner der anderen Kolonisten, als das erkannte, was er wirklich war. In der neuen Welt wollte er als vollwertiger Mensch gelten, der ganz selbstverständlich dazugehörte, koste es, was es musste. Fjord hatte genau ins Schwarze getroffen. Es ergab Sinn, die Box auch selbst zu nutzen. Er hätte dämlich sein müssen, um nicht zumindest auf die Idee zu kommen. Er musste Fjord irgendwie rumkriegen, hatte jedoch nicht den Eindruck, dass Geld ihn besonders aufregte, davon besaß er bestimmt mehr als übergenug; und wo sollte er, Talon, es auch hernehmen?

Talon ärgerte sich über sich selbst. Fast unüberlegt war er dorthin gestolpert, ohne eine konkrete Vorstellung von dem Gespräch zu haben. Er hatte das Gelände sondieren wollen und sofort die Karten auf den Tisch gelegt. Es war nicht gut, sein Geschick in der Gesprächsführung ...

Wovon träumte so jemand? Womit überredete er einen Fjord, womit ihn ködern? War Gewalt eine Option? Haralds Dienstwaffe als letzte Möglichkeit? Er rätselte, wie das laufen sollte. Gab es einen anderen Weg, ohne Fjord?

Er ging ratlos die Liste durch, noch mal und wieder. Ein Name fiel ihm ganz von selbst bei jedem Durchlesen erneut ins Auge. „Potsemkin, Ilja, 34. Psychoanalytiker“, daneben der Vermerk: *noch nicht ins Trainingscenter umgezogen.* So jemand arbeitete möglicherweise in einer eigenen Praxis. Er, Talon, würde sofort als Patient durchgehen und konnte sich diesen Potsemkin ansehen. Niemand war in der Lage, ernsthaft nachzuprüfen, ob ein Psychologe wirklich etwas von seinem Handwerk verstand und ein

Minus bei einem Patienten ernsthaft in ein Plus umwandeln konnte, oder? Er, Talon, war ein verdammt guter Zuhörer, ohne Angst davor, unbequeme Fragen zu stellen. Er traute es sich zu, diese Rolle überzeugend spielen zu können.

Talon dachte an die Worte der Raketenfrau aus der WunderBar. *Fjord sitzt auf der Box wie die Henne auf dem Ei.* Wenn Fjord, wie er behauptete, keinerlei Kontrolle über die Box ausübte, warum hatte sie es dann so ausgedrückt? Falls die Mission der Schweigepflicht unterlag, wieso hatte er Talon gegenüber ganz offen erwähnt, dass eine KI über die Box wachte? War das etwa weniger geheim? Oder hatte er gelogen? Irgendetwas reimte sich hier nicht. Ganz ohne Metapher.

Talon hievte sich aus dem Sofa und ging barfuß in Richtung der Küche. Er besaß seit der kurzen Zeit, in der er mit der Erweiterung arbeitete, die Angewohnheit, das Bildfeld beim Herumgehen in der Wohnung einfach vor sich herzutreiben. Er trat schmerzhaft auf eines von Magdalenas Spielsteinchen. Während er Vitaminwasser einschenkte, griff er wahllos nach oben ins Fach und nahm eine Paste heraus. Spaghetti, las er. Wie so was wohl schmeckte? Auf der Tube war eine Familie abgebildet, die glücklich damit zu Tisch saß. Um das Bild herum befand sich eine Schleife aus rot-grünen Nudeln. Zwei Elternteile, zwei Kinder, für Talon völlig fremdartig. So, wie die Familie beim Essen grinste, musste die Paste direkt aus Maltes Beständen stammen.

Während er das penetrant nach Tomatenmark stinkende Rotgrün einen Zentimeter dick auf seinem Reistoast verteilte, versuchte er, weiter ins Netz vorzudringen, um die Platzierung der Kolonisten zu verändern. Er versuchte herauszufinden, ob es grundsätzlich möglich war. Das Schachtelsystem blockte ihn automatisch ab. Er kam zwar hinein, doch konnte er dort nichts verändern und merkte bald, dass er einen intelligenten Schlüssel für den Zufallsgenerator des Passworts benötigte. Wo sollte er den herbekommen? Um den zu generieren, hätte er eine KI gebraucht …

Igrit tappte leise in den Raum, mit sorgenschwerer Miene, man mochte kaum fragen, wie es ihr ging.

„Kommst du weiter?“, murmelte sie.

„Vielleicht“, wich er aus. Talon hatte den desaströsen Besuch bei Dr. Fjord bislang verschwiegen.

Sie raffte ihr Schürzenkleid zusammen, das zu lose an ihr hing, setzte sich an den Esszimmertisch, öffnete ihr Fenster und las mit Sturm in den Brauen an einem langen Text.

„Was machst du beruflich?“, wollte er wissen.

„Ich bin Lehrerin.“ Sie seufzte es.

Fast juckte es ihn zu fragen, wie um alles in der Welt sie Harald kennengelernt hatte, aber dann interessierte es ihn doch zu wenig. Es ging ihn auch nichts an. Staatliches Matching womöglich. Da wurden einfach die Gehirnstrukturen und Säfte verglichen.

---

Wenn er einen beachtlichen, weltraumüberwindenden Ruhepuls brauchte, musste er laufen, unbedingt. In der Luft da draußen. Ob er dazu besser ein Sauerstoffgerät kaufte? Eins, das in die Nase eingelegt wurde? Das war teuer ... Die Weltraumzöglinge durften bestimmt im Raumfahrtzentrum sauerstoffüberschwemmte, paradiesisch grüne Laufstrecken nutzen ...

„Igrit, hast du einen Isolationsstift, damit du deine Schuhe wasserdicht kriegst?“

„Sicher“, murmelte sie.

„Hat Harald noch etwas über seine Dienstwaffe gesagt?“

„Nein.“ Sie hob den Kopf und wirkte streng.

Er konnte sie sich plötzlich gut als Lehrerin vorstellen, mit jenem bohrenden Blick, der ihm direkt auf die Seele sah, genau auf die schwarzen Flecken dort, wo Unrechtmäßiges vorging.

„Wofür brauchst du sie?“ Sie redete wohl gern präzise auf den Punkt.

„Nehmen wir an, dass ich momentan eure größte Investition bin. Die sollte doch niemand beschädigen.“

Er lächelte sie jungenhaft an, sie ließ sich davon jedoch nicht im Mindesten einwickeln, lächelte auch nicht zurück, sondern wellte nur deutlicher die Stirn. Sie presste kurz die Lippen aufeinander, tippte eine Textstelle in ihrem Bildfeld an, erledigte sie mit einem Hieb des Zeigefingers und schrieb die Begründung für ihr RIP darüber. Dann las sie weiter. Die Antwort auf die Waffe blieb aus.

---

Talon war so in Gedanken versunken, dass er die Anfrage erst beim zweiten Anlauf hörte. Als ihm klar wurde, wer ihn da rief, verzog er das Gesicht. Er stand auf, ging zum Bad und schloss die Tür zu. Ein Kunstlicht blinkte kurz und leuchtete auf. Hier war das Bad neongrün, ein bisschen kleiner als bei Lisa. Es neigte ohne Fenster zu erhöhter Feuchtigkeit. Er fand Tropfen an den wasserabweisenden Wandschutzflächen. Es stand eindeutig weniger Plunder um das eckige Waschbecken, dafür kopflastiger, praktischer Krimskrams.

Er nahm das Gespräch entgegen und betrachtete sich währenddessen im Spiegel. Die üblichen zweifarbigen Augen, eines lästig rot gerieben. Igrit starrte es zumindest nicht an, das war ganz angenehm.

„Malte. Immer eine Freude, dich zu sehen“, seufzte er.

Der hielt sich nicht mit Begrüßungen auf. „Wo sind meine dreitausend?“ Er stemmte die Hände in die Hüften, schien in einer Art Werkstatt zu stehen. Er, der Macher und Geschäftsmann. Er registrierte Chancen und nahm diese wahr. Malte, der alles besorgen konnte.

„Kommen bald. Wenn ich wieder flüssig bin. Habe ich Pepe doch schon gesagt.“

Malte hob verärgert die Hand, um anzuzeigen, dass Talon sich weitere Erklärungen vollkommen sparen konnte. „In dem Fall habe ich einen Auftrag für dich, dann gebe ich dir für die dreitausend vierzehn Tage Zeit.“

„Für dich liefere ich überhaupt nichts mehr aus.“

„Habe ich etwa gesagt, dass du eine Wahl hast?“

Malte konnte eine fiese, feindselige Miene aufsetzen, es war schier unglaublich. Das gelbe Auge glühte fast. Wo blieb der butterweiche Verwandtschaftsbonus?

„Was willst du von mir?"

„Dein korrupter Alter arbeitet immer noch in der Lizenzbehörde."

Talons Vater war ein Karrierist, der im inneren Stadtzentrum wohnte. Er war Anwalt fürs Patentrecht, auch im Netz. „Sprich weiter."

„Ich brauche eine neue Netzlizenz."

Damit durfte Malte online Handel treiben. Was er kaufte und verkaufte, wollte Talon gar nicht erst wissen. Er wartete auf weitere Erklärungen.

„Meine alte wird zum Jahreswechsel ungültig."

„Ach, weil du Mutant bist?"

Cousin Malte schwieg sich über die Gründe seines geschäftlichen Niedergangs aus.

„Und da wundert es dich, dass ich die Erde verlassen möchte? Es wird ewig so weitergehen mit den Einschränkungen. Die weisen uns noch zum Mars aus. Ich habe keine Lust, mir die Stürme aus nächster Nähe anzutun oder in den roten Bergwerken zu krepieren. Glaubst du, dass du auf dem Mars irgendeine andere Art von Arbeit kriegst?"

Malte sagte darauf überhaupt nichts.

„Ich versuch's, aber versprechen kann ich dir nichts. Also, man sieht sich."

„Ja, unbedingt", knurrte Malte und beendete die Verbindung.

Talon wusch seine Hände, weil er sich schmutzig fühlte, und kehrte zum Wohnzimmer zurück. Er nahm auf dem Sofa Platz und rieb an seinem Auge. Malte beunruhigte ihn. Immer schon. Nach Gesprächen mit seinem Cousin fühlte er sich grundsätzlich komisch.

Talon stand wieder auf, tigerte in der ganzen Wohnung herum, spazierte ein paarmal um die Kücheninsel im Kreis – das hatte Lisa schon nervig an ihm gefunden. Er suchte schließlich an die Küchenzeile gelehnt nach diesem Mann, wie hieß er noch gleich, Potsemkin. Tatsächlich – auf der Seite einer Praxis enthüllte sich ein dunkelblonder, feingliedriger Mensch, der mit grauen Augen aus anscheinend großer Ferne auf den Betrachter schaute. Er wirkte völlig unauffällig. Alles in dessen Gesicht erschien gerade, nichts schief, aber es gab auch wenig Markantes oder ausnehmend Gutaussehendes, an dem man lange hängen geblieben wäre. In der Menge hätte ihn Talon sich kein zweites Mal mehr angesehen. Der wollte heldenhaft auswandern in eine neue Welt. Man merkte es ihm nicht an.

Potsemkins Adresse war im Netz angegeben. Talon suchte nach der Uhr. Acht Minuten mit der Hochleistungsbahn, und er stand vor diesem Mann auf der anderen Seite der Stadt. Talon schwankte lange zwischen Trägheit und Notwendigkeit. Es war bereits dunkel. Aber er musste Kante zeigen, da half alles nichts.

# KAPITEL VIERZEHN

Eine halbe Stunde später landete er in einer zitronengelb beleuchteten, engen Gasse, die entfernt nach garstiger Katze roch. In diesem Stadtteil war er vorher nie gewesen. Links und rechts von ihm zogen sich alte Gebäude schnurgerade in die Höhe, aber wo sie schon anfingen, hörten sie auch gleich wieder auf. Der Bau ist ja völlig unrentabel, dachte er. Sie waren nur ganz wenige Stockwerke hoch. Schaute er nach oben, durch den Schlitz, den die Häuser ihm ließen, konnte er tintenschwarze Wolken erkennen, die einander grimmig jagten, in aufgeregtem Tempo.

Der Wetterbericht sagte Sturm voraus. Darum, wann der auf die Minute genau anfangen würde, hatte sich Talon kaum gekümmert. Zu allem Überfluss fing es bereits an, Schnee zu regnen. Ehrlich, er war schon ziemlich nass, als er den Namen des Erdverweigerers auf seinem Sichtfeld fand – Potsemkin, Ilja, fast ganz oben in einer langen Reihe von auf alt gemachten Messingschildern. Ohne Erweiterung wäre es nicht sichtbar gewesen.

Düster bemerkte er, dass er die Öffnungszeiten um fünfundzwanzig Minuten verpasst hatte. Dieser Weg war umsonst gewesen. Er drückte sich an die Tür, um dem Schnee zu entgehen. Trotzig nahm er die Schultern hoch und stemmte sich dagegen. Sie machte den Eindruck, als würde sie jeden Moment nachgeben. Oben auf Kopfhöhe befand sich ein kleines Fenster, über dem

Viereck ein kunstvoll verschlungenes Gitter. Fest verschlossen, nichts zu machen.

Bei seinem speziellen Glück dauerte es bestimmt ewig, bis er den Typen zu Gesicht kriegte, sehr wahrscheinlich nie. Talon verschränkte die Arme und war unzufrieden, während er an den Weg zurück zu Waltz' Wohnung dachte. Er fühlte zwei Credits in der Jackentasche. Dann würde er eben einen anderen Namen aus der Liste auswählen.

„Brauchen Sie Hilfe?" Eine freundliche Stimme hinter ihm.

Talon bemerkte einen Mann mit beigefarbener Schirmmütze, beigefarbener Jacke und grauen Falzbundhosen. Er wirkte etwas antiquiert.

„Ich suche den Psychologen. Hab ihn anscheinend verpasst", murmelte er.

Der Mann schwieg und betrachtete ihn zu lange, deswegen erforschte Talon sein Gesicht.

„Dr. Potsemkin?", fragte er überrascht und stellte sich gerade.

Der lächelte. „Für einen Doktor war keine Zeit."

Er wirkte müde, Kunststück auch, er hatte sicher den lieben langen Tag Fälle therapiert.

Potsemkin blinzelte. „Kommen Sie, für ein Aufnahmegespräch muss immer Zeit sein."

Talon unterließ die Frage, woher er wusste, dass er eines wollte. Potsemkin ging an ihm vorbei, war etwas größer als Talon. Er berührte das Holz mit dem Daumen – das Autorisierungsfeld blieb unsichtbar für das bloße Auge – und öffnete damit die Tür.

Im Treppenhaus schwebte der süßliche Geruch von Kiefer an ihn heran, es wirkte wohltuend und beruhigend. Potsemkin ging ohne weitere Worte voraus, die knarzende Treppe hoch. Talon registrierte abgetretene enge Stufen und hielt sich bei der ungewohnten Schrittlänge lieber am Geländer fest.

„Licht", sagte Potsemkin nachlässig.

Bei irgendeiner Tür blieb er stehen und drückte wieder leicht mit dem Daumen darauf. Sie öffnete sich, und der Eingang zeigte eine Praxis, wie es sie zu Zehntausenden in der Großstadt gab.

Potsemkin nahm Jacke und Mütze ab und hängte sie am

Eingang ordentlich an den leeren Ständer. Niemand war da, keine Sprechstundenhilfe, die um Nachweise oder Identifikationen gebeten hätte. Glück gehabt. Talon hängte Haralds Polizeijacke am Haken neben Potsemkins sauberer Jacke auf.

Es war kühl im Eingangsraum. Der Psychiater führte ihn in ein angrenzendes Zimmer mit echter Glastür. Überall Teppich, der die Schritte dämpfte, es roch klinisch sauber wie in einem Salzbergwerk. Alles hier kam ihm einladend vor, so hell. Draußen prasselte der Schneeregen gegen das Kraftfeld des großen Fensters. Der Sturm. Talon nahm zwei weiße Stühle wahr, der kleine Schreibtisch dazwischen kam ihm wie Eiche vor. Der Mann mochte Holz, ein Luxus.

Ist er nun Psychologe oder Psychiater, fragte er sich, und was ist eigentlich der Unterschied? Potsemkin setzte sich ihm gegenüber, der Schreibtisch lag nun zwischen ihnen. Der Mann legte die Ellbogen auf den Tisch, sah ihn erwartungsvoll an und lächelte.

„Nun, die große Frage ist: Warum sind Sie hier?"

Talon nahm die Mütze ab, er überlegte kurz.

Potsemkin blinzelte mehrfach und nahm ernst den Anblick der vier Ohren in sich auf. Er zog aus dem Nirgendwo unter dem Schreibtisch sofort einen Notizblock heraus, ein echter aus Papier war das, und bevor Talon noch etwas sagen konnte, klappte er das Unikum mit Ledereinband schon auf und beugte sich darüber. Er schrieb etwas hinein, das für Talon unlesbar war. Eine dunkelblonde Haarsträhne fiel ihm dabei in die hohe Stirn und er kritzelte mehrere Zeilen. Im Raum hörte man in der Stille deutlich das Kratzen des Stiftes auf Papier. Talon fragte sich, was ihm jetzt schon alles einfiel, das wert war aufgeschrieben zu werden, dabei hatte er noch kaum etwas gesagt. Er wartete geduldig und betrachtete ihn in der Zwischenzeit.

Potsemkin kam ihm bei dem hellen Licht definitiv etwas käsig vor, er hatte ganz leichte Schlupflider, unaufdringliche Falten an den Augen, um den feinen Mund, besaß überraschend dunkle Wimpern und wirkte, obwohl Talon nur fünf Jahre jünger war als er, beträchtlich älter. Er hatte graue Augen, mit denen er ins

Unendliche zu blicken schien. Ihn musste er auf der Erde festhalten ...

Es wirkte so ordentlich hier, eine große optimistische Blumenwiese war an den Wänden, mit Bienen darauf, in der Ecke standen unauffällig ein paar stählerne Kisten. Er packte – für hundertfünfzig Jahre Abwesenheit.

„Sie schreiben das mit der Hand auf?“ Irgendwo weit weg hörte man es donnern.

„Im Netz gehen viele Informationen verloren. Ich möchte vermeiden, dass Unerwartetes über meine Patienten auftaucht und es ungelegen kommt.“

Wieder entließ er einen ellenlangen Text in sein Notizbuch. Er hörte gar nicht mehr auf damit.

Potsemkin bemerkte Talons Staunen und lächelte. „Entschuldigen Sie. Ich halte nur ein paar Eindrücke fest. Die Erfahrung zeigt, dass es später eine wertvolle Hilfe darstellt.“

„Sagen Sie mir auch, was Sie da aufgeschrieben haben?“

„Nein.“ Er lächelte verschmitzt. „Obwohl ich mir denken kann, dass es Sie interessiert.“

Er öffnete die Schublade an seinem Schreibtisch. Dort nahm er eine winzige Blutentnahmekapsel heraus und legte sie vor Talon auf den Tisch.

„Ich möchte, dass Sie zeitnah wiederkommen. Bis dahin habe ich Ihr Stimmungsbild ausgewertet und wir können uns an die Arbeit machen. Ich werde Sie später an eine Kollegin verweisen müssen. Nun, alles zu seiner Zeit.“ Er legte einen echten Papierkalender auf den Tisch und blätterte ihn durch. „Voll, voll, übervoll“, murmelte er.

Das Geräusch von Seiten, die umgeblättert wurden, hatte Talon schon Jahre nicht mehr gehört.

„Ist der erste Januar in Ordnung für Sie?“ Potsemkin schien in Gedanken schon die Einzelstunden zu planen.

„Ich werde leider kein Geld haben in nächster Zeit.“

Potsemkin sah nicht einmal hoch, sondern konzentrierte sich auf den Kalender; er schien überhaupt nicht peinlich berührt und blätterte ungerührt weiter in dem Ding, das vor ihm willig auf dem Tisch lag. „Darüber machen wir uns später Gedanken. Lassen Sie das ruhig meine Sorge sein.“ Potsemkin hielt seinen Kopf schief und lächelte.

Der wirkte wie ein feiner Kerl, er war so freundlich – es war zum Verrücktwerden.

Ein paar Augenblicke später verstand Talon. „Ich soll Ihnen jetzt mein Blut geben?“

„Wie dem netten Vampir von nebenan.“ Ilja lächelte, er wirkte dadurch um Jahre jünger.

Talon verzog leicht den Mund, krempelte einen Ärmel hoch, griff nach der kleinen Kugel und stach damit ohne Umschweife in seinen Arm. Er reichte sie anschließend Potsemkin. Der beobachtete ihn aufmerksam und nahm sie entgegen. Talon fühlte kurz die warmen Finger des Mannes, dann drehte dieser sich um und steckte sein Blut in das Auswertungsgerät hinter ihm, welches vor Talon verborgen blieb. Es machte *klick*. Ob es eine gute Idee war, seine Personalien so detailliert hier zu hinterlassen?

„Haben Sie noch eine Frage, die Sie mir für unser nächstes Treffen mitgeben wollen?“

„Eine Frage an das Universum?

„Wenn Sie so wollen.“

Talon schüttelte den Kopf.

„Also bis Neujahr, sechs Uhr?“ Potsemkin wirkte, als suchte er nach irgendetwas, und Talon nickte knapp. Er stand auf und verabschiedete sich. Hinter seinem Rücken hörte er ein „Frohe Weihnachten“ und machte, dass er hinauskam, in den eisigen, wintergrauen Sturm.

---

Am Weihnachtsmorgen wachte Talon davon auf, dass jemand eine ganze Kiste voller Magnetklötze über ihm ausschüttete. Er fuhr vor Schreck in die Höhe und staunte wieder, dass er nicht in Lisas Wohnung aufwachte. Es kicherte hinter dem Sofa. Er brauchte Minuten, bis er sich fasste und nach hinten über die Rücklehne seiner Schlafgelegenheit schaute. Unten, zwischen Sofa und

Wand, hockte Magdalena mit kindlich runden Armen, einem pausbäckigen Gesicht und großen abenteuerlustigen Teddybäraugen. Ihre Lippen waren blass. Die selbstgeschnittenen Haare wirkten fransig an den Enden. Sie kam nach ihrer Mutter.

Talon grinste zurück und stand auf. Er sah, dass Igrit und Harald gerade gemeinsam in der offenen Küche Frühstück vorbereiteten. Harald schälte Orangen – mit Messern konnte er anscheinend gut umgehen. Igrit bestrich einen Toast.

„Wir feiern ein schönes Weihnachten. Das Schönste überhaupt", flüsterte Harald Igrit zu und legte den Arm tröstend um ihre Schultern. Sie neigte ihm erschöpft ihren Kopf zu. Sie kämpften mit dem Bewusstsein, dass sie die kommenden Jahre ohne ihre Tochter leben würden, ohne ihr geliebtes Kind.

Talon konnte daran kaum etwas ändern. Er würde sich heute Abend betrinken und hatte allen Grund dazu. O du fröhliche.

---

Zumindest Benjamin war gut gelaunt, als Talon ihn nachmittags im Altersheim besuchte. Der führte ihn in den miefigen, nach vergorenen Schweißfüßen riechenden Gemeinschaftsraum, weihnachtlich dekoriert. Lauter kleine bunte Tannenbäume hingen von der Decke herunter. Sie drehten sich träge im Luftzug.

Benjamin nahm den Plätzchenteller, der für alle dorthin gestellt worden war, und setzte sich damit in eine freie Sitzecke. Er holte unter der abgewetzten braunen Lederjacke ein Geschenk heraus und schob es Talon über den kleinen Tisch hinweg zu. Talon berührte es mit den Händen. Es fühlte sich von Benjamins Körper warm, auch weich an.

„Aufmachen", krächzte er.

„Ich habe aber kein Geschenk für dich."

Benjamin winkte ab.

Talon wickelte das Päckchen aus und merkte, dass es ein Hemd war. Ein dunkelblaues Hemd mit hellblauen Streifen an den Ärmeln und mit angenähter Krawatte.

„Damit du sie nicht verlierst", meinte Benjamin und deutete

mit dem runzeligen Zeigefinger auf den Schlips. „Und damit ich nur noch einmal in meinem Leben sehe, dass du ordentlich angezogen bist. Seit deine Mutter ..."

„So schlimm ist es auch wieder nicht."

„Du siehst aus wie der Fußabstreifer vor einem fünfstöckigen Hurenhaus. Nur zu deiner Information", meinte Benjamin mit Nachdruck.

„Was schenkst du Malte heuer?", lenkte Talon ab.

„Nichts, weil er nichts braucht", sagte Benjamin ungerührt. „Was ist mit deiner Mission?"

Talon schüttelte verdrossen den Kopf. „Dr. Fjord hat Nein gesagt. Er ist die Schlüsselfigur zu dem Ganzen. Ich habe keine Ahnung, wie es ohne ihn laufen soll."

Ihm fiel plötzlich auf, dass Malte schweigend in der Tür stand. Wer wusste, wie lange schon? Dessen zweifarbige Augen ruhten auf ihnen beiden. Er hörte aufmerksam zu, merkte Talon. Sein Zeitmanagement war schlecht gewesen. Ihn wollte er heute am allerwenigsten treffen.

Benjamin nickte und tätschelte seinen Arm. „Es war eine originelle Idee und zumindest hast du mal irgendwas versucht."

„Malte, immer eine Freude ..."

„Spar dir deinen dämlichen Spruch", sagte der gereizt. Er trug den Königsmantel, so nannte Talon in Gedanken das lange dunkle Ding.

„Vertragt euch", mahnte Benjamin.

Talon griff nach ein paar der Plätzchen, damit er nicht gleich zu reden brauchte. „Friss dich vorher schön fett, Talon. Das Zeug liegt dir nur hundertfünfzig Jahre lang im Magen."

Es war nicht angenehm, dass Malte von seinen Plänen wusste. Talon spürte den Drang, den Raum zu verlassen, und machte bald, dass er unter frommen Weihnachtswünschen und der Beteuerung an Benjamin, dass er bald wiederkomme, hinausging. Während er nach draußen ging, dachte er über seinen Opa nach. Benjamin wirkte immer so, als würde er nach seinem Besuch bis zu seiner Rückkehr einen Abreißkalender brauchen. Ob er ihn überhaupt allein auf der Erde sich selbst überlassen durfte? Auf

Malte war kein Verlass. Gesetzt den Fall, dass er das wirklich schaffte, das mit der Kolonie, würde er Benjamin nie mehr wiedersehen. Dies waren dessen letzte Jahre. Wollte er wirklich die Ratte sein, die das sinkende Schiff verließ?

Talon hörte Schritte hinter sich auf dem Gang.

Malte kam ihm nach wie der Jäger dem Hasen. „Was ist mit meiner Lizenz?", fragte er scharf.

„So etwas dauert."

Malte packte ihn am Kragen und drückte ihn gegen die Wand. „Wenn du sie mir nicht bringst, wirst du mich auf eine neue Art kennenlernen. Dann gehst du ausliefern. Ist das klar?"

Talon spürte, wie feine Speicheltropfen auf seinem Gesicht landeten.

Malte fasste noch aggressiver zu und schüttelte ihn. Der Verlust der dreitausend Credits oder wahlweise der Lizenz schien ihn schwer zu treffen.

Talon schob Malte mit einem ärgerlichen Ruck von sich weg.

„Ich kann dir auch jemanden vorbeischicken", drohte der.

Sie maßen sich mehrere Sekunden lang hasserfüllt, bis Malte sich abwandte und mit lauten Schritten zu Benjamins Zimmer zurückkehrte. Malte spielte Benjamin den guten Enkel vor, aber der durchschaute ihn glücklicherweise völlig.

Talon klemmte das Geschenk unter den Arm und ging die Treppe hinunter zum Ausgang.

# KAPITEL FÜNFZEHN

Igrit holte am Spätnachmittag echte Kerzen aus der Schublade, entzündete sie und stellte sie auf den festlich gedeckten Tisch. Anschließend schaltete sie die Spots an der Decke aus. Das matte Licht erzeugte eine Stimmung, die Talon guttat. Die Kerzen flackerten und all ihre Schatten flackerten in den Ecken mit.

Igrits Platzdeckchen waren mit roten Weihnachtsglocken geschmückt, eine Schale mit Plätzchen durfte nicht fehlen. In der Küche bereitete Harald etwas Größeres zu.

Talon kam plötzlich eine Erinnerung: ihr erstes gemeinsames Weihnachten, der Kerzenschein auf Lisas Gesicht, ihre Lippen – als ob Honigtau daran gehangen hätte – warm und betörend, und er hatte sie einfach küssen müssen. Er erinnerte sich an ihr schelmisches Grinsen, als sie ihn an Heiligabend in Besitz nahm. Die lustige Lisa. Mit ihm war sie über die Jahre hinweg ernster geworden, er in derselben Zeitspanne aber kaum optimistischer.

Talon verscheuchte die Erinnerung, die ihren positiven Zauber eingebüßt hatte. Jetzt war alles ganz anders. Er stand auf und schenkte sich in die Familientasse, auf der der Kopf eines Grinch abgebildet war, eine große Kelle Punsch nach.

Haralds und Igrits Liebe schwebte im Raum, die zu ihrer Tochter. Sie sickerte bis in seine Seele durch. Es ließ ihn zum ersten Mal seit der Trennung mit Lisa zur Ruhe kommen.

Als Bescherung war, packte Magdalena nach und nach eine kleine wollweiße Schafherde aus, mit riesigen Portionen Vaterliebe geschnitzt, dazu ein Puppenhaus aus Holzimitat mit winzigen virtuellen Projektionsflächen innen. Sie freute sich unbändig und ihre Augen funkelten, während sie auf dem Boden saß und ihre Puppen mit allerhand Krimskrams einziehen ließ.

Igrit packte einen Herz-Anhänger aus Echtholz aus, der Harald einen großen Kuss einbrachte, sie wiederum schenkte Harald mehrere besondere Steine, anthrazitglänzend, grünviolett – für dessen Sammlung. Harald sagte nichts dazu, lächelte nur still, und es war ihm anzusehen, wie sehr er sich freute.

Packst du dein Geschenk nicht aus?", fragte Igrit nach einer Weile.

Talon war überrascht, aber ja – unter dem Baumimitat lag noch ein Paket, überraschend groß. Perplex hob er es vom Boden auf und fühlte sich schuldig. Er hatte im Gegenzug nichts anzubieten. Beim Betasten war es – verdächtig weich. Er öffnete die liebevoll gewickelte Schleife und das glänzende Papier, wickelte das Ganze aus und erkannte, dass es ein Hemd war, und zwar ähnlich wie das von Benjamin. Die dynamischen Streifen an den Ärmeln waren hier braun.

„Es passt zu deinen Augen", schwärmte sie.

Eine schwarze Hose mit unauffälligen Heimwerkertaschen links und rechts rundete das Ganze ab, dazu noch eine enganliegende schwarze Winterjacke – ziemlich adrett, das alles, fand er. Was er aus seinen Geschenken schließen musste, war, dass sie ihn unbedingt ordentlich angezogen sehen wollten. Vielleicht sollte es ihm zu denken geben.

---

Gegen elf war er punschselig entspannt. Magdalena war mit dem Kopf auf Igrits Schoß eingeschlafen, da fragte die ihn: „Was erwartest du eigentlich von einem anderen Planeten? Ich meine, was willst du dort finden?“ Es schien ehrliches Interesse ihrerseits zu sein und war eine gute Frage.

„Ruhe.“ Das fiel Talon spontan ein. Er räusperte sich und setzte sich auf. Vielleicht tat es gut, einmal darüber zu reden und sich klar zu werden, was er eigentlich wollte mit seinem Leben. „Ich weiß, es klingt abgedroschen, aber ich liebe Büsche und Bäume – sie selbst pflanzen, ihnen beim Wachsen zuschauen, dabei sein, wenn sie grün werden, und die Gewissheit haben, dass sie diesmal nicht eingehen werden. Erleben, wie der Frühling riecht. Die Blumen – wie es sich anfühlt, eine zu pflücken, und das, ohne zweihundert Credits Geldstrafe zu kriegen, wenn man dich dabei erwischt, wie du es absichtlich machst. Verstehst du? Es muss überwältigend sein, wenn man einfach über einen Planeten spazieren kann, ohne Aufenthaltsbeschränkungen, ohne Stadtkreise, keiner da, der dir besonders auf die Nerven geht, so hoffe ich zumindest.“ Er lächelte. „Die Fülle des Lebens um dich herum und nicht das Nachlassen und Versiegen der Kraft der Natur, wie man sie hier überall mitkriegt. Eine unverstellte Sicht auf die Sterne …“ Er seufzte. „Natürlich – ich bin mir völlig im Klaren darüber, dass es ein Haufen harter Arbeit ist, Farmarbeit, schätze ich, die dort auf uns wartet, aber ich freue mich trotzdem darauf. Endlich eine Welt, die eine Zukunft hat.“

Er träumte davon, in einer Gesellschaft zu leben, die ihn als einen der ihren aufnahm, ihn respektierte. Das war sein lächerlicher Traum, den er nicht laut zu erzählen wagte. Ein Leben als Kolonist mochte anspruchsvoll sein. Aber wer nichts riskierte, der hatte schon verloren. Der Satz war abgenutzt, aber ihm bedeutete er etwas. Er war immer ein Verlierer gewesen. Bis heute ...

Talon senkte den Kopf. Aber was redete er denn da? Die nächsten Wochen durfte er von einer anderen Welt träumen und verdrängen, dass er über kurz oder lang auf der Erde bleiben und wieder Geld verdienen musste. Er erinnerte sich lebhaft an die Jobs von früher, auch wie trist sich damals das Leben für ihn anfühlte. Als das Aufstehen am Morgen bereits die erste große Hürde war, die es zu überwinden galt. Er war schlecht darin, das hatte er oft genug bewiesen.

Talon trank den Rest des Punsches aus. Was für eine Zukunft erwartete ihn denn?

---

Am nächsten Morgen meldete sich Talon bei der Sekretärin seines Vaters an, um einen Gesprächstermin zu ergattern, und zu seinem Erstaunen bekam er stattdessen eine Einladung zu seiner Silvesterparty.

Vater wohnte im inneren Kern, weit weg vom äußeren Stadtkreis, dessen fester Bestandteil Talon seit jeher war. Gedankenverloren fuhr er gegen zweiundzwanzig Uhr im Aufzug nach oben, weil sein Vater abgehoben vom Rest der Welt ein langes, breites Stockwerk sein Eigen nannte. Ihm graute vor dem Treffen. Der Aufzug war in dessen Wohnung integriert, und als der helle Ton ihm anzeigte, dass er am Ziel angekommen war, öffnete sich die Fahrstuhltür, und er stieg aus und traf auf blauschwarz gepfefferte Fliesen und Edelstahlromantik.

Er hörte seinen Vater reden. Eine Stimme wie ein Reibeisen, die Brust kam bei ihm immer zuerst, mit zehnfacher Arroganz von Pepe und dem Ego von Malte obendrauf. Er, Talon, sah seinem Alten auch noch unheimlich ähnlich. Pech gehabt ...

Sein Vater war gerade mitten im Gespräch, erschien kurz im Türrahmen, um zu überprüfen, wer da in seine Wohnung kam, reagierte aber nicht auf Talons Gruß und kehrte umgehend ins angrenzende Esszimmer zurück. Drin sprach er volltönend weiter.

Talon trat ein und sagte überhaupt nichts mehr. Für seinen alten Herrn fehlten ihm die Worte.

„... diese kurzfristige Änderung der Normenhistorie ist das Ärgernis. Sie stellt uns vor schwerwiegende Probleme, im nächsten und im übernächsten Quartal."

Mehrere Männer in langweiligen Anzügen saßen an dem ovalen Tisch und nickten. Es waren graue, geldgierige Gesichter. Ein paar Frauen waren dazwischen in die Runde gestreut, alle in bunten, teuren Kostümen. Es schien, als war Talon mitten in eine Projektbesprechung gestolpert.

Talon konnte solchen Gesprächen nichts abgewinnen und sich auch nur schlecht darauf konzentrieren. Neben seinem Vater trank eine weißblonde, gleichgültig wirkende Frau aus einem Glas. Seine neue Geliebte, wurde ihm klar, ihren Namen erwähnte niemand. Mode schien auch ihr wichtig zu sein, sie hatte schmale Lippen und Smokey Eyes, die zum Blond ihrer Haare einen zu harten Kontrast bildeten. Sie musterte ihn , als er näher kam. Sie war mindestens fünfundzwanzig Jahre jünger als sein Vater. Es war für ihn immer schon ein Rätsel gewesen, wie gerade seine feinfühlige Mutter in die Reihe seiner wechselnden Partnerinnen gepasst hatte.

Talon setzte sich auf den letzten freien Platz schräg gegenüber und strich das neue Hemd, das er von Benjamin hatte, und die Krawatte über dem Bauch glatt. Er sah hoch und seinem Vater beim Lachen zu. Dieser entblößte erstaunlich weiße Zähne, war ein gutaussehender Geschäftsmann, der gerade diejenigen Leute am meisten überzeugte, die am wenigsten von ihm wussten. Er wickelte sie alle ein, vermittelte Wärme und Menschenfreundlichkeit. Seine erfolgreichste Lüge. Talon kannte ihn besser als jeder andere hier im Raum. Ihm war vollkommen klar, wie viel Fassade dieser Mann verkörperte und dass er ihn, seinen einzigen Sohn, nicht retten würde, ganz gleich aus welcher Misere.

Talon war vollkommen in seine Gedanken versunken, da richtete sein Vater unerwartet das Wort an ihn.

„Du kannst ..."

Talon presste automatisch die Lippen zusammen und verschränkte die Arme vor seiner Brust. Vater nannte ihn nie beim Namen, manchmal fragte sich Talon, ob er ihn überhaupt noch wusste. Sein Vater scharte nur einflussreiche Menschen um sich, nicht so jemanden wie ihn.

„... später mit uns auf die Dachterrasse gehen. Das Feuerwerk über der Stadt ist prächtig. Jungen Leuten gefällt das."

Er betitelte einfach alles mit „prächtig". Talon fasste sich an die Stirn und versuchte, sich zusammenzureißen. Er fühlte die

Anspannung im ganzen Körper, nickte, stocherte in dem Menü herum und unterdrückte den Drang, das teure Häuflein auf seinem Teller sofort aufzuessen. Unmöglich, davon satt zu werden! Hätte er sich nur vorher ein Pastenbrot gegönnt. Er schüttelte leicht den Kopf. „Was meinst du?“ Sein Vater sprach mit ihm.

Talon sah ihn erstaunt an. Sein Vater liebte es, ihn bloßzustellen, zu blamieren, da ruckte er plötzlich mit dem Kopf herum, sprach ihn direkt an, und er, Talon, wusste keine Antwort zu geben, weil er nie zuhörte, bei dem lobbyistischen Lizenzgelabere gar nicht zuhören konnte. So auch jetzt.

„Entschuldige, ich hatte gerade nicht zugehört. Was meinst du?“

Ungeduldig wiederholte sein Vater den letzten Satz. „Ein Außerkrafttreten im neuen Jahr ist ausgeschlossen. Was meinst du?“

„Dem kann ich nur beipflichten“, sagte er wie aus der Pistole geschossen und es musste wohl die richtige Antwort gewesen sein, denn sein Vater nickte anerkennend.

Talon nahm sein Glas und trank den tiefblauen Wein darin aus. Gleich darauf griff er nach der Serviette, damit er nicht wirkte wie eine Wasserleiche, mit Lippen so blau, wie sein Vater sie gerade hatte. Der hielt sich die Hände über den feisten Bauch und lachte lautstark über irgendjemanden, den Talon nicht kannte.

Talon räusperte sich und beugte sich nach vorn, um mit seinem Vater zu sprechen. „Ich wollte dich etwas fragen ...“ Er hatte das Anliegen von Malte im Sinn, einer der beiden Gründe, warum er heute hier war.

Sein Vater reagierte nicht auf ihn.

Talon seufzte und warf einen Blick zur weißblonden Schönheit. Ihr musste doch so langweilig sein wie ihm. Die Uhr mit den brandroten Zeigern an der Decke offenbarte, dass es noch über eine Stunde bis Mitternacht war. Die Freundin seines Vaters zwinkerte ihm kurz zu. Niemand außer ihm schien es zu merken. Träumte er das nur?

„... sie haben eine unfassbare Präzision und Geschwindigkeit.“

Talon horchte auf. Der Satz war unerwartet durch die Murmelwatte in sein Bewusstsein vorgedrungen.

„Mit den Privatlizenzen für die neuen KI machen wir ein Vermögen."

„KI sind doch verboten", entfuhr es ihm.

„Blödsinn", knurrte sein Vater. „Selbstverständlich sind sie erlaubt. Vorausgesetzt man hat die Lizenz dafür." Er lachte herzhaft. Die anderen stimmten in sein Gelächter mit ein. Warum, war nicht zu verstehen.

„KI in privater Hand – wozu soll das gut sein? Wollt ihr, dass euretwegen Menschen sterben?", fragte Talon in die Runde.

Plötzlich lachte keiner mehr. Sie glotzten ihn alle an, als hätte er beim Nonnengebet Obszönitäten von sich gegeben. Talon fragte sich, ob er ihnen schildern sollte, wie er vor wenigen Tagen eine KI im Niemandsland getroffen hatte, aber das würde nur zu unangenehmen Fragen führen.

„Ich meine, wie soll man sich wehren, wenn man von einer KI angegriffen wird?"

„Natürlich gibt es das Passwort des Herstellers. Es macht zwanzig Prozent des Kaufpreises aus. Ohne das Passwort erwirbt man keine Lizenz", belehrte ihn sein Vater.

„Wie soll mir das helfen, wenn ich angegriffen werde? Wie finde ich da so ein Passwort heraus?"

Sein Vater schüttelte verärgert den Kopf und wechselte das Thema.

---

Die Wolkenfetzen schienen auf der Dachterrasse zum Greifen nah zu sein. Ein Kraftfeld schützte die Partygäste vor dem eisigen Wind. Talon beobachtete fasziniert einen Wagen, der gerade dicht an ihrem Hochhaus vorbeigeflogen kam und direkt gegenüber das Dach ansteuerte. So nah hatte er das vorher nie beobachtet, geschweige denn, dass er je selbst in solch einem Auto geflogen wäre.

„Ich wollte dich ..."

Sein Vater unterbrach ihn sofort. „Ich habe gehört, dass du ein Stipendium bekommen hast. Du studierst Wirtschaftswissenschaften? Das einzige Studium, das man ernst nehmen kann." Er sagte es mit lauter Stimme und es klang ungewohnt zufrieden.

„Wo hast du das denn her?" Nur Erfolg interessierte seinen Vater, dann erst würde er ihn wahrnehmen. Talon beobachtete das Auto, es drehte sich, schwebte in schwindelerregender Höhe, fuhr anschließend den Haken aus, um zu arretieren und zu parken. Mehrere Leute stiegen aus, er bemerkte sie von Weitem als Schatten. Ein lebendiger Begrüßungsruf hallte bis zu Talon herüber. Die waren alle beim Partymachen, hier im inneren Stadtkreis.

Es ging da verdammt weit runter. Wenn er sprang und seinem Vater den guten Rutsch vermieste, würde er unten aufklatschen und nicht das Geringste dabei spüren ...

„Du könntest in meine Firma einsteigen, ich gebe dir die Möglichkeit dazu. Was sagst du?"

„Soll ich dein Geld waschen, oder was willst du von mir?"

Vater bekam diesen eiskalten Ausdruck, vor dem es Talon seit jeher graute. Da fühlte er sich immer kleiner werden, es war verdammt unangenehm.

Vater stellte das leere Glas klirrend auf einem kleinen runden Tisch ab und ließ Talon stehen. Als Gesprächspartner war er nunmehr disqualifiziert. Er schien eine echte Zumutung darzustellen, mehr als vier Minuten Zwiegespräch hatte sein Vater in seinem ganzen Leben sowieso nie mit ihm zustande gebracht. Talon sagte grundsätzlich das Falsche, zu jeder Zeit. Wie sollte er ihn jetzt noch um Geld bitten?

Als er den Kopf wieder hob, bemerkte er, dass sein Vater ihm strafend den Rücken zukehrte und mit jemandem sprach. Talon erkannte diesen Mann schmerzhaft wieder: der Anzugträger aus der WunderBar, der mit dem Löffel.

Der fixierte ihn kurz und rief dann laut hörbar „Tripod on ice" in seine Richtung. Er bestellte bei ihm, wurde Talon klar. Der Mann glaubte, dass er hier zum Service gehörte.

Talon nahm das als Stichwort und ging über die glänzenden großen Fliesen dorthin zurück, wo er hergekommen war. Er drückte auf den Knopf, um den Aufzug zu rufen. Als er sich umdrehte, bemerkte er, dass die blonde Geliebte seines Vaters ihm leise tapsend nachschlich. Sie war barfuß, wohl wegen der warmen Fliesen und weil es zu ihrem sexy Auftreten passte. Ihre Nägel waren rot lackiert, um ihr rechtes Fußgelenk baumelte eine silberne Kette. Ihr schicker Hosenanzug war bis zum Busen hauteng.

„Du willst doch nicht vor zwölf Uhr gehen?“, hauchte sie. Sie war definitiv angetrunken.

„Willst du da etwa bleiben?“, fragte er zweifelnd.

Sie lachte leise, kam immer näher, zu nah, legte die Hand besitzergreifend um seinen neuen Kragen, sehr zu Talons Überraschung.

„Zu schade“, hauchte sie.

Er spürte ihren Atem warm auf der Haut. Bevor sie es sich überlegte, drehte er den Kopf zu ihr hin und sie – sie küsste ihn tatsächlich, ausgiebig sogar. Es war so leicht, sie so bereitwillig. Sie steckte ihm ohne Bedenken ihre Zunge in den Hals, ihm, einer frischeren Ausgabe ihres aktuellen Liebhabers.

Sie schmeckte nach Wein, war herrlich warm und roch nach teurem Parfum, von dem Geld dafür hätte er bestimmt eine Weile lang leben können. Sie strich ungeniert über seine Ohren, das taten sie immer.

Die Aufzugtüren öffneten sich und zerstörten den Moment. Dass irgendjemand ihn hier mit der Geliebten seines Vaters verschmolzen sah, Neujahr hin oder her, brauchte er nicht. Ihre Miene war ausdruckslos, als er sich langsam und bestimmt von ihr löste und den Fahrstuhl betrat.

„Frohes neues Jahr“, sagte er verschmitzt lächelnd zum Abschied.

„Du musst die KI selbst danach fragen“, sagte sie ernst.

„Wonach?“, fragte er perplex.

Die Tür ging zu, die Antwort blieb aus. Der Aufzug fuhr ihn die langen Stockwerke hinunter, im Hintergrund die farblose Fahrstuhlmusik. Er fühlte Enttäuschung darüber, dass es so schnell wieder vorbei gewesen war. Vor Küssen lief er nicht davon, aber die traurige Wahrheit war, dass man ihn leicht kriegen konnte. Viel zu leicht. Talons sozialer Marktwert war denkbar gering und nach Lisas Börsencrash noch beträchtlich gefallen ...

Im Fahrstuhl erlebte er Schlag zwölf Uhr und hörte den Neujahrsjubel aus mehreren Etagen in Wellen auf sich zukommen und wieder wegschwappen.

Das „Frohes neues Jahr 2243“ sah er erst von unten, von der Straße aus, in gelben Lettern in den Himmel gedruckt. Lisa klebte bestimmt gerade an Ruperts Lippen. Der Anzug konnte ewig darauf warten, dass er – mit dem Getränk – zurückkam, und sein Vater auch.

Talon war keinen Millimeter weitergekommen. Die Kolonisten flogen in fünfzehn Tagen ab.

# KAPITEL SECHZEHN

„Ihre Wut macht mir Sorgen." Potsemkin saß ihm gegenüber und strich sich gedankenverloren mit dem Zeigefinger über die Lippen.

Der Psychiater ging Talons Blutwerte durch, seinen flüssigen Stimmungsbarometer, eine lange Liste, aus der er Informationen über ihn las. Wahrscheinlich dachte er sich zu jeder Zeile etwas Schlaues aus.

Talon fiel auf, dass die Kisten verschwunden waren und es im Raum leerer wirkte im Vergleich zum letzten Besuch. Er hätte jedoch kaum sagen können, was fehlte. Wieder war es Abend und sie beide waren allein in der Praxis.

„Sie sind Läufer. Sie sollten Marathon laufen. Genetisch sind Sie wie geschaffen dafür. Oder Basketball spielen. Im Zielewerfen müssten Sie Erstaunliches zustande bringen."

Das ist ja eine gute Nachricht, fand Talon. Statt dass es jedes Mal nur hieß, dass er vor Problemen grundsätzlich davonlief. Aber mit dem Werfen hatte er sich noch nie beschäftigt.

„Ihr Intelligenzquotient ist an manchen Stellen beachtlich."

Talon verzichtete darauf, zu fragen, an welchen.

Ilja hob den Kopf und sah Talon freundlich an, lächelte aber eine Spur zu kumpelhaft. „Ihre Frage ans Universum heute?"

„Warum lächeln Sie ständig?" Talon war echt schlecht gelaunt, merkte er.

Potsemkin verschluckte sich und hustete, nahm die Hand vor den Mund, zog sie schnell wieder weg und studierte noch schneller die Liste vor ihm. Er wirkte erschrocken. Der Ausdruck verschwand so schnell, Talon fragte sich, ob er ihn wirklich gesehen hatte.

„Das tun Menschen", meinte er, während er von da an Talons Blick mied.

„Menschen tun allerhand", bestätigte Talon.

Potsemkin machte eine bedauernde Miene. „Sie haben etwas, das Sie mir nicht sagen möchten." Eine Feststellung.

„Hat das nicht jeder?", fragte Talon genervt. Ihm lag nichts an einer Arbeit mit diesem Typen. Er fand ihn unerträglich – das war sein hartnäckiger Vorsatz fürs neue Jahr. Er betrachtete die lächerlichen Bienen an der Wand. Die waren immer fleißig. Auf die war Verlass – bis sie tot umfielen.

„Vertrauen muss man sich verdienen, das ist mir durchaus bewusst. Warum sollten Sie mir so schnell Ihre persönlichsten Gedanken offenbaren, mir zeigen, wo Sie am verwundbarsten sind? Und doch, ohne Vertrauen geht der Mensch zugrunde. Es ist ein Trauma, das Sie noch kaum verarbeitet haben." Potsemkin sagte die Sätze ganz ruhig, als ob er, Talon, jemand wäre, mit dem man behutsam umgehen müsste.

Störrisch schüttelte er den Kopf.

„Sie müssen nicht heute davon reden, obwohl es gut für Sie wäre, es auszusprechen. Es ist anstrengend, ich weiß."

„Wieso? Was glauben Sie denn, was ich verarbeiten muss?"

„Jemand hat in Ihrem Leben eine Lücke hinterlassen ..."

Talon wurde plötzlich zornig. „Sagt Ihnen das Ihre Liste?", presste er heraus.

„Ihr Zellgedächtnis. Hier." Potsemkin zeigte ganz sachlich auf irgendeine x-beliebige Stelle auf der Auswertungsliste.

Es war zum Aus-der-Haut-Fahren. Talon fühlte das Bedürfnis, diesem Leisetreter und Papierfetischisten gegenüber laut zu werden, einfach so – warum, wusste er selbst nicht genau. Er unterdrückte mit großer Mühe eine sarkastische Bemerkung, während der Psychiater defensiv-sorgenvoll nickte.

Ilja strich gedankenverloren mit dem Zeigefinger auf der Lippe hin und her. Den Kerl auf diesem Erdball auszusetzen würde eine wahre Freude werden, dachte Talon gehässig.

„Wie viele Mutanten gibt es auf der Erde?“, fragte Ilja unvermittelt.

„Drei- oder vierhundert.“

„Sind es nun drei- oder vierhundert?“

„Keine Ahnung.“

„Es sind dreihundertzweiundachtzig. Sie mit eingerechnet.“

„Haben Sie das persönlich nachgezählt?“

„Und ich glaube, dass Ihnen diese Zahl durchaus bekannt ist.“

Katze und Maus. Wer war die Katze, wer die Maus?

„Warum fragen Sie mich das, wenn Sie es schon wissen?“, wiederholte er Fjords Satz.

Potsemkin legte die Liste auf dem Tisch ab und seufzte. Er verschränkte die Arme, senkte den Kopf auf seine Brust, ging in sich und wartete. Nach einer Weile hob er den Kopf und betrachtete seinen Patienten nachdenklich, mit diesem seltsam entrückten Ausdruck. Endlich sagte er: „Worüber möchten Sie denn gern reden?“

Talon zuckte mit den Achseln. „Warum sind Sie Psychiater geworden?“

Potsemkin guckte bierernst aus seiner Wäsche. „Ich denke nicht, dass es hier um mich gehen sollte.“

„Sie sind Teil dieses Gesprächs.“

„Gut.“ Er überlegte. „Es kommt auf das persönliche Umfeld an. Umfelder sind zu ganz unterschiedlicher Wertung fähig“, fing er umständlich an. „Haben Sie Pech, geraten Sie in eines, das abwertend ist und Sie davon überzeugt, wenig Reiz zu besitzen, wenig zu geben zu haben, überflüssig zu sein. Es dauert lange, diese verinnerlichte Haltung aufzubrechen, die Spirale aufzuhalten und umzudrehen. Ich halte es für meine Aufgabe.“

„Ist es denn möglich?

„Mit sturem Willen, ja. Deshalb glaube ich, dass eine Mischung aus Gruppen- und Einzeltherapie das Sinnvollste ist. In der Gruppe wird das neue, verlässliche Umfeld geschaffen, im Einzelgespräch die Persönlichkeit gestärkt. Es ist Anstrengung notwendig, aber es lohnt sich." Er lächelte, zählte wohl vor seinem geistigen Auge Erfolge – Menschen, denen es durch ihn heute besser ging.

Es schadete wenig, wenn Talon da gut zuhörte. Er sollte ja irgendwann, in ganz ferner Zukunft, als Psychiater durchgehen. Eigentlich quasi bereits ab dem 16. Januar, gefühlt, denn die hundertfünfzig Jahre würde er kaum merken, oder?

Talon überkam plötzlich das unbestimmte Gefühl, dass Potsemkin die Frage nur unvollständig beantwortet hatte, sogar ausgewichen war, konnte aber den Finger nicht genau darauflegen. „Warum wollen Sie auswandern?" Es war draußen, bevor er es aufhalten konnte.

„Hat Ihnen das einer meiner Patienten verraten?", fragte er erschrocken.

Talon konnte gerade noch nicken, bevor Potsemkin ihm am Ende anmerkte, dass er etwas zu verbergen hatte.

Potsemkin verschränkte vor sich die Finger auf dem Tisch und zeigte ein nüchternes Gesicht. „Es stimmt. Die neue Welt ist eine Chance, aber wie alle Chancen kann auch diese verspielt werden. Ich möchte den Anfang stärken, die Kolonie auf einen guten Weg bringen." Er seufzte.

In dem Moment wurde Talon klar, wie sehr er selbst manchmal herumseufzte, wenn er den Wischlappen hier so betrachtete. Er nahm sich vor, es in Zukunft zu unterlassen. „Dann sind Sie der selbstloseste Kerl, den ich kenne", sagte Talon trocken.

„Sie verspotten mich." Ilja lächelte milde. „Nun, das dürfen Sie ruhig. Wir alle müssen unseren Weg gehen, wohin uns der auch führen mag. Ob er richtig war oder falsch, erfahren wir erst an dessen Ende."

Sein Entschluss stand unerschütterlich fest, merkte Talon. Ganz egal was er angeführt hätte, Potsemkin hätte es abgeschmettert, und der Mann hätte sich überzeugend angehört. Der wirkte seiner Sache so sicher. Wenn er selbst das nur auch gewesen wäre!

„Machen Sie nichts Dummes“, warnte Potsemkin in Talons Rücken, als er nach der Verabschiedung bereits auf dem Weg zur Tür war. „... und richten Sie Ihren Zorn nicht gegen sich. Sie können mich jederzeit erreichen für den Fall, dass ...“

# KAPITEL SIEBZEHN

Talon überlegte, ob es Zufall war – er zählte genau sieben Dreizacke in Dr. Fjords Schmiedegeländer. Ebenso exakt sieben Glückspilze. Ob er abergläubisch war, der gute Mann?

Er betätigte die Glocke, anschließend wartete er, die Hände tief in den Hosentaschen vergraben.

Heute war trübes Wetter. Wasser tropfte am Geländer hinunter. Die Sonne wollte sich nicht so recht durchsetzen gegen dieses schwere Wolkenblei. Fjords Haus schien tonnenschwer auf Luft gebaut. Kolossal modern. Unter dem Gebäude lag keinerlei Schnee.

Bei diesem Besuch wartete er länger, bis Fjord endlich die Tür öffnete.

„Sind Ihnen neue Aspekte und neue Fragen eingefallen?“, mokierte sich Fjord, ohne zu grüßen. Er lächelte ihn herablassend an, mit dieser Schuhputzbürste mitten im Gesicht.

„Nein, ich dachte mir nur, dass ich Ihre Kaffeemaschine gut finde.“

Fjord blinzelte irritiert. Er fragte sich wohl, ob er richtig gehört hatte und wie dreist Talon eigentlich war.

„Kleiner Scherz meinerseits.“ Talon grinste und bemühte sich, dass es jungenhaft wirkte. Der Mann war vollkommen humorlos, merkte er. „Mir sind tatsächlich weitere Fragen zu Ihrer Mission eingefallen. Wenn es für Sie in Ordnung ist?" Er betrat das geräumige Haus und ging zielstrebig zum Wohnzimmer mit der Galerie. Dort blieb er stehen, verschränkte die Hände hinter dem Rücken und sagte: „Vielen Dank. Ich weiß Ihre Freundlichkeit wirklich zu schätzen." Jetzt erst drehte er den Kopf, um Fjords Reaktion aufzunehmen.

Der wirkte weiterhin humorlos, lächelte auch nicht zurück. Dieses Haus war definitiv zu groß für nur eine Person. Wer wohl noch hier wohnte?

„Eine der Fragen betrifft den Raumanzug. Er ist maßgeschneidert, oder?"

„In gewissem Sinn, durchaus." Fjords Augen wirkten auf ihn so schwarz wie die eines Fisches – unergründlich und kühl.

Talon war plötzlich kalt und er verschränkte die Arme. „In welcher Reihenfolge werden die Kolonisten denn eingefroren? Gebietsweise? Da, wo sie herkommen?"

„Alphabetisch." Fjord schien heute kürzer angebunden als bei seinem letzten Besuch zu sein, hatte weniger Lust darauf, lange Erklärungen abzugeben.

Das bedeutete, dass Potsemkin erst im letzten Drittel an der Reihe war. Vielleicht wartete er deshalb so lange, bis er ins Trainingscenter umzog.

„Was ist, wenn jemand kurz vor der Abreise krank wird?"

„Irrelevant. Jeder Keim, jedes Virus wird während der Reise inaktiv. Über den langen Zeitraum bleibt wenig davon übrig. Auskuriert wird es später werden, im seltenen Fall."

„Ist es denn egal, in welcher Verfassung ein Kolonist die Reise antritt?"

„Nicht völlig. Er sollte eindeutig in der Lage sein, eine Hilfe auf der Kolonie darzustellen."

„Wollen Sie mir nicht endlich einen Kaffee anbieten?" Talon lächelte und legte seinen ganzen Charme in diesen Ausdruck.

Fjord hob die Augenbrauen, zog einen kaum merklichen, pikierten Flunsch, ging dann aber tatsächlich zu der Maschine, um sie in Ruhe zu betätigen. Wieder zielte er und hieb umständlich auf den Knopf.

Talon merkte, dass er darauf wartete, ob er ihn wirklich traf oder danebentippte. Die Maschine mahlte gehorsam. Das Geräusch vermischte sich mit dem Surren des Reinigungsbots, der um die Ecke schwebte, den Boden abtastete und beständig nach Dreck suchte.

„Warum sind Sie Arzt geworden, wenn ich Sie danach fragen darf?"

Fjord reichte ihm die Tasse. Talon nahm sie und verbrannte sich die Finger. Schnell fasste er sie mit beiden Händen an und drehte sie. Fjord hatte sie ihm so hingereicht, am Henkel. Ob mit Absicht? Wer wusste es so genau?

Fjord öffnete großzügig die Hand und wirkte entspannter als noch gerade eben. Talon ging zum Sofa.

„Nun, die Karrierechancen in dem Beruf sind ja außerordentlich."

Da hätte ein Potsemkin sicherlich ganz andere Dinge gesagt. Er setzte sich und stellte die heiße Tasse auf dem Tisch ab. „Schön haben Sie es hier." Talon schlug die Beine übereinander und betrachtete versonnen den Park. „Sind das wirklich echte Bäume?"

„Wie viel wollen Sie?"

„Ich habe genug, danke." Er sollte nicht so viel Kaffee trinken, er schlief schon schlecht. Sorgsam strich er die Krawatte über dem Hemd gerade. Das dumme Ding hatte die Angewohnheit, unschöne Wellen zu bilden.

Dr. Fjord lächelte. „Sie brauchen sich nicht zu schämen. Wir sind hier ganz unter uns."

„Hm?"

Fjords Augen glänzten. Auf seinem Gesicht lag wieder ein seltsamer, entrückter Ausdruck wie vor Tagen in der WunderBar.

„Sie sind doch gewiss nicht zweimal hierhergekommen und haben sich derart in Schale geworfen, um mir weiszumachen, dass Sie an der Mission interessiert sind." Er warf einen nuancierten Blick auf Talons neue Hose.

Womöglich entdeckt er da einen Fleck, vermutete Talon.

„Sie brauchen dringend Geld, nehme ich an. Ich bin äußerst

verschwiegen, ich kann es Ihnen versichern. Wenn Sie es auch sind. Nichts, das hier drin passiert, wird nach außen dringen. Ich habe viel zu bieten. Sehen Sie sich doch nur um. Ich bin großzügig und werde Ihre Dienste sehr zu schätzen wissen."

Talon stand der Mund offen. Er merkte es und klappte ihn sofort wieder zu. *Fjord sitzt auf der Box wie die* Henne *auf dem Ei ...* Und jetzt sollte ihm die gute Idee kommen, womit er den Kopf schnell aus der Schlinge gezogen bekam. Fjord streckte schon die Hand aus, um ihn zu berühren.

„Vielleicht bin ich aber auch hier, um Ihnen eine Dreiviertelmillion Credits anzubieten. Falls Sie das Mädchen in die Reparaturbox lassen, mich eingeschlossen, und ich dann auf eine lange Reise gehen kann für den Fall, dass jemand unmittelbar davor abspringt, wenn es zu spät für Ersatzleute ist. Sie brauchen bestimmt jeden Mann." Beharrlich wiederholte er den Satz. Sein Vater hatte genau diese Summe an Bestechungsgeldern in Asien gehortet.

Plötzlich tat Fjord etwas Unerwartetes. Er lachte. Es war ein seltsames, glucksendes Geräusch. „Junger Freund, wo wollen Sie das viele Geld nur herbekommen?"

„Ich habe einen vermögenden Vater. Er ist Vorstandsvorsitzender bei der Lizenzbehörde. Sie können sich ruhig darüber informieren. Ich bin keine Zierde für ihn. Er ist froh, wenn er mich auf diese Art loswird."

„Ich bin unbestechlich und brauche Ihr Geld nicht." Fjord sagte es wie einen Peitschenhieb.

„Es ist ein einzigartiges Angebot. Denken Sie in Ruhe darüber nach", meinte Talon und erzwang ein Lächeln.

Fjord glotzte ihn schweigend an mit seinen Fischaugen. Das Schweigen zog sich in die Länge, überdehnte sich und hing tonnenschwer durch. Talon fand es zunehmend ungemütlich. Er hielt es nicht mehr aus und stand auf.

„Wie gesagt, ein sehr schönes Haus haben Sie da."

Auf dem Weg hinaus spürte er Fjords bohrenden Blick im Nacken und wartete bei der Tür, bis dieser zu ihm aufholte. Fjord betätigte auf die übliche Adler-such-Manier den Türöffner.

„Junger Mann, seien Sie vorsichtig. Sie spielen mit dem Feuer.“

Der Mann verströmte eine Kälte, direkt unnachahmlich. Talons Härchen an den Armen standen zu Berge bei diesem Frost. Er sah dem Arzt aus nächster Nähe ins Gesicht, die blassblauen Augen, bemerkte sogar einzelne schwarze Poren an dessen langer Nase und überkreuzte Haare an dessen Schnauzbart. Er hatte rote Bäckchen mit Äderchen vor Aufregung und schmale, sehr rote Lippen.

„Das ist mir durchaus klar. Aber ich glaube, Sie wollen, dass jemand mit Ihnen spielt.“

---

„Tue es“, flehte Igrit. „Bitte tue es. Du kannst von mir haben, was du willst.“

Talon hatte ihr eben von den Besuchen bei Dr. Fjord erzählt.

„Ich träume wohl, dass wir gerade dieses Gespräch führen“, sagte er gereizt. „Im Übrigen hast du ja gar nichts mehr. Ich habe keine Vorbehalte gegen Homosexuelle, aber ich bin's nun mal nicht, tut mir wirklich leid.“ Er patschte sich mehrmals mit der flachen Hand an die Stirn. „Ich will ja nicht völlig plemplem in der neuen Welt ankommen. Schick doch Harald hin“, sagte er beißend.

„Ach ...“ Sie hob die lasche Hand und ließ sie bedeutungsschwer wieder fallen.

„Ja, genau. Aber ich soll's tun. Der dämliche Mutant, der kann's schon machen.“

Sie schüttelte ernst den Kopf. Ihre Mähne erschien zerzauster denn je. „Das darfst du nicht glauben. Du bist jemand ganz Besonderes“, meinte sie traurig.

„Ja, ich bin ein großer Sonderling.“

Sie standen aufgewühlt herum und überlegten.

„Ich täte es“, sagte sie schließlich. „Ich bin Mutter. Ich würde alles für mein Kind tun.“

„Ich glaube kaum, dass er darauf eingeht, aber du kannst es

gern anbieten.“ Talon fing an, unruhig im Zimmer herumzugehen. „Sackgasse“, fasste er ihre Situation zusammen.

„Wie seid ihr verblieben?“, wollte Igrit wissen.

Talon zuckte mit den Achseln. „Ich schätze, er lässt mich noch mal in sein Haus, wenn ich will. Solange er denkt, er kommt irgendwie an mich ran.“ Er streckte angewidert die Zunge heraus. Der Schnauzbart ... äh ... erst der ganze Rest ..., dachte er.

„Lass ihn vorerst in dem Glauben, dass ...“

„Ja, so schlau war ich auch schon. Nur was machen wir dann? Wieso sollte er mich überhaupt je aufs Raumschiff lassen, wenn ihm viel lieber ist, dass ich bleibe – und zwar als sein ...?“ Das Wort wollte ihm nicht über die Lippen kommen. „Na ja, du hast es schon verstanden.“

Igrit setzte sich ungewohnt schwer an den Esszimmertisch und stützte resigniert die Stirn auf ihre Hand. „Wir müssen alles in Betracht ziehen.“

„Ja, sag mir was Neues.“

„Was ist mit einer KI?“

„Daran habe ich auch schon gedacht.“

Der Anzugträger aus der Bar arbeitete in der Rüstungsfirma Lockheed Johnson, die KI herstellte. Sollte er ihm die dreiviertelte Million seines Vaters anbieten? Talon hatte nämlich dessen Konten ausgespäht. Mit Erweiterung war es eine Leichtigkeit.

Dieser Mann konnte sich doch ausrechnen, woher das Geld kam, wenn er mit Vater unter einer Decke steckte und der ihn über den Verlust informierte. Und das Geld musste er erst auf eine Weise stehlen, dass die Polizei nicht nachvollziehen konnte, in welchem Gullyloch es verschwunden war.

Talon hatte so etwas noch nie zuvor gemacht, und wer wusste, ob es wirklich klappte? Bei der Losmaschine hatte er auf Anhieb versagt. Würde er das gute neue Jahr im Knast verbringen? Sein Vater beharrte bestimmt auf einer Anklage, wenn er ihn erwischte ...

Den eigenen Namen auf die Liste der Kolonisten zu setzen war ihm ebenfalls noch nicht gelungen. Und Potsemkin? Konnte man so einem guten Kerl tatsächlich ein Haar krümmen?

Vielleicht fuhr er besser zu Vater, zur himmelhohen Dachterrasse, schoss sich mit Haralds Waffe ein Loch in seinen Kopf, dass die Asche herausrieselte, und ließ sich zur Sicherheit noch gleich in die Tiefe fallen?

Fjord kam ihm in den Sinn. Der war immer allein, wenn er unangekündigt zum Besuch erschien. Ob er ihm einen bewaffneten Besuch abstatten sollte ...?

---

Unten auf dem abendlichen Bürgersteig spähte Talon nach oben in den fünften Stock und suchte Lisas Fenster. Er spürte eine Sehnsucht nach ihr, die ihn selbst überraschte und schmerzte. Da war es, hell erleuchtet. Sogar die Spitze ihres künstlichen Weihnachtsbaumes konnte er von der Straße aus erkennen. Den Baum ließ sie jedes Jahr stehen bis weit in den Februar hinein, das wusste er genau. Sie tat es, weil er „so gute Stimmung" verbreitete. Sollte er nicht doch bei ihr klingeln?

Talon hustete mehrmals. Nach seinem Lauf hierher waren seine Kapillaren weit geöffnet für den Dreck dieser Stadt. Bald würde er so husten wie Benjamin.

Er schaffte es nicht, weder von Harald noch von Igrit, Geld für einen Nasenfilter zu bekommen. Also war er eben sieben Kilometer lang von Sauerstoffanlage zu Sauerstoffanlage gelaufen – natürlich wohin? Zu Lisa.

Am Gebäude ging unten die Haustür auf und fiel mit einem lauten Knall wieder zu. Es durchzuckte ihn. Er spähte in fahles Orange am Eingang, in der ärgerlichen Hoffnung, dass es Lisa war, um ihn zurückzuholen. Aber nein, es war nur der alte Mann aus dem zweiten Stock links hinten, der ihn beim Näherkommen grundsätzlich misstrauisch beäugte und die Tasche fest umklammert hielt, als ob Talon nur auf die Gelegenheit wartete, ihm die jetzt endlich aus der Hand zu reißen.

Er wandte sich ab und stapfte durch den Straßenmatsch zum Eingang der U-Bahn, fuhr langsam die abendliche, schlecht beleuchtete Treppe hinunter und betrachtete währenddessen mehrere hässliche Graffiti an der Wand. Der ekelhafte Geruch von Kaugummi und Schweiß fuhr ihm in die Nase. Unten merkte er, dass er unnötigerweise den Ticketautomaten ansteuerte. Er änderte die Richtung. Es dauerte nur Minuten, bis er an der Station zu Waltz' Wohnung wieder ausstieg. Gerannt war er eine knappe halbe Stunde.

---

In der Wohnung angekommen zog er die Sportschuhe aus und stellte sie ordentlich ins Schuhregal. Die erste Runde für heute ... Er hatte unten gestanden, die Fenster abgesucht und Lisas Schatten dort gesehen. Wann würde er endlich glauben, dass sie ihn einfach satthatte? Er war so unvorbereitet darauf gewesen und weigerte sich, es wahrzuhaben. Ihr Kopf war nicht am Fenster erschienen, überhaupt war nichts anderes passiert, als dass es ihn fror und dass er sich schlecht fühlte. Der Mensch brauchte Kontinuität, aber vielleicht war es bloß er allein, der sie brauchte. Er würde bei Lisa keine zweite Chance mehr bekommen, fürchtete er.

Harald saß im Fernsehsessel und knusperte mit großen Händen an XXL-Chips herum. Talon grüßte ihn mit lässiger Handbewegung und blieb kurz stehen. Waltz schaute sich die Nachrichten an. Mitten im Zimmer, überdimensional groß in 3D, informierte eine Nachrichtensprecherin über das Tagesgeschehen.

*„... mehrere Spyware-Angriffe auf das Datennetz der Stadt erhöhen die Alarmbereitschaft der Sicherheitskräfte. Wer steckt Ihrer Meinung nach hinter den Angriffen? Sind es Studenten?"* Die schöne Journalistin lachte gut gelaunt. Sie schüttelte ihr langes, welliges Haar.

Ihr gegenüber saß eine etwa fünfzigjährige Frau mit langweiliger Glatze. Sie wirkte wichtig und wurde interviewt.

Talon verdrehte die Augen. Es war die Bürgermeisterin der Stadt, und was für eine konservative. Talon ging in Richtung Bad.

*„Nun, in der Szene gibt es eine Vielzahl junger Menschen, die ohne entsprechende Ausbildung Hackerangriffe auf die Stadt mittels Schad-*

*codes verüben. Darin sehe ich nichts Ungewöhnliches. Wir sehen seit Jahren auf eine Entwicklung, die ...*

Talon schloss die Tür zum Bad fest zu. Er schmeckte Blut auf der Zunge. Das kam von dem Lauf durch die Stadt. Er kontrollierte seine Zähne im Spiegel, immerhin kein Rot, es waren nur seine guten alten Beißerchen. Er beugte sich vor, nahm einen Schluck Wasser aus der Leitung und spuckte ihn ins Becken zurück. Das schmeckte nach Chlor, wie immer.

Seine Erweiterung summte. Malte rief ihn – heute bereits zum vierzehnten Mal. Langsam nervte es gewaltig. Von dessen Beharrlichkeit konnte er sich eine große Rille abschneiden. Malte würde bald mordlüstern werden, mit jedem vergeblichen Anruf ein kleines Stückchen mehr. Gut, dass sein Cousin keine Ahnung hatte, wo er momentan wohnte. Was passierte, wenn Malte ihn erwischte – besser nicht daran denken. Jeden Tag einzeln überstehen, sagte er sich und wählte aus dem Programm die Schnelldusche aus.

# KAPITEL ACHTZEHN

„Gibt es etwas Neues?“

Talon bemerkte Igrits Hoffnung und hasste es, sie zu enttäuschen.

„Ich bin da auf etwas gestoßen. Warte einfach noch ein Weilchen und gib mir Zeit.“

Igrit nickte und setzte sich an den Küchentisch. Vielleicht ahnte sie, dass er log, aber wenn, dann ließ sie es sich nicht anmerken. Sie öffnete ihre Erweiterung und begann damit, Schülertexte zu lesen. Teile davon beerdigte sie. „Was machst du gerade?“, fragte sie ihn.

„Ich lese was für die Mission.“ Er schüttelte mehrere Krümel aus seinem Ärmel auf den Fußboden.

„Und was hast du bisher gelernt?“ Die Lehrerin fragte ihren Schüler aus, so kam es ihm zumindest vor.

„Wenig. Ich versuche zu verstehen, was E gleich $mc^2$ bedeutet.“

„Erkläre es mir. Du hast es verstanden, wenn du das kannst.“ Sie erzwang ein maskenartiges Lächeln, ermutigte ihn, obwohl es sie bestimmt kein bisschen interessierte.

Er seufzte. „Na schön. Die Formel definiert den Zusammenhang zwischen Energie, Masse und Lichtgeschwindigkeit. Ich stelle es mir so vor, dass, wenn ein Materieteilchen und sein Antiteilchen aufeinandertreffen, beide zerstrahlen und Energie frei wird." Er kratzte sich am Kopf. „Aber es ergibt keinen Sinn, von so wenig Energie ein Antriebsprinzip ableiten zu wollen, wobei wenig in dem Fall schon sehr viel ist ..."

„Das heißt?" Sie zerknitterte verständnislos ihre Brauen.

„Materie knallt auf Antimaterie, es macht bum, und wenn es mit der gleichen Menge zusammenkommt, sind beide weg. Energie wird frei. E gleich $mc^2$."

„Kann man das nutzen?"

„Als Bombe schon ..." Er deutete mit dem Zeigefinger in die Luft. „Je eiliger es ein Objekt hat, desto größer ist die Masse. Geht die Geschwindigkeit gegen unendlich, geht die Masse genauso gegen unendlich. Wobei Masse und Gewicht zwei ganz verschiedene Schuhe sind. Im Weltall hast du bei der Schwerelosigkeit kein Gewicht, aber trotzdem Masse." Er räusperte sich und fuhr fort: „Je schneller du also unterwegs bist, desto größer ist deine Masse und desto mehr Energie brauchst du zum Weiterbeschleunigen. Kannst du mir folgen? Irgendwann hat das Ganze so viel Masse, dass es nicht weiter zu beschleunigen ist, und die Lichtgeschwindigkeit scheint dafür immer noch die Grenze darzustellen. Für die Beschleunigung über die Lichtgeschwindigkeit hinaus ist ein Antimaterie-Reaktor zu ineffektiv. Deshalb wird der Weltraum anhand der sekundären Gravitationslinie unserer Milchstraße überladen und gekrümmt. Durch die Risse im Raum, die dadurch entstehen – oder Wurmlöcher, klingt besser –, steuern wir auf andere Welten zu. Wobei es allerdings möglich ist, dass ein ganzes Universum aus Antimaterie aufgebaut ist, und niemand merkt es."

„Und wenn ihr da hinfliegt?"

„Dann macht es bum."

„Was kann man dagegen tun?", fragte sie irritiert.

„Nicht hinfliegen."

Sie schwieg. Sie verstand bestimmt gerade überhaupt nichts, er nur ein kleines Quäntchen mehr.

„Ganz ehrlich, wenn ich auf dem Planeten bin, wobei es sowieso höchst fraglich ist, ob ich da je hinkomme, wird mich das eh keiner fragen, weil es die anderen schon längst verstanden haben. Ist doch albern, wenn ich mich da einlese und maximal rudimentärste Kenntnisse zusammenkratze." Talon rieb sich müde die Augen. „Die sind mir an Wissen um Jahre voraus. Ich werde dem, der mich fragt, erzählen, dass ich es vergessen habe, oder Gegenfragen stellen. Winterschlaf scheint schlecht fürs Gedächtnis zu sein. Vielleicht glauben sie mir."

Igrit schaute nachdenklich zu ihm, während er die Füße hochnahm und sich quer auf ihr Sofa legte.

„Und wenn du hierbleibst? Vielleicht hat das Ganze für dich ja irgendeinen tieferen Sinn?"

Talon zog den größten Flunsch der ganzen Woche. „Gute Nacht, Igrit. Ich schlafe jetzt, wenn's recht ist."

„Ja, schlaf gut", seufzte sie. „Ich werde noch weiterkorrigieren, falls es okay für dich ist."

Er nickte. Weil sie es sowieso nicht sehen konnte, wenn er lag, sagte er „Mach ruhig" und drehte sein Gesicht zur Rückenlehne.

---

Aussichtslos – er würde keinen Schlaf finden. Er dachte an Potsemkin, diesen blonden russischen Kauz, wie er auf sein echtes Papier kratzte und krakelte. Das Angebot seines Vaters ging in seinen Gedanken herum. Was, wenn er den Job wirklich annahm? Freilich musste Talon in dem Fall genau das tun, was der ihm auftrug, denn nur so lief es bei ihm. Er würde illegale Sachen erledigen müssen, das war klar. Weigerte er sich bei irgendetwas, würde Vater ihn ohne Bedenken hinauswerfen. Mit diesem Job hatte er andererseits eine echte Chance, Lisa zurückzugewinnen. Status war ihr ungeheuer wichtig. Wenn er Karriere machte und mit ihr im Stadtzentrum wohnte … War es denn wichtig, auf welche Art und Weise er sie zurückbekam?

Am nächsten Tag reagierte Dr. Fjord auch nicht auf seinen fünften Anruf. Talon faltete seine Hände und schaltete mit der Bewegung die Erweiterung wieder aus. Es war zum Verzweifeln.

Ihm fiel am Fenster eine Taste für den blau schimmernden

Vorhang auf – ein Hologramm. Weil er nichts Besseres zu tun hatte, berührte er die Taste mit dem Zeigefinger. Der Vorhang waberte und verschwand. Nachdenklich sah er hinaus. Draußen kroch das Licht in die Häuser, scharfkantige Schatten lagen auf dem Garten, unterhalb der Dächer. Eisgrau ging stufenweise in Schieferfarbe über, der Winter war ein Kaleidoskop der Depressionsfarben für ihn. Den einsamen, auf Gesellschaft wartenden Schneemann konnte er gerade noch links, am Fensterrahmen vorbei, erkennen und er versuchte – als besondere Herausforderung – den Schatten von dessen spitzer Nase im Schnee auszumachen.

Es ging ein Rauschen herum, das für ihn auch drinnen die ganze Zeit über deutlich zu hören war. Die Schallisolierung des Fensters war wohl defekt. Talon wunderte sich über das Haus gegenüber. Vor Tagen schon hatte er dort einen roten Gegenstand bemerkt, der auf Gesichtshöhe schwebte. Er war wehrhaft lang und spitz und Talon verstand immer noch nicht, was das war, obwohl er die Lupenfunktion seiner Erweiterung einschaltete und den Gegenstand nahe heranzoomte, um ihn zu klassifizieren. Nichts. Aber hingehen und nachsehen? Gab es etwas Lächerlicheres in dieser durchtechnisierten Welt? Rätsel des Alltags. Wohl nur irgendein vergessener Weihnachtsschmuck ... Und warum war es überhaupt in irgendeiner Form wichtig für ihn?

Er wandte sich ab und schaltete nachdenklich den Vorhang wieder ein. Magdalenas rote Kinderuhr an der Decke bei der Tür verriet ihm, es war schon sechs Uhr abends. Wieder hatte er nicht das Geringste geschafft, das seine Existenz rechtfertigte. Das war ein riesiger Irrtum gewesen, ein Fehler, den seine Mutter zum Leidwesen aller Beteiligten begangen hatte. Talon wusste nicht mehr weiter.

„Mama, wo ist der Donut hin?“

„Ich kann es dir nicht sagen, mein Schatz“, murmelte Igrit gedämpft.

„Ach, jetzt weiß ich. Beim Anschauen habe ich ihn gegessen.“

Magdalena hüpfte gut gelaunt vom Sofa, sprang einmal lebhaft um die Kücheninsel herum, an Talon vorbei, und kniete sich mit einem Ruck hin zu ihren Spielsteinen. Ihre Bäckchen glühten wie kleine rote Äpfel.

Talon beobachtete sie, wie sie kleine windschiefe Türmchen stapelte und mit Krönchen oben verschönerte. Und wie würde das Mädchen aussehen, wenn es in ein paar Monaten tot war?

Igrit schaute ihn müde an, als ob sie seine Gedanken erraten konnte. Sie hatte so einen seltsamen Ausdruck in letzter Zeit. Diese bodenlose Verlorenheit, die ihn selbst so quälte, spiegelte sich darin. Sie trauerte bereits, das war ihr anzumerken. Sie konnte unmöglich darauf zählen, dass gerade er Magdalena noch retten würde, ganz offensichtlich nicht. Wie sollte er auch selbst an so etwas glauben?

Der Fluchtreflex kam ihm hoch, er fühlte, er hielt es nicht mehr aus, musste etwas tun, musste hier raus. Und so schnappte er sich seine abgeblätterten Laufschuhe, schlüpfte in seine neue Jacke – vorzeitige Belohnung für etwas, das er nie leisten würde – und lief nach einem gemurmelten Wort des Abschieds hinaus ins Freie.

Er rannte und versuchte, sich auf sich selbst zu konzentrieren. Sein Atem ging regelmäßig. Laufen entspannte ihn, befreite ihn innerlich, als ob er den Panther, der in seiner Seele saß, aus dem Käfig seines Brustkorbes entlassen konnte.

Matsch und Schnee auf der Straße glänzten vor ihm im orangefarbenen Licht. Weg. Er wollte weg. Wohin nur, wohin? Das musste ihm noch einfallen, vielleicht kam ihm irgendwann eine zündende Idee.

Er fiel in Läufertrance, verlor das Gefühl für Zeit und Distanz und merkte erst, wie weit er tatsächlich schon gerannt war, als er Lisas graues Hochhaus mit den grünen Fensterbrettern und der gigantischen Lichterkette rund um das gesamte Gebäude wiedererkannte. Dahinter lauerte der Park im Dunkeln.

Er nahm sich vor, ihr warm erleuchtetes Fenster zu ignorieren. Das schaffte er, was ihn ein wenig freute, und er bog in den niemals satten, ewig menschenhungrigen U-Bahn-Trichter ein. Bei der grellen Beleuchtung sah man bis ganz weit nach unten kleine Miniaturmenschen, die ihm in der anderen Richtung von weit her entgegenfuhren. Er nahm mehrere Stufen auf einmal. Klonk,

klonk klang es bei seinen federnden Schritten. Der Geruch war der gleiche wie eh und je – süß-eklig wie Kaugummi, der in Erbrochenem schwamm, und wenn er genau den Boden untersuchte, nahm er auch noch den schillernden Glanz von Industrieschmiere wahr.

Ganz unten in der feuchtwarmen Halle angekommen, bog er ab nach links zur grünen Hauptlinie. Hier waren so viele Menschen ... Das mochte er nicht, da fühlte er sich spontan unwohl, ganz offensichtlich wieder eine seiner Macken. Lisa hatte sich oft genug darüber beschwert.

Die goldene Bahnhofsuhr sagte ihm, dass er die Runde heute in fünfundzwanzig Minuten schaffen würde, und das war ein absoluter, aber nutzloser Rekord. Die Anzeige der Verbindungen glitt in der Luft direkt über dem Bahnsteig nach oben, und die Zahlen leuchteten, als ob sie jemand angezündet hätte. Die grüne Röhre hatte Verspätung, und so blieb Talon stehen, senkte den Kopf und suchte den bröckeligen Bahnhofsgrund ab. Warten. Das wenigstens konnte er, er war ein geduldiger Mensch. Er verfiel in eine Starre, dachte derweil an nichts und nahm die wohlbekannte, scharfzackige Silhouette der Stadt an der Wand ihm gegenüber nicht mehr wirklich wahr.

Die Unruhe auf dem Bahnsteig drang nur langsam in sein Bewusstsein. Viele Menschen drehten sich um, auch die blonde Frau neben ihm. Sie war neugierig, ob es da etwas zu schauen gab. Jemand rief schon zum wiederholten Mal: *Bleib stehen ...*

Er wandte sich um. Ein junger Kerl stürmte in großen Sätzen die Treppe herunter. Er war stämmig und trug eine schwarze Kapuzenjacke. Nun eilte er in vollem Lauf durch die wartende Menschenmenge, prallte mit jemandem zusammen, fiel, kam aber sofort wieder hoch. Er hetzte weiter bis direkt zur Röhre und ... sprang einfach über den Rand hinunter – in den halbrunden Schacht. Talon nahm das mit Entsetzen zur Kenntnis, sein Kopf ruckte sofort nach links in das schwarze Loch der Röhre, wo der Zug herkommen und den Jungen rot zermalmen würde. Der Windhauch. In Talons Nacken kribbelte es.

Das grässliche Surren drehte Talon den Magen um. Mit einem

übernatürlichen Ruck blieb der Zug kraftstrotzend dort stehen. Es schien, als ob die Bahn schon länger dagestanden hätte und ihn mit seinen langsamen Sinnen narrte. Talon hatte keinen Schrei gehört.

Die Leute drängten sich sofort nach vorn, erlebnishungrig, sie wollten alle etwas sehen, am besten zerfetztes Fleisch und einen Kopf mit überraschten, weit geöffneten Augen.

Talon schaffte es, unter Rempeln und Schieben gegen die sich andrängende Menge als einer der Ersten ins Abteil zu gelangen. Sofort hetzte er auf einen gegenüberliegenden Platz und beobachtete gerade noch, wie mehrere Männer den Jungen nach unten drückten und seine Hände zusammennähten. So wurde das bei Schwerverbrechern gemacht, mit Laser durch das Fleisch hindurch. Ein letzter Eindruck, wie der Junge in einen Aufzug gedrängt wurde. Das Gesicht konnte er immer noch nicht erkennen.

Die Tür glitt zu, die Show war vorüber. Viel zu schnell, aber sie wirkte lange nach. Der Zug fuhr mit einem Ruck an und glitt in die flimmernde Röhre. Dann sah Talon nur noch übernatürliche Schwärze. Was war das denn gewesen? Futter für seinen Kopf.

„Sie fangen Mutanten ein“, flüsterte jemand hinter ihm. „Sie werden ausgewiesen, zum Mars. Es war heute in den Nachrichten.“

„Ja, nur kommen sie da nie an“, murmelte jemand anderes. „Ich kenne jemanden in der Raumfahrtbehörde.“ Die Frau dämpfte ihre Stimme. „Es sind keine Flüge für diese Leute gebucht worden, die ganzen nächsten acht Monate nicht.“ Sie schwieg kurz, als sich letzte Nachzügler zu ihren Plätzen hangelten, so lange, bis diese außer Hörweite waren.

„Aber dafür in den nächsten Wochen gleich vier von der Regierung – nach Io.“

„Bringen sie sie dort etwa hin?“

„Scht.“

Talon starrte hinaus, bis seine Augen anfingen zu tränen. Er hasste es, wenn er recht hatte und ihn seine eigenen Prophezeiungen einholten.

„Wie viele von denen kann es schon geben?“

„Anscheinend zu viele, sonst würden sie das nicht tun.“

Der Junge war ihm vorgekommen wie eine jüngere Version seines Ichs. Sollten sie wirklich auf dem Sträflingsmond verschwinden? Rehabilitation hieß es dort: Man sollte sich seinen Platz in der Gesellschaft, ins ganze Leben, wieder verdienen. In Wahrheit war es nur eine billige Streamingshow in den späten Nachtstunden, durchgeführt auf übernatürlich menschenfeindlichem Gelände. Dafür taugten sie ganz sicher, Mutanten, zur nächtlichen Volksbelustigung. Er hatte sich das einmal angesehen, als er nicht schlafen konnte, und dann die Sendung gemieden wie sein Vater die Steuerbehörde. Hätte er das besser mal nicht getan, dann wüsste er jetzt, was auf ihn zukam.

Ihm fielen Geschichten von Zügen ein, die Menschen vor Jahrhunderten an nur geflüsterte Orte brachten, in Arbeitslager. Dort erlebten sie vollkommen Unaussprechliches, für das im Nachhinein erst neue Wörter erfunden werden mussten.

Talon versuchte all seine Fantasie aufzubringen, und davon hatte er einiges zu bieten. Und trotzdem – er konnte es sich nicht konkret vorstellen. Dass ihm von der Regierung so etwas Schreckliches widerfahren sollte? Wirklich? Andererseits – ja, warum eigentlich nicht? Ohne mit der Wimper zu zucken wahrscheinlich. Aber das passierte doch nicht ernsthaft ihm, oder? Talon rang mit den neuen Informationen.

Als die Bahn an seiner Station hielt, stand er schon an der Tür, hielt sich an der magnetischen Handschleife fest und sprang mit einem großen Schritt hinaus. Mitten ins Gewühl – er lief umgehend gegen einen jungen Kerl, der ihn einfach mit seinem ganzen Gewicht aus dem Weg schob. Mit wirrem Kopf blieb Talon am Rand des Menschenstrudels stehen. Samstag, es musste Samstagabend sein, rief er sich ins Gedächtnis. Talon rieb sich die beleidigten Rippen.

„Talon“, krähte eine Frauenstimme lauthals hinter ihm.

Er drehte sich irritiert um. Das Rufen aus der Menschenmenge wiederholte sich und er entdeckte einen schwarzen Haarturm, der auf ihn zuwippte.

„Talon, dass ich dich noch mal sehe", rief sie laut. „Bist du schon auf dem Weg zum Zentrum?"

Er schüttelte ernst den Kopf und spähte möglichst unauffällig nach links und rechts. Sie interpretierte sein Schweigen, als hätte er ihre Frage nicht vollständig begriffen.

„Na, du musst doch zum Mars, du als Mutant. Jetzt bist du bald alle Sorgen hier los, was?"

„Ja, ganz bestimmt", sagte er. „Kannst du das nicht noch lauter rufen?"

Eine etwa Zwanzigjährige starrte ihm beim Vorübergehen bereits unverhohlen ins Gesicht. Zwei Männer im braunen Overall blieben stehen, drehten sich um und hörten dem Gespräch ungeniert zu.

Das Mädchen aus der WunderBar schien blind dafür zu sein. „Ja, klar", schrie sie noch lauter.

Talon gab sich einen Ruck und ging mit der Menschenmenge in Richtung Ausgang.

„Was packt man eigentlich auf so einer Reise? Du kommst ja nie mehr zurück. Gibt es auf dem Mars überhaupt alles, was man braucht?"

Talon bewegte sich schneller, aber sie war zierlich und tat sich ärgerlich leicht, neben ihm in der Menge mitzuhalten. Es half nichts. Am Ausgang drehte er sich abrupt in die andere Richtung und fing an zu laufen, die gegenüberliegenden Treppenstufen hoch. Das Mädchen fiel zurück.

„He", rief sie ihm protestierend nach.

Das hörte er noch, dann kam ihm die eiskalte Luft im Freien entgegen.

Er sonderte sich vom Strom der Menschen ab und steuerte auf eine dunkle Nebenstraße zu. Im Zentrum durfte er sich nicht mehr sehen lassen. Das war der letzte Ort für ihn. Er hätte damit sofort sein Ticket nach Io gelöst, und bevor er einen klaren Gedanken fassen konnte, war er schon im Weltall. Jetzt war es noch schwerer geworden, auf das Kolonistenschiff zu gelangen. Sein Großvater hatte recht gehabt. „Lass es", hatte er gesagt. Was sollte nur aus dem Mädchen werden?

# KAPITEL NEUNZEHN

Talon wagte nicht, den Weg auf den Parkplatz und das Rondell in Richtung der Familie Waltz einzuschlagen, sondern lief in eine völlig andere Richtung, aus einem unbestimmten Gefühl der Beklemmung heraus. Noch eine ganze Weile lang fühlte er sich beobachtet, von unbekannten Mächten gesehen, vielleicht bereits verfolgt. Er lief eine Stunde lang drauflos in die Nacht und drehte sich wiederholt um, bemerkte entsetzt die leblosen Löcher der Straßenkameras und blieb erst vor einer ausgeschlachteten Shuttlekonstruktion stehen.

Welch eine Ruhe ein unbeseeltes Objekt ausstrahlen kann, dachte er. Die einzelnen Bauteile lagen über den ganzen Platz verstreut. Im leicht abgespeckten Mondlicht glänzte der nackte, graue Stahl der zwanzig, dreißig verbogenen Bauteile. Die kamen vom komplett zertrümmerten Cockpit. Talon wurde ruhiger und erforschte die Gegend. Sein Weg hatte ihn auf den alten Shuttle-Schrottplatz geführt, der sich kilometerweit in alle Richtungen erstreckte. Hier wucherte ein illegaler Camping- und Containerplatz – ohne Überwachungsaugen der Stadt. In diesem seltsamen Meer aus Bauteilen sah er Tausende einzelne Fenster, wie Bojen aus Licht, die flackerten und ihn ahnen ließen, wie viele Menschen in den selbstgezimmerten Konstrukten hier hausten.

Er tastete sich an einer niedrigen Mauer entlang und ging an einer ihm geeignet erscheinenden Stelle in die Hocke. Dort kauerte er in der Eiseskälte und wählte einen bestimmten Code. Er wartete. Es dauerte nicht lange und eine Gestalt erschien.

Eine über fünfzigjährige Frau – Eireen – stand vor ihm und drehte sich dramatisch zu ihm um. Sie hatte lange weiße Haare mit zwei blauen Strähnen, die vorn ihr zwar schon älteres, aber auf ihre Art immer noch schönes Gesicht umrandeten, und wirkte ernst und konzentriert. Dazu trug sie ein langes, fließendes Kleid. Den rechten Unterarm versteckte sie dabei. So machte sie das immer, diesen dramatischen Auftritt, insgeheim fand Talon das ein wenig lächerlich. Sie war die politische Sprecherin der Mutanten in Europa – hochangesehen in seinem Kreis. Für ihn war sie eher wie die Anwältin der Ahnungslosen.

„Ich habe eben eine Verhaftung mitangesehen. Einer der Unsrigen, denke ich", sagte er leise.

„Wer?", fragte sie und klang dabei klug und bestimmt. Die Erweiterung übersetzte ihre Sprache laut ins Deutsche.

„Das konnte ich nicht erkennen. Auf dem Hauptbahnhof, hier in der Stadt." Er beschrieb den Jungen und schilderte das Geschehen.

Sie nickte langsam. „Wir werden dem nachgehen. Ich danke dir."

Talon nickte ebenfalls und wollte die Verbindung schon beenden.

„Talon", mahnte sie eindringlich. „Ich weiß, dass du uns eine alte Schuld nachträgst. Aber es war ein Unfall. Glaube mir."

Er wusste sofort, wovon sie redete. „Weil es so in den Polizeiakten steht?" Er räusperte sich. „Ich habe alles dazu gesagt, was es zu sagen gab."

„Höre mich trotzdem an. Wir haben versucht, dich zu finden. Es ist ein sicherer Ort eingerichtet. Hier, bei uns. Dies ist der Schlüssel dazu." Ein flackerndes Etwas erschien vor ihr in der Luft und schwebte durch das Fenster der Erweiterung auf ihn zu. „Du brauchst ihn, sonst kannst du nicht zu dem geheimen Ort gelangen."

Das Ding schwebte zu ihm hin und schlüpfte in sein Handgelenk. Es war ein einfacher Blob, eine Adressübermittlung, aufgemotzt als Spezialeffekt. Bildete er sich das ein oder wurde sein Leben von Stunde zu Stunde skurriler? Er las die Adresse. Er sollte nach Irland gehen?

Es fühlte sich alles falsch an, und er sollte jetzt von Eireen beeindruckt sein, so würde sie sich das wünschen.

„Danke." Er wusste nicht, was er sonst noch hätte sagen sollen. Er nickte ihr nochmals knapp zu und beendete das Gespräch.

Er erhob sich aus der Hocke. Seine Sportschuhe waren schon wieder nass, ansonsten war alles okay, keine wandelnden Schatten zu sehen, keiner da, der ihn bedrohen konnte, schon gar keine Polizei, niemand verfolgte ihn. Ob Malte diese Adresse auch von Eireen bekommen hatte? Talon wog ab, ob er Kontakt zu ihm aufnehmen sollte, entschied sich aber letztendlich dagegen. Stattdessen schaltete er den Nachrichtenstream ein. Der bestätigte ihm die Wahrheit. Alle Mutanten von fünfzehn bis fünfzig wurden ausgebürgert und waren staatenlos – mit sofortiger Wirkung. Man konnte Anträge stellen bei Härtefällen, hieß es, aber einen solchen Härtefall hatte Talon ja gerade vorhin schon mitangesehen.

---

Zwei Stunden später schloss er bedächtig die Tür von Waltz' Wohnung hinter sich zu. Drinnen erwartete ihn die ersehnte Wärme. Dazu noch genuschelte Grüße und bedeutungsvolle Blicke.

„Ihr wisst es schon, oder?" Talon zog die Jacke aus und hängte sie ordentlich auf den Haken.

Sie reagierten nicht gleich, dann nickten sie betreten.

„Ich will die Waffe haben. Hier und jetzt. Wenn nicht, packe ich meine Siebensachen und verschwinde; und ihr könnt zusehen, wo ihr mit Magdalena bleibt. Dann hilft euch keine Menschenseele mehr. Sie hat ihre letzte Behandlungseinheit bekommen, wenn ich das richtig verstanden habe."

„Was hast du denn bisher für sie getan?“, murmelte Harald zweifelnd.

Talon stellte sich mit versteinerter Miene hin und stemmte die Fäuste in die Hüften.

Harald und Igrit tauschten vielsagende Blicke, als hätten sie mit so etwas gerechnet oder vorher schon darüber geredet.

Es war Harald, der auf Igrits stumme Anordnung hin aufstand und in die Küche ging. Er kramte irgendwo unten im Regal seine Waffe hervor. Da war sie die ganze Zeit so nah gewesen ...

Harald reichte sie ihm und Talon nahm sie schweigend an. Er hatte irgendwie Respekt vor dem Ding. Ihm fiel auf, dass Harald sie in der Hand hielt, als wäre es die natürlichste Sache der Welt. Sie fühlte sich bei Berührung matt und kalt an und war überraschend leicht. Talon drehte sie in seiner Hand. Der Knopf zum Aufheizen der Hauptfunktion lag an der Seite. Er versuchte, ihr Gewicht in Gramm abzuschätzen.

„Versprich mir, dass du sie auf niemanden abfeuern wirst.“

Talon nickte und sah Harald nicht an. Schließlich hob er den Kopf, als er merkte, dass dieser immer noch auf etwas zu warten schien.

„Ich verspreche es“, log er.

Die Waffe fühlte sich im Hosenbund an wie ein kalter, fremder Klotz, der ihm gleich herausfallen würde.

Talon ging zum Bad, dem einzigen Ort im Haus, an dem er ungestört reden konnte, und wählte eine Nummer.

Sie ging ran.

„Lisa“, stellte er fest. Er merkte die lächerliche Hoffnung in sich aufkeimen, dass sie ihn in dieser veränderten Lage am Ende doch noch sehen wollte. Vielleicht sogar um ihm zu helfen.

„Hallo Talon“, entgegnete sie ihm kühl.

Sie trug Pelz. Ein Detail, das ihn auf einen Schlag ärgerte. Im Hintergrund hörte er schräge, schnelle Musik. Sie war gerade auf der Damentoilette, auf irgendeiner ihrer gottverdammten Partys, und zupfte in ihrem stark geschminkten Gesicht herum.

„Hast du’s schon gehört?“ Seine Stimme klang brüchig. So stand er da, ihr einst so strahlender Beschützer. Er fühlte sich preisgegeben und vorgeführt vom ganzen Leben. Der Bodensatz der Gesellschaft bettelte um Hilfe.

„Hm", meinte Lisa und schielte starr an ihm vorbei in ihr aufgehübschtes Spiegelbild. Sie sagte nichts weiter.

Schließlich, aus lauter Frustration, meinte er: „Hättest du noch ein wenig länger gewartet, hätte sich das Problem von ganz allein gelöst."

Und das war's, sie zuckte nicht einmal mit den Wimpern, als er das sagte, überhaupt keine Regung, sondern schminkte sich ungerührt weiter, wie ein Roboter, obwohl sie Schwierigkeiten haben musste, in dem übertünchten Gesicht noch eine freie Fläche zu finden.

„Talon, was willst du?", fragte sie genervt, öffnete mit einem Schnappen ihren kleinen Laserstift, den er seit Jahren kannte, und färbte ihre Lippenfarbe um – von Dunkelrot zu Brandrot. Genauso hatten sie im 5D-Kino gesessen, früher. Da hatte sie immer gelangweilt den Stift herausgenommen, wenn es am dramatischsten wurde.

„Ich wollte nur was wissen. Wenn ich dem Kerl an dem Abend eine verpasst hätte, hätte es an uns etwas geändert?"

„Nun, das wäre schon interessant gewesen", gab sie lässig zu, kräuselte die Lippen und belächelte die bloße Idee. Sie legte den Stift weg und fing an, konzentriert ihre Wangen zu betupfen. Endlich ließ sie den Deckel ihrer Verschönerungsdose energisch zuschnappen. „Aber ich glaube, es muss alles so kommen, wie es kommen muss. Weißt du, Talon, mit dem richtigen Mann ist alles ganz einfach." Ihre Augen blitzten.

Erst blieb er stumm, dann meinte er: „Ich danke dir, Lisa, du machst es mir um so vieles leichter." Damit beendete er die Verbindung und bewegte sich nicht mehr, bis das Licht ausging.

Früher, ja, früher, da hatte er oben gesessen an seinem Fensterbrett im zehnten Stock und nachts, etwa um diese Zeit, interessiert auf die Sauerstoffgräber gesehen und sie durchgezählt. Auch Lisa hatte er nachts kennengelernt, und sie war ihm geheimnisvoll erschienen, reizvoll und schön.

Im grellen Tageslicht erkennt man die wahre Natur der Dinge, dachte er bitter.

Zurück im Wohnzimmer setzte er sich auf das Sofa und nahm das Gesicht in beide Hände. Igrit stand auf, ließ sich neben ihm nieder und legte ihre Hand auf seine Schulter. In ihren rehbraunen Augen lag tief wie das Meer das Leid. Sie wusste, wie es war, um etwas zu kämpfen, das nicht mehr zu erringen war. Dieser Tunnel kannte kein Ende.

Seine Erweiterung summte plötzlich. Igrit fuhr zusammen.

„Talon.“ Eine angenehme Stimme, klar wie Wasser. Er mochte diese Stimme und kämpfte sofort dagegen an.

„Ich wollte mich von Ihnen verabschieden. Ich habe Sie an eine Kollegin verwiesen. Haben Sie meine Nachricht erhalten?“

„Ilja. Nein, ob ich ...“ Talon schüttelte verwirrt den Kopf.

„Sie sind in guten Händen, glauben Sie mir“, versicherte Potsemkin.

Talon warf einen Blick auf Igrit. Meinte er sie? „Haben Sie den Infostream schon gehört?“, stellte Talon die Gegenfrage.

Ilja lächelte weltfremd in sich hinein. „Nein. Ich denke, Nachrichten der Erde gehen mich nicht mehr viel an. Warum? Gibt es denn etwas Wichtiges?“

Ilja wirkte geistesabwesend, so, als ob er sich ungemein auf das Gespräch konzentrieren müsste.

„Nein.“ Talon überlegte. Sein Kopf war völlig leer ...Da fiel ihm ein ... „Haben wir nicht übermorgen einen Termin? Warum rufen Sie mich jetzt an?“

„Der Abreisezeitpunkt wurde vorverlegt.“

„Wann soll's denn losgehen?“, fragte er und hob seine Stimme, als hätte er gute Laune.

„In kaum mehr als vierundzwanzig Stunden. Es gibt wohl eine Rivalität im Zeitfenster, mit mehreren kürzlich priorisierten Flügen.“ Ilja seufzte. „Die Regierung. Nun, auf jeden Fall wünsche ich Ihnen ehrlich alles Gute.“

„Warten Sie, ich würde Sie gern“, Talon räusperte sich, „noch einmal persönlich treffen. Der letzte Mutant, den Sie sehen, da muss ich Sie doch anständig ins Weltall verabschieden.“

Ilja lächelte matt. „Wenn Sie das möchten."

„Dann bis morgen? Wie lange werden Sie noch in Ihrer Praxis sein?"

„Nun, noch eine ganze Weile, leider. Kommen Sie doch am Spätnachmittag, da ist es etwas ruhiger, wenn Ihnen das recht ist."

„Alles klar. Und – danke."

Ilja nickte müde und beendete die Verbindung.

Talon löste sich von Igrit und stand auf. Ihm war nicht mehr nach Tröstungen zumute.

Harald und Igrit wechselten einen schnellen Blick und Harald hob Magdalena hoch und trug sie ohne weitere Worte in den ersten Stock, wahrscheinlich um sie ins Bett zu bringen. Igrit dachte wohl, Talon bräuchte weiblichen Beistand.

„Was hast du jetzt vor?"

„Ich gehe als Benjamin Klein ins System. Ich muss ihm den Rentnerstatus abknöpfen und ihn zurück ins aktive Siedlungsprogramm befördern. Ob ich auf der Kolonie Benjamin oder Talon bin, ist doch völlig egal."

Igrit sagte kaum etwas darauf, machte nur „Hm". Er musste es ihr hoch anrechnen, dass sie nicht nachfragte und die nachfolgende Stunde lang nicht das Geringste von sich gab, um seine Konzentration nicht zu stören. Lisa hätte das niemals zuwege gebracht. Was auch immer für Banalitäten in ihrem Kopf herumgejagt waren, die hatten rausgemusst.

Es lief gut. Seine selbst gemeißelten Programme nahmen Fahrt auf und Talon bekam langsam ein Gespür für die Einfallstore in das System des Raumfahrtzentrums. Das Ziel war die Liste der Siedler; nur bürokratisches Zeug eigentlich, aber sie zementierte Lebenspläne und Lebenschancen. Er konnte sie hoffentlich noch ändern. Talons ganzer Körper war verspannt, als er barfuß auf dem Sofa saß und die Finger auf seiner virtuellen Tastenfläche schnell bewegte. Die zweite Tür passierte er erfolgreich. Das Ziel dahinter – eine rote Schrift?

*„Sie sind gerade dabei ...*

*... die Basissysteme der Stadt zu nutzen und unbefugt in das System des Luft- und Raumfahrtzentrums einzudringen ... Ihre Erweiterung*

*wird deaktiviert ... Ihr Standort wird ermittelt ... Warten Sie auf weitere Anweisungen ...“*

Hektisch zerlegte er die gesamte Ausrüstung in einzelne Teile. Er war am Ende. Weder konnte er bei Harald und Igrit bleiben, noch seine Erweiterung weiternutzen. Er musste hier weg, und zwar sofort...

# KAPITEL ZWANZIG

Igrit und Talon standen am Fuße des schwarzen Gebäudes, das so wirkte, als ob beständig Wasser an der Außenfassade heruntergleiten würde. Eine sündteure Illusion. Im obersten Stockwerk war Licht. Talon hielt sich an seiner Mütze fest und versuchte, den unheilvollen Eindruck loszuwerden, dass dort droben ihr Verderben lag.

„Du hast Potsemkin gehört. Die Abreise steht unmittelbar bevor. Ich hole Vaters Geld und gebe es Dr. Fjord für die Benutzung der Box. Also um Mitternacht, das sind", er fand die Uhr an Igrits Erweiterung, „noch genau fünfzehn Minuten, dann kommt die neue Verschlüsselung für die Konten meines Vaters. Je Konto ein Schlüssel, insgesamt sind es vier. Sie erreichen den Datenport dort oben und gelten für den gesamten neuen Tag. Das gibt uns vierundzwanzig Stunden Zeit, um das Geld aufzusammeln wie Beeren, die man vom Strauch pflückt. Ich übertrage die Schlüssel auf deine Erweiterung und buche das Geld vom Konto auf deine Mikrachips."

Er schaute ihr ins Gesicht, suchte dort die Bestätigung dafür, dass sie seinen Plan auch verstanden hatte. Ihr versteinerter Gesichtsausdruck nervte ihn. Er brauchte sie aktiv und lösungsorientiert. Er selbst hatte keine Ahnung, was er tun sollte, wenn jetzt auch nur irgendetwas schiefging.

„Hast du schon welche gepflückt?“

„Hm?“

„Beeren.“

Er schüttelte den Kopf. „Das war nur so ein Vergleich.“

„Es ist nur ...“

„Was?“, fragte er heiser.

„Ich will es dir nicht ausreden ... aber das ist doch dein Vater ...“

Er legte den Kopf schief und versuchte ein Lächeln. „Dein ... Mein ..., da ist nur ein kleiner Buchstabe dazwischen.“ Als sie nicht zurücklächelte, meinte er: „Zerbrich dir nicht den Kopf darüber, Igrit. Es ist nicht dein Problem, sondern meins. Das meiste davon ist Schmiergeld, das er vor der Welt verstecken muss. Ich frage mich, was wir machen, wenn die Fahrstuhltür oben nicht für uns aufgeht. Was soll's. Sobald meine deaktivierten Mikrachips am Eingang gescannt werden, läuft die Zeit gegen uns. Ich schätze, ab da werden sie sich auf den Weg machen, um mich zu holen.“

Er fragte sich, ob es richtig gewesen war, Igrit mitzunehmen. Vielleicht wäre ein baumlanger Polizist wie Harald, mit verschlossenem Gesichtsausdruck und null Kommunikationsreserven, doch die bessere Wahl gewesen. Aber Talon traute Igrit mehr Flexibilität im Denken zu, er wollte Harald als Polizist das nicht antun, am Ende von den eigenen Leuten abgeholt zu werden, und jetzt war es ohnehin viel zu spät dafür, seine Meinung noch zu ändern.

„Jetzt kommt der Auftritt deines Lebens, Igrit“, murmelte er.

„Mach mir nicht noch mehr Druck“, flüsterte sie.

„Entschuldige.“

Jeder schwieg angespannt auf seine Weise. Igrit schielte noch auf ihre Füße, und so ging Talon voraus, machte einen Schritt nach dem anderen, wobei sich seine Beine anfühlten wie allerschwerstes Blei.

Es half nichts, wenn er sich versicherte, dass es nichts mehr zu verlieren gab. Es gab immer etwas zu verlieren, solange man noch atmete. Er war dabei, seinen Vater auszurauben, und ob er sich das nun eingestehen wollte oder nicht, vor dessen permafrostartiger Gefühlskälte hatte er immer schon Angst gehabt. Der war wie ein Skorpion; zu allem fähig und er vergaß nie. Wenn sie ihn erwischten, hier, begannen die Spiele.

Talon folgte der goldmarmorierten Treppe nach oben zum Abtastungsrahmen am Eingang, streckte sein Handgelenk aus und hielt es gegen das Licht. Er ließ sich scannen und trat ein.

---

Nur wenige Menschen waren in der weitläufigen Eingangshalle zu sehen, in den Leseecken oder an den Vergnügungssäulen. Er hörte das Piepen von Igrits Überprüfung hinter sich. Der Anfang war getan, sie waren in der Lobby. Es war sonderbar kühl hier, fast so wie draußen. Ihn fröstelte.

„Die Aufzüge sind links“, flüsterte er ihr zu. „Ich hätte dir gern gesagt, warte hier, aber ich brauche dich oben als Ablenkung.“

Haralds Waffe hatte er in der Wohnung zurücklassen müssen, er hätte sie nicht unbemerkt in dieses Hochhaus bringen können. Igrit schlurfte gebückt vor ihm her zum Aufzug. Dort angekommen zog Talon sein Handgelenk über das Kontrollpaneel. Ein Biepen, das abschlägig klang. Er versuchte es nochmals. Wieder passierte nicht das Geringste.

„Igrit, stell dich vor das Paneel. Sieh dich unauffällig in der Lobby um, und wenn du einen kleinen Kerl mit Glatze kommen siehst, dann sagst du es mir.“

Igrit drehte sich alarmiert zu ihm um. „Warum? Was ist mit ihm?“

„Er ist der Hausdetektiv.“

Verborgen hinter Igrits Rücken zog Talon seinen Kubus heraus, die abgespeckte Version seiner Ausrüstung. Er fuhr mit dem Daumen darüber und aktivierte sie.

„Ich sehe ihn“, murmelte Igrit heiser, und Talon merkte, wie ihm der Schweiß ausbrach.

Eine Bilder- und Sonderzeichenkombination erschien auf

seinem kleinen Display. Talon sandte den Code zurück zur Steuerung des Aufzugs.

„Kann ich Ihnen helfen?“ Es klang nicht wie eine Frage, dazu war der Tonfall zu autoritär.

In dem Moment gingen die Türen auf.

„Nein danke, es ist alles okay“, meinte Igrit mädchenhaft.

Talon trat sofort mit einem großen Schritt ein und Igrit tat es ihm nach. Schon glitten die Türen zu und der Fahrstuhl setzte sich lautlos in Bewegung.

Im Inneren der Kabine befand sich ein Spiegel. Talon erkannte dort erst, wie bleich er war. Er sah mindestens so verstört aus wie Igrit. Wenn er ehrlich zu sich war, erschreckte ihn, wie mitgenommen er wirkte, denn er hatte gedacht, dass er einen viel gelasseneren Eindruck machen würde.

„Ich habe es überprüft. Er ist im Moment nicht zu Hause. Nur seine Geliebte. Du verwickelst sie in ein Gespräch, während ich unbemerkt in sein Arbeitszimmer gelange. Wenn wir Glück haben, bemerkt er wochenlang nicht, was ich getan habe. Und wenn ich wieder mal kein Glück habe, dann habe ich noch eine Überraschung in petto.“

Harald war ein guter Polizist und als solcher konfiszierte er Sachen, merkwürdige Dinge, nichts für anständige Menschen. Aus dem Fundus hatte Talon sich bedient. Es war seltsam, er sah plötzlich mehrere winzige grellgelbe Sterne vor sich auf- und verglühen. Er atmete mehrmals tief ein und aus, aber bei dieser ausgebleichten Fahrstuhlluft wurde es dadurch nicht besser. Ihm wurde übel. Talon konzentrierte sich auf die nichtssagend-fröhliche Musik im Hintergrund, ging in die Hocke und lehnte sich mit dem Rücken an die Wand. Er stöhnte und schloss die Augen. Wenn er nur in einem seiner Spiele wäre und jetzt auf Pause drücken könnte ... um in Ruhe seinen nächsten Schachzug zu überlegen. Wie viel besser wäre das? In der Krise war Zeit das Allergrößte.

Er machte die Augen wieder auf und sah Igrit von unten her an. Sie hatte einen Gesichtsausdruck, der nur schwer zu ertragen war. Das völlige Fehlen von Hoffnung. Er zwang sich mit größter

Mühe, wieder aufzustehen. Talon nahm ihre kalte Hand in die seine und drückte sie.

„Es wird alles gut", versprach er.

Sie nickte nur apathisch. Dieser Alptraum musste endlich vorübergehen, für sie beide.

Der Fahrstuhl hielt an. Talon drückte auf den roten Schalter neben der Tür. Ein melodiöses Summen ertönte und der helle Antwortton gestattet ihnen auszusteigen.

Die Geliebte seines Vaters lehnte lasziv am Türrahmen des Esszimmers, in einem luftigen schwarzen Hausanzug. Sie lächelte dabei nicht. Das Ganze erinnerte ihn spontan an die Grazie einer Katze.

„Schön, dich wiederzusehen", gab er vor. „Ich möchte zu meinem Vater. Ist er da?", fragte er nervös.

Sie sagte eine Weile lang nichts, beäugte ihn, weidete sich an seinem ganzen Körper. Langsam fuhr sie sich mit den Fingern durchs Haar, schüttelte ihre blonde Mähne und musterte Igrit, die ihrerseits ruhig blieb. Er wollte Igrit beinahe schon vorstellen, ließ es aber doch bleiben. Igrit hingegen sagte kein Wort, sie stand nur da und ließ die Arme hängen. In ihren Slippern und ihrem dunklen Winterkleid mit den roten Rüschen wirkte sie schmal und zerbrechlich wie ein Mädchen.

Abrupt drehte sich die Geliebte um und machte eine Bewegung mit ihrer langen, manikürten Hand. Sie sollten ihr wohl folgen. Barfuß tappte sie vor ihnen her in die wuchtige Küche. Ihm fiel wieder das silberne Kettchen um ihr Fußgelenk herum auf. Es roch nach Käse, nach Abendessen.

„Möchtet ihr etwas trinken?" Das Erste, das sie überhaupt zu ihnen sagte.

Er nickte und zwang sich zu einem höflichen „Gern".

Sie nahm eine Flasche und gab mit leichter Hand Sprudelwasser in zwei Gläser. Das eine reichte sie ihm, das andere Igrit.

Ihm fiel nicht das Geringste ein, um hier lockeren Smalltalk zu halten. Igrit sagte ärgerlicherweise überhaupt nichts mehr, und dabei hatte Talon angenommen, dass Frauen per se gern redeten, egal unter welchen Umständen.

Eine unterschwellige Spannung lag im Raum. Igrit hob die Brauen und machte eine Miene dazu, als ob sie ihm etwas sagen wollte. Nur was?

„Hast du die Nachrichten gehört?"

Sie zuckte mit den Schultern. Anscheinend ja.

„Glaubst du, dass er mir helfen wird?" Er musste Zeit gewinnen. Dass er von seinem Vater keine Hilfe bekommen würde, war völlig klar.

„Warum hast du nicht schon längst mit ihm geredet?", sagte sie sperrig und fuhr sich noch einmal durch die glänzenden Haare. „Mark ist ein nobler Mann." „Sicher."

Sie beäugte ihn mit wachsendem Missmut. Sie wollte mit seinen Problemen überhaupt nichts zu tun haben, merkte er. Igrits Anwesenheit störte geradezu.

„Weißt du, ich bewundere dich", säuselte Talon und sah ihr tief in die Augen dabei. „Gib mir deine Hand. Ich möchte spüren, wie zart deine Haut ist."

Sie fragte gar nicht, warum und wieso, sondern hielt sie ihm mit einem erfreuten Lächeln hin. Was er in seiner rechten Hand verborgen hielt, bemerkte sie nicht. Es war ein Gerät aus Haralds Beständen. Bei Berührung würde sie ihr Bewusstsein verlieren. Talon versuchte abzuschätzen, in welche Richtung sie fallen würde.

„Was hast du da in der Hand?", schnappte sie misstrauisch. Sie entzog sich ihm plötzlich und fasste unter den Tisch. Talon war zu überrascht, um sofort zu reagieren. Schon öffnete sie das Sichtfeld ihrer Erweiterung und rief schrill: „Mark."

Sofort erschien das Gesicht seines Vaters flimmernd im Raum. Sein Mund wirkte so verbittert wie versteinert.

Jetzt half alles nichts mehr. Talon packte die Blondine bei den Handgelenken und schloss sofort ihre Erweiterung. Sie schaffte es, sich aus seinem Griff zu winden, und entkam auf den Flur. Sie war gerade dabei, die Schiebetür zu Vaters Arbeitszimmer aufzumachen, als Talon sie einholte und ihr das Gerät von hinten an den Hals presste. Sofort brach sie zusammen. Zu seinem Leidwesen schaffte er es nicht mehr, sie aufzufangen. Sie fiel seitwärts gegen eine hüfthohe Blumenvase und begrub das Ding im Fallen unter sich. Es zerbrach in tausend Scherben. Verdreht blieb sie auf dem Boden liegen.

Er fühlte ihren Puls.

„Man kann sich so ziemlich auf gar nichts verlassen in dieser Welt“, meinte er unzufrieden zu Igrit, die auf dem Gang erschienen war.

„Sie hat den Panikknopf gedrückt“, krächzte diese und betrachtete erschrocken die Frau auf dem Boden.

Es war ein Fehler gewesen, Igrit hierher mitzubringen. Sie mussten hier verschwinden, sofort.

„Igrit, ich löse den Feueralarm aus. Verlasse das Gebäude, so schnell du kannst. Wir treffen uns heute Abend um 11 Uhr auf eurem Bahnhof, auf der Station in Richtung Raumfahrtzentrum. Bring Magdalena mit. Los, nun geh schon.“

Talon drückte den Knopf für den Feueralarm. Ein schrilles Geräusch ertönte und bohrte sich durch seine vier Ohren ins Gehirn.

Vielleicht rüttelte der Alarm sie endlich wach. Es sah immer noch nicht danach aus. „Hier, nimm das, falls es hart auf hart kommt.“ Er reichte Igrit das kleine Gerät aus Haralds Beständen, mit dem er die Geliebte seines Vaters bewusstlos gemacht hatte. Es war dumm, das zu tun, zu altruistisch, das war ihm klar. „Viel Glück“, meinte er.

Sie schien endlich zu begreifen, nickte und verschwand durch die Tür des Aufzuges. Er schaute ihr nach und seufzte.

Alle Welt wusste nun, wo er war. Er war am Eingang namentlich registriert, der Panikknopf rief den Hausdetektiv und sein Vater – so er ihn als Bedrohung überhaupt ernst nahm – würde auch nicht mehr lange auf sich warten lassen.

Nur noch wenige Minuten bis Mitternacht, Talon musste die Codes abfangen und dann sofort aus dem Gebäude verschwinden. Er brauchte jetzt seine ganze Konzentration. Talon zog seine Sportschuhe aus, um keine Spuren auf dem Boden zu hinterlassen. So ging er zum hinteren Teil des Stockwerkes, dem Konferenzzimmer. Eine Schiebetür ließ sich beinahe lautlos öffnen, drin empfing ihn ein Geruch von altem Muff, den er auf das schwarze Kunstleder zurückführte. Von hier aus hatte Vater sich mit ihm als Kind unterhalten.

Talon wusste, dass die Schlüssel den Hauptdatenspeicher der Wohnanlage passierten und beim Datenport an Vaters Schreibtisch ankamen. Es war ein im Grunde veraltetes System.

Er nahm den Kubus aus der Tasche, stellte ihn auf den schwarzen Mahagonitisch und aktivierte ihn. Das Display zeigte an, dass die Verbindung hergestellt war.

Talon ließ die Sekunden verstreichen und spähte aus dem Fenster. Die Wolken am Himmel waren von unten her beleuchtet, rot, von einer aufgewühlten Stadt. Igrit war wohl schon auf der Straße. Diese Art, wie sie ihn angesehen hatte ... Wenn jetzt jemand die Tür öffnete und ihn auf diese Weise beim Schreibtisch fand, mit dem Kubus, musste er wohl nichts mehr erklären.

Talon horchte auf jedes noch so kleine Geräusch. Gleich gab es kein Zurück mehr. Aber die Frau, die draußen bewusstlos auf dem Flur lag, sagte ihm, dass es sowieso kein Zurück mehr geben konnte.

Von weit her schlug eine Uhr Mitternacht. Auf den Signalton, dass sein Gerät Codes einsammelte, wartete er vergeblich. Eireens Datenblob kam ihm in den Sinn und er ließ ihn mit Hilfe seines Kubus aus dem Handgelenk erscheinen. Der „Schlüssel" sah genauso aus, wie er ihn erhalten hatte – dramatisch, eine Flamme, die vor ihm in der Luft schwebte. Wie passend für den beabsichtigten Datenexorzismus.

Er ließ ihn wie einen Köder in den Datenport seines Vaters gleiten und wartete. Der Schlüssel tat, worauf er programmiert war, konvertierte sich, öffnete ein Datenschließfach. Es piepste. Sein Gerät registrierte einen Datenfisch. Hoffentlich war es der richtige.

Talon zerlegte den Kubus und ließ die Teile links und rechts in seine Jackentaschen gleiten. Ob er die Passwörter eingefangen hatte, konnte er nicht mit letzter Bestimmtheit sagen. Er öffnete die Schiebetür.

„Mann, warum ziehst du deine Schuhe aus?" Der Hausdetektiv, ein etwa fünfzigjähriger Kerl mit Glatze und roten Säcken unter den kleinen Augen, hielt ihm die Pistole aus nächster Nähe ins Gesicht. „Warst du das mit der Frau?" Er zeigte mit dem Daumen in ihre Richtung.

Talon atmete tief ein, lange aus, hob die Hände und sagte nichts mehr. Der Detektiv würde abdrücken, er war der Typ dafür. Das Ticket nach Io war hiermit gelöst, die Spiele konnten beginnen. Alles umsonst. Er spürte, wie er blass wurde. Nein, ihm wurde schlecht. Der Flug würde zwei Tage dauern und dann ...

„Eine Schande ..." Der Mann wedelte mit der Waffe. Eine Aufforderung, mitzukommen.

Talon ging vor dem Mann her, den Gang entlang, mit erhobenen Händen und gesenktem Kopf.

„Darf ich meine Schuhe wieder anziehen?", fragte er heiser und drehte sich um.

Der Mann nickte abschätzig.

Talon bückte sich und begann, sich langsam in den rechten Schuh hineinzuzwängen. Er brauchte Zeit zum Denken. Was konnte er jetzt noch tun? Da fiel ihm der Reinigungsbot auf. Er fuhr lautlos um die Ecke, zweifellos angelockt vom Schmutz seiner Schuhe. Vielleicht konnte er ihn packen und auf den Mann werfen ...

„... dachte ich mir immer, was Mark Meier da am Hals hat. Hab deine Mutter gekannt. Die hat ihm ganz schön was angehängt, und ich wette, sie hat einen dicken, fetten Unterhalt dafür eingestrichen. Hab mir immer schon gedacht, wie sehr du nach ihr kommst."

Talon kniete sich hin und tat so, als wollte er sich weiter in den Schuh zwängen. Der Bot war fast in Reichweite und der Detektiv bemerkte ihn nicht.

„So sind die Menschen, ich sag ja, Undank ist der Welten Lohn", sinnierte er tiefsinnig.

Jetzt war kein Moment für Zimperlichkeit. Talon packte den

Bot, schnellte in die Höhe und warf ihn mit voller Wucht mitten in das Gesicht des Mannes.

Es knackste fürchterlich, der Detektiv heulte auf, taumelte zurück und fuchtelte mit der Waffe herum. Er hielt sich die blutende Nase, Talon hatte sie voll getroffen.

„Du Drecksmutant." Der Mann brüllte vor Schmerz.

Talon hob das Gerät noch einmal hoch und schlug es dem Mann mit Wucht über den Kopf. Er brach zusammen und blieb bewusstlos liegen.

Bedächtig stellte Talon den Bot wieder hin und schaltete ihn aus. Dann betrachtete er den Mann, wie er dort am Boden lag. Seine Brust unter dem grauen Wachmannanzug hob und senkte sich. Ja, so wie es hier aussah, hätte man wirklich meinen können, er käme nach seinem Vater. Hier lag der Detektiv und wenige Meter weiter weg die Geliebte seines Vaters.

Ihm fiel plötzlich auf, dass an der unförmigen Hüfte des Mannes ein Halfter hing. Er ging in die Hocke, nahm es dem Detektiv ab und legte es sich anschließend selbst an. Die Waffe hob er vom Fußboden auf und steckte sie hinein. Dann verbarg er das alles unter seiner schwarzen Jacke. Jetzt konnte er sein Versprechen an Harald, seine Pistole nicht abzufeuern, ganz sicher halten ...

# KAPITEL EINUNDZWANZIG

Überall feuchtes Moos und Schlamm, moderig stank es aus dem eisigen Loch, in das er eben getreten war. Talon befand sich wieder auf dem alten Shuttle-Schrottplatz, hauchte auf seine Finger und rieb sie gegeneinander. Die Wolkendecke oben war dicht, drehte sich in Wirbeln und schien sich nicht weiterzubewegen. Die Winterstürme hatten begonnen und der Wind pfiff gnadenlos über die niedrigen Dächer der Behausungen. Das konnte noch Wochen so gehen, bis es wieder vorüber war.

Talon stand neben einer hüfthohen verrotteten Mauer, war froh über seine Mütze und nahm die Gegend um sich in Augenschein. Irgendein Hund schnappte seinen Geruch auf, mochte ihn nicht und bellte seine Anwesenheit in die Nacht. Ziellos stapfte Talon so lange weiter, bis er den Hund zwar noch hörte, jener ihn aber nicht mehr roch.

Er suchte nach einer Schlafgelegenheit, deshalb war er hier. Zu Harald und Igrit traute er sich nicht mehr. Die Stadt hatte seine illegalen Aktivitäten im Netz aufgespürt und seine Erweiterung deaktiviert. Sehr wahrscheinlich hatten sie auch den Ort aufgespürt, an dem er gewesen war. Er durfte kein Risiko eingehen. Was mit ihm passierte, wenn sie ihn fanden und verhafteten ... besser nicht daran denken.

Am Ende seiner Suche blieb er vor einer welligen, quadratischen Konstruktion stehen. Es war wohl ein ausgedienter Container für die wirklich langen Frachtschiffe im All.

Von Harald stammte auch der Dietrich, den Talon jetzt herauszog und auf das Fensterfeld weit oben ploppte. Er zog sich mit der rechten Hand hoch, stellte den Fuß auf eine scharfkantige Delle und hievte sich bis ganz nach oben. Als er das Fenster erreichte, steckte er erst das eine Bein durch, dann das zweite und ließ sich durch das schmale Fenster nach unten gleiten.

Da war das Reißen von Stoff und er landete mit einem Plumps auf etwas, das weich und uneben war und unter seinem rechten Fuß zerplatzte. Talon klickte seine winzige Taschenlampe an. Mehrere Armeerationen lagen auf dem Boden, und der graugrüne Fleischbrei lief aus dem Paket auf den rostigen Untergrund. Hier roch es schal nach verglühten Freizeitträumen und der Raum war nicht wärmer als draußen. Nicht vorgeheizt. Heute hatte er den Container jedenfalls ganz bestimmt für sich.

Er leuchtete ein offenes Regal aus und fand einen winzigen Reinigungsbot. Mitten auf dem nackten Boden lag eine uralte fleckige Matratze mit Lilienmuster.

Talon stöberte leise herum. Er raschelte durch die Dinge auf dem Boden, hob vergessene Kästen hoch, die klimperten, aber nichts Wertvolles verbargen. Tüten, aus denen weitere Essensreste in ungesunden Farben fielen; er suchte weiter, fand auf dem Boden in einem Schlitz ein paar Credits, nichts Aufregendes, die steckte er sofort ein. Es gab ein marodes Schränkchen, das öffnete er neugierig. Die Schublade ließ sich erst nach mehrmaligem gewaltsamen Hin-und-her-Ruckeln aufmachen. Drin lagen flockige Krümel und Speichermodule.

Er tastete nach den dunklen Ecken ganz hinten. Da war etwas, das fühlte sich weich und trocken an, wie verendete Fliegen. Etwas Hartes und Rundes zog er heraus. Es waren zwei vergessene, graue Kapseln. Auch die verschwanden in den bereitwilligen Taschen seiner Jacke.

Hinten auf dem Boden entdeckte er irgendeinen schweren

Schmelzkolben – Containerwerkzeug. Das war definitiv zu wertvoll, als dass nicht doch noch jemand zurückkommen und es holen würde. Talon stellte den Fuß darauf und drehte an der Apparatur, betrachtete sie und atmete den kalten Gestank des Raumes weiter ein, der ihn bereits jetzt anwiderte. Mit demselben Fuß schob er kurze Zeit später einen Haufen leerer, grauschimmeliger Lebensmittelverpackungen zur Seite. Schließlich setzte er sich auf die kalte Matratze.

Er legte sich auf den Rücken, verschränkte seine Hände hinter dem Nacken, suchte die Decke des Containers ab und zählte die Wellen des Metalls über ihm.

Talon versuchte, sich zu lockern und zu entspannen. Der Wind wehte hart um den Container herum und er hörte ihm dabei zu. Da lag er, in diesem Meer aus „Hausbesitzern". Irgendjemand schnarchte in einem der angrenzenden Minihäuser, zersägte Holz, ganz große Stämme.

Was wohl mit den anderen Mutanten gerade geschah, fragte er sich. Sie fingen sie zweifellos ein, hetzten sie herum, packten sie und steckten sie in miese kleine Transporter. Vielleicht gerade jetzt, während ihm noch eine Verschnaufpause vergönnt war.

Etwas rumpelte gegen seinen Container. Talon horchte auf, aber als kein weiteres Geräusch mehr folgte, versuchte er, wieder einzuschlafen.

Er hätte seine Verdrängungsenergien nicht in seine nutzlosen Spiele stecken sollen, um da zweifelhafte Erfolge zu erringen. Er bereute es jetzt. Wer weiß, hätte er Freunde gehabt, vielleicht hätte ihm heute einer davon geholfen. Er fühlte eine diffuse Beklemmung in sich, die sich wie ein dunkles Leck von innen ausbreitete. Das würde alles nicht gut enden, er fühlte es ganz deutlich und seiner Intuition konnte er normalerweise durchaus vertrauen. Ganz skurril, wie sie am Boden gelegen hatten, die zwei, irgendwie verdreht, und das wegen ihm, der sonst niemandem etwas zuleide tat, gar nicht auf solch krude Ideen kam.

Er drehte sich zur Seite und seine Gedanken drehten sich mit ihm. Hier im Container konnte ihn keiner mehr erreichen, seine

Erweiterung war ja deaktiviert. Wenigstens hatte er damit auch Ruhe vor seinem Vater. Wenn der ihn erwischte, würde er sich noch wünschen, lieber im Weltall unterwegs nach Io zu sein.

Er griff in seine Taschen und steckte den Kubus zusammen. Nachzusehen, ob die Codes tatsächlich auf seinem Gerät waren, das ging ohne Erweiterung zwar, aber er konnte sie so nicht an Igrit schicken.

Sie waren da. Talons Herz pochte, er fing vor Aufregung an zu zittern. Er setzte sich auf, zog die Schuhe aus und rieb sich die kalten Füße. Zugriff auf eine dreiviertelte Million Credits, aber wie lange noch? Ob sein Vater die Konten neu verschlüsseln ließ? Talon hatte ansonsten vierundzwanzig Stunden Zeit, um das Geld abzuheben. Er legte sich wieder hin. Nach einer Weile rollte er sich auf die andere Seite.

Magdalena – er fühlte in erster Linie, dass er Igrit helfen wollte, musste es zumindest ehrlich versuchen, alles andere zählte nicht. Sonst würde Igrit ihr Kind verlieren, so wie er seine Mutter verloren hatte. Ohne daran etwas ändern zu können. Die Tragödie durfte sich nicht wiederholen. Geld allein konnte das Leben der Kleinen nur verlängern, nicht retten. Sie mussten beide in die Box. Magdalena, damit sie gesund wurde, und er, damit er kein Mutant mehr wäre. Die Box könnte das schaffen, er war sicher.

Es war im Grunde lachhaft, dass er versuchte einzuschlafen, mit dem Gedanken an die bevorstehenden Deportationen und an Io; und an Lisas endgültige Abfuhr. Lisa – auch das machte ihn beklommen, aber er verschob das Nachdenken über sie lieber auf später. Auf lange Sicht musste er sich mit ihr vielleicht gar nicht mehr groß befassen, das kam ganz auf die Lebenszeit an, die ihm noch blieb.

Ihm fiel etwas ein, das seine Mutter einmal gesagt hatte: Wenn man sich trennt, trauert man um zwei Dinge – was man verloren hat und was daraus geworden ist. Daran dachte er eine Weile lang. Da Schlaf unmöglich war, beschränkte er sich aufs Ausruhen auf der unbequemen Matratze, ließ seine Gedanken in diese Richtung und in jene kreisen und um sechs Uhr morgens schlief er dann tatsächlich noch ein.

Das Geländer fühlte sich angenehm warm und glatt an. Talon strich fast liebevoll darüber. Es war fünf Uhr nachmittags. Das Treppenhaus war leer und sein Husten hallte hohl wider. Er spürte einen Hustenreiz in seiner Brust, musste sich wohl irgendetwas eingefangen haben, sehr wahrscheinlich die Bor, eine verbreitete Krankheit, eine Lungenreizung wegen seiner Nacht da draußen, und da war auch noch der lange Fußmarsch gegen den Sturm gewesen. Er dachte an Ilja, den er gleich sehen würde. Auch jetzt besaß er keine klare Vorstellung davon, was er mit dem Therapeuten eigentlich bereden oder anstellen sollte. Aber er hatte dieses unbestimmte Gefühl, dass es sich von selbst regeln würde, das Ganze.

Eireens Angebot kam ihm in den Sinn. Verstecken war nicht die Stärke der Mutanten, das hatte ihn das Datenleck, das seine Mutter getötet hatte, gelehrt. Aber Einigkeit machte stark, vielleicht dieses Mal.

Hinter der Tür knarzten die Dielenbretter der Praxis und Potsemkin öffnete die Tür selbst, mit dem bescheidenen Lächeln, das der Mann beständig auf Lager hatte. Er war ganz leger angezogen, in grauen Stoffhosen und braunen Slippern. Unscheinbare Farben, der Typ wollte gar nicht auffallen. Wahrscheinlich war er ein großartiger Kerl.

„Sie haben Wort gehalten", murmelte er überrascht und schüttelte leicht den Kopf. „Es tut mir leid. Das ist alles etwas chaotisch gerade." Er öffnete die Tür weit, damit Talon eintreten konnte, und sah dabei gehetzt nach oben auf die Uhr. Dann ging er mit schnellen Schritten voraus in sein Behandlungszimmer und schaute nach links und nach rechts, er fragte sich wohl, wo seine nächste Aufgabe lag.

Talon kam ihm langsam nach. Iljas schrulliger Notizblock lag auf dem Tisch, aufgeschlagen. Auf der offenen Seite war eine Liste und mehrere Positionen waren durchgestrichen, etwa bis zur Hälfte. Dem Anschein nach waren das alles Aufgaben, die er erledigen wollte. Er war sichtlich zerstreut, sein letzter Tag auf der

Erde und er wurde mit dem Aufräumen nicht fertig. Kein Wunder …

„Und wie viel Angst haben Sie?“, fragte Talon unverblümt und ließ sich schwer auf den Patientenstuhl fallen.

„Wie? Ach, vor dem Flug?“

„Minus tausendachthundert Grad, ich meine ja nur.“

Potsemkin ging in die Hocke und räumte Sachen aus dem Schrank. „Der dritte Hauptsatz der Thermodynamik“, murmelte er. „Der absolute Temperaturnullpunkt liegt bei null Grad Kelvin, das entspricht in Celsius minus 273,2 Grad. Kälter kann es nach menschlichem Ermessen nicht werden. Wer hat Ihnen nur so etwas erzählt?“

„Ja, wer nur“, flüsterte Talon entnervt.

Potsemkin warf ihm einen kurzen diagnostischen Blick zu. „Sie sehen heute zerknautschter aus als sonst, muss ich sagen.“

„Ich habe in einem Container übernachtet.“

„Wollen Sie mir die Umstände dazu noch erzählen?“

„Nein.“ Talon starrte missmutig vor sich hin. Er war unschlüssig, kam sich blöd vor und schlug ein Bein über das andere. Wahrscheinlich hatten sie längst ein Kopfgeld auf ihn ausgesetzt, und das hier war der weltweit einzige Mann, der das noch nicht wusste und den das auch nicht interessierte. Er würde sich verabschieden und ihm hinterhersehen, wie er zu den Sternen flog. Und er blieb angeschmiert.

„Nun, was soll ich sagen, ich beneide Sie.“ Talon verschränkte die Arme, seufzte schwer und presste die Lippen aufeinander.

Ilja nickte. „Das tut mir leid“, meinte er ernsthaft. Er gab sich einen Ruck und stand aus der Hocke auf. „Ich habe leider ein beklagenswertes Zeitmanagement an den Tag gelegt, und jetzt …“, damit deutete er auf die Rückseite des Raumes, da nahm Talon wahr, dass sich mehrere Kistchen und Kästchen aufeinandertürmten, „… sind noch die Geschenke von meinen Patienten hier verblieben. Bedauerlicherweise kann ich keines davon mitnehmen, was ich ihnen zuliebe gern getan hätte. Persönliche Effekten bis zu fünfundzwanzig Kilogramm. Meine sind längst auf dem Schiff. Aber wenn Sie wollen …“

Ilja ging zu den Geschenken am Fenster. Er drehte ihm den Rücken zu und fing an, einzelne hochzunehmen, zu kramen und zu suchen, was Talon davon wohl brauchen konnte.

Dieser Ilja musste niemandem etwas beweisen, weder sich selbst noch der Welt, sondern er wollte einfach nur ein guter Mensch sein, der zuhören, verstehen und helfen konnte. So einer kannte Narzissmus höchstens aus psychologischen Schinken oder von irgendwelchen Patienten. Er war ein Verlust für diese angeknackste Welt, eindeutig.

Einem Gefühl folgend stand Talon auf, umrundete den Tisch und öffnete leise die Schublade am Schreibtisch des Psychiaters. Drinnen fand er einen abgegriffenen Autochip und Potsemkins Verteiler, mit dem er ihm vor Wochen Blut abgenommen hatte. Er hob das kleine Gerät hoch, ganz unwirklich kam ihm das vor, und steckte eine Hand in die Jacke. Er nahm eine der Kapseln heraus, die er letzte Nacht im Container im Niemandsland gefunden hatte. Mit einem kaum hörbaren Klicken steckte er sie in den Verteiler. Das hatte er manchmal für Maltes Kunden getan, für die, die am allerschlimmsten dran waren und nicht einmal das mehr selbst fertigbrachten.

Er beobachtete Potsemkins Rücken. Ilja war so ungemein arglos und konzentriert bei der Aufgabe, dass er etwas für Talon heraussuchen sollte, dass er seine letzten Dinge hier auf der Erde regeln musste, und das so flott wie möglich.

Talon wartete, aber Potsemkin drehte sich allen Ernstes immer noch nicht um und so kam Talon leise näher. Und genau als sich Potsemkin mit einer entschlossenen Bewegung eine Sache griff und sich umwandte, in diesem Moment setzte Talon an dessen Oberarm an – sehr muskelbewehrt war er in der Tat nicht – und drückte ab. Er jagte das Zeug mit einem kaum hörbaren Zischen durch Potsemkins Shirt in dessen Körper. Er wäre danach wirklich froh gewesen, wenn er ihn nicht dabei hätte direkt ansehen müssen, aber Ilja schaute ihm spontan in die Augen, als ob er sofort erriet, was da auf ihn zukam. Er hielt ihm mechanisch hin, was er gerade in der Hand gehabt hatte.

Beide standen sie da in diesem unmöglichen Moment. Talon

wurde eine Idee kleiner, duckte sich und schaute erst verstört am Geschenk vorbei auf den Boden. Ilja versuchte zu begreifen, was da vor sich ging. Seine Brauen zogen sich zusammen und die Stirn zeigte eine grauenhafte Furche, als er den Verteiler in Talons Hand entdeckte. Die Maske war gefallen. Das Donnerwetter blieb trotzdem aus, beide blieben stumm stehen, wie erstarrt, Ilja schwieg sich weiterhin aus. Er dachte. Und ihn beim Denken zu beobachten war für Talon schauerlich.

„Es tut mir sehr leid", durchbrach Talon die Stille.

Mehr konnte er dazu nicht sagen. Alles, was Potsemkin darauf antworten würde, hatte er mehr als verdient. *Willkommen ist jeder, der eine klare Hilfe auf der Kolonie darstellt*. So hatte Fjord es formuliert. Ergo war Ilja vielleicht nicht mehr ganz so willkommen, mit diesem synthetischen Zeug im Blut, falls Talon das so richtig verstanden hatte. Sein Opa hatte früher oft geklagt, wie kleinlich das Zentrum in diesen Belangen war. Konnten sie ernsthaft so jemanden mitschicken, der im letzten Moment offenbarte, wie labil er war? Iljas Reaktion war – entschleunigt.

„Aber Sie ...", fing er an, „... Aber Sie sind nicht im Mindesten gewalttätig, das hat Ihre Analyse doch ergeben, was haben Sie denn davon, wenn Sie das hier tun?"

Er sah ihn an, mit diesem Staunen. Talon ignorierte es besser.

Ilja sprach ganz langsam, mühsam fast. „Ist das wieder so ein irrsinniges Kontrollspiel? Was habe ich Ihnen getan, mein Gott, warum kann nicht einmal alles so laufen wie geplant?!" Er hielt sich mit einer Hand den Kopf. „Ich habe diese ... Psychopathen so satt ... die sich einen Teufel darum scheren, wie es den anderen geht. Und die ... verachten mich, ihren eigenen Therapeuten." Er lachte plötzlich leise. „Und Sie ... Weiß man eigentlich je, wer vor einem steht?"

Die Beine sackten unter ihm weg und er lag plötzlich da, vor seinen Abschiedsgeschenken, in seiner eigenen Praxis, gerade eben noch dabei, zu packen. Das war mit einem Schlag vorbei, seine gesamte Zukunftsplanung. Talon war ihm voll in die Parade gefahren.

Ilja legte den Kopf auf den Boden, stöhnte und schloss die Augen. Seine dunkelblonden Haare lagen im Staub. Talon wurde jetzt erst klar, dass er gar nicht wirklich wusste, nur erriet, was in der Kapsel eigentlich drin gewesen war. Er kam sich nicht nur wie ein Verbrecher vor, er war einer.

# KAPITEL ZWEIUNDZWANZIG

„Harald, ich brauche dich." Talon kniete am Boden neben Potsemkin und hielt sich dessen Handgelenk mit den Mikrachips vor den Mund. „Wir müssen jemanden ins Krankenhaus bringen. Sofort", meinte er mit Nachdruck.

Besorgt registrierte er Iljas aschfahles, schwitzendes Gesicht. Das musste eine Überdosis sein oder das Zeug war uralt gewesen oder irgendetwas anderes, keinesfalls gut.

Harald sagte erst überhaupt nichts. „Dein Vater sucht nach dir. Er hat eine Belohnung ausgesetzt", informierte er ihn mit schlichter, polizeilicher Kälte.

„Erzähl das mal nicht Lisa."

Langsam wurde er ungeduldig, Harald machte keinerlei Anstalten, eilig zur Tür hinauszurennen und ihm zu Hilfe zu kommen. Er wirkte eher träge, und auch noch so reserviert.

„Harald, ich will ja nicht alarmistisch klingen, aber der Mann atmet gerade noch so eben. Wer weiß, wie es in einer Stunde ist." Sollte er nicht einfach den Notarzt rufen?

„Was ist mit ihm passiert?", fragte Harald.

„Ich weiß es nicht", log Talon. „Ich habe ihn schon so gefunden. Er ist ein Freund und hat mich um Hilfe gerufen. Er hat ein Drogenproblem." Er würde ihn inkognito abliefern, ganz genau. Harald zögerte und zögerte und ließ sich merklich Zeit. „Harald.

Wenn du Magdalenas Leben retten willst, dann kommst du jetzt und holst mich ab, und zwar sofort.“ Klartext. Manchmal war es unumgänglich. „Es sei denn, du willst dir auf der Beerdigung deiner Kleinen den Vorwurf machen müssen, dass du nicht wirklich alles Erdenkliche für ihre Rettung getan hast. Na, dann viel Spaß dabei, Harald, denn das wird dir ewig nachhängen, bis du in die Grube fährst.“

Der Polizist schien immer noch völlig unbeeindruckt von seiner Rede zu sein. Welch ein Wahnwitz.

„Lebt die Frau noch?“

„Welche Frau? Ach so, ja, die. Ja, klar, mach dir keine Sorgen. Kommst du jetzt oder soll ich einen Notarzt rufen? Bis der hier ist, das dauert bis morgen.“

„Warum rufst du nicht das Stadttaxi?“

„Sag mal, Nachrichten hörst du gar keine, oder?“

„Hm“, meinte Harald.

„Wann bist du da? Wart mal, ich übermittle dir die Adresse.“

„Fünfzehn Minuten“, entschied der Polizist endlich.

„Klasse.“ Damit beendete Talon das Gespräch.

An Harald war jedes weitere Wort verschwendet. Er kam ihm langsam wie ein schwarzes Loch für gesprochene Sprache vor. Jede Rede verschwand ohne Spuren und keine Silbe kam mehr daraus zurück.

---

Aber er kam wirklich, etwa zwanzig Minuten später, Talon hatte Ilja an den Armen schon mühsam bis zur Vordertür geschleift.

Harald grüßte Talon mit stummem Missmut und sah grimmig auf den Therapeuten, der leblos am Boden seiner eigenen Praxis lag. Souverän lud er sich Ilja über die breite Schulter und schwankte langsam und sicher mit diesem Gewicht zur Tür hinaus und die Holztreppe hinunter. Talon bildete die Nachhut. Immer wenn Iljas Kopf mit den zerzausten, staubigen Haaren dem Geländer gefährlich nahe kam, schritt er ein und hielt die Hand zwischen Kopf und Geländer.

„Das ist zu gefährlich." Vor dem Krankenhaus angekommen berieten sie, ob Talon nun in das blau und weiß leuchtende Gebäude mit dem blinkenden Johanniterkreuz mitgehen sollte oder nicht.

„Was sagst du ihnen, wenn du ihn ablieferst?"

„Ich weiß nicht, wer das ist, und auch nicht, was er hat", meinte Harald.

Talon schürzte die Lippen. „Die Wahrheit. Ja, das ist immer das Beste."

Aber das fasste Harald eher humorlos auf, wie ein Polizist, der Kleinkriminalität schon von Weitem witterte. Harald stieg aus und öffnete die hintere Wagentür, während Talon untätig sitzen blieb und ihn dabei beobachtete, wie er sich Potsemkin einmal mehr souverän über die Schulter legte und ihn langsam zum hell beleuchteten Eingang der Notfallstation brachte. Iljas Arme schwankten dabei hin und her. So ein regloses Bündel hatte er aus seinem Therapeuten gemacht.

Am Eingang kamen Ärzte Harald sofort entgegen und Ilja wurde auf eine schwebende Bahre gelegt und im Schnellverfahren mit einer dieser Doc-Apps untersucht. Während sie das taten, regte er sich überhaupt nicht mehr, sondern blieb wie ein Erschossener darauf liegen. Talon beobachtete die ganze Szene vom Auto aus. Letzten Endes ging Harald hinein, sie schoben Ilja hinterher und verschwanden um die Ecke, aus Talons Sichtfeld. Und das war das Ende seiner Geschichte mit Ilja Potsemkin, dem Psychiater, der zu den Sternen fliegen wollte.

Aber vielleicht war die Geschichte doch noch nicht so bald zu einem Abschluss zu bringen. Talon sah zum x-ten Mal auf die Uhr im immer kälter werdenden Polizeiwagen. Es war bereits nach acht, Harald bereits eineinhalb Stunden dadrin, und er kam unbegreiflicherweise immer noch nicht wieder heraus. Talon riss der Geduldsfaden, er öffnete die Wagentür, stieg aus und knallte sie verärgert hinter sich zu. Er fühlte die Waffe in der Innentasche seiner Jacke und lief um den Lichtkegel am Eingang des Krankenhauses herum auf ein beleuchtetes Seitenfenster zu. Durch die Tür zu gehen war zu gefährlich, in öffentlichen Gebäuden waren gern Scanner angebracht, die seine Natur aufgedeckt hätten oder seine Waffe. Beim Fenster angekommen ploppte er den Dietrich, den er immer dabeihatte, frech mitten auf ein Fenster und stieg ohne langes Federlesen ein.

Es war ein sauerstoffangereichertes Schwesternzimmer und zwei Frauen waren dort und machten wohl gerade Pause. Ein Mädel hatte ihren Kopf erschöpft auf ihre Arme gelegt, eine ältere griesgrämige Frau rauchte undefinierbares Kraut und glotzte ihn an.

„Falsches Zimmer“, meinte er und lächelte so falsch wie breit.

Er suchte Harald, aber wen er fand, war Potsemkin, der betäubt und verloren in einer Untersuchungsbucht am Gang lag, daneben eine ältere Schwester im dunkelblauen Kittel. Sie überprüfte seine vitalen Funktionen.

„Na, wird er denn wieder?“, fragte Talon salopp und stellte sich vor sie hin mit den Händen in den Jackentaschen.

„Ja“, knurrte sie, ohne aufzusehen.

„Kennen Sie ihn denn?“

„Ja, wer hier kennt ihn denn nicht?“ Sie sah kurz entrüstet hoch zu Talon, aber ihr gefiel wohl nicht, was sie da vor sich hatte, und sie widmete sich weiterhin ihrem Patienten, schüttelte bedauernd den Kopf. Mit dieser vielsagenden und doch völlig nichtssagenden Antwort ließ sie ihn dann letzten Endes stehen und ging zu ihrem nächsten Patienten in der Bucht zwei Meter weiter.

Talon trat langsam näher, um das Ergebnis dessen zu betrachten, was er ihm angetan hatte. Ilja atmete nicht mehr gar so flach, sondern regelmäßiger und das schweißnasse Gesicht wirkte nicht mehr ganz so schlecht wie vorher. Das beruhigte Talon ein bisschen. Auf dem Gang fand er etwa zwanzig Buchten, manche frei. Da leuchteten Lämpchen, die den Status der Kranken anzeigten. Iljas Status war orange-gelb. Heute würde er vielleicht gar nicht wieder aufwachen.

Und während Talon noch eingehend Lämpchen deutete und sich innerlich bereit machte, zu gehen, merkte er, dass Ilja die

Augen geöffnet hatte und ihn ruhig betrachtete. Bleiben oder wegrennen? Diese grauen Augen und diese sanfte Ruhe erschütterten ihn. Der Therapeut war völlig sediert, musste es bestimmt sein, wahrscheinlich erkannte er ihn gar nicht wieder, hoffentlich nicht. Er sollte gehen. Er fühlte sich dermaßen schuldig.

„Es tut mir leid", sagte er erneut, eine schale Wiederholung, die der andere nie verstehen würde.

„Warum?", flüsterte Ilja und machte die Augen wieder zu. War das eine echte Frage an ihn gewesen?

„Sie haben hier ein Leben, ich nicht", stellte Talon erbittert fest.

Als Antwort kam da nichts, aber der Mund wirkte etwas schroffer, fand Talon. Er musste es ihm erklären, irgendwie, damit er es wenigstens ansatzweise verstehen konnte. Das Schlimmste war für Talon immer, eine Sache logisch nicht zu begreifen, das machte ihn grundsätzlich verrückt, und er nahm an, dass das bei Ilja als Akademiker vielleicht genauso war. Und so fing er an zu erzählen und kam besser sofort zum Punkt.

„Meine Mutter wurde umgebracht, nur weil sie Mutantin war. Die Iren haben ein Register angelegt und meine Mutter hat sich darauf eingetragen. Mit Bild, Namen, Arbeitsstelle und allem Drumherum. Am nächsten Tag wurde sie tot aus dem Fluss geborgen, sie haben sie mit den Frachtkränen aus dem Wasser gezogen. Die Mutantenvereinigung war zu grottendämlich, diese Daten ordentlich zu verschlüsseln, sodass die ganze kranke Welt darauf zugreifen konnte. Ich hätte sie besser von der Fabrik abgeholt", murmelte er bitter.

Ilja antwortete darauf nicht, sondern krallte sich mit den Händen an der Liege fest.

„Ursprünglich wollte ich Ihren Platz im Schiff einnehmen, aber dann ... Ich weiß auch nicht ... Ich habe es einfach ..." Er drehte sich um, hier mitten auf dem Gang, wer wusste denn, wer ihnen zuhören konnte? Etwas leiser fuhr er fort: „Ich denke, hier sind so viele Menschen, die Ihre Hilfe brauchen, das ist nicht nur eine kleine Kolonie."

Was redete er da auf Ilja ein, sicher war ihm schwindlig und ihm drehte sich alles. Talon wusste gar nicht, ob er ihm überhaupt noch zuhörte. Es war alles gesagt, es gab einfach keine Entschuldigung, die das hier rechtfertigte. Er machte erst einen halben Schritt zurück, dann einen ganzen und noch zwei und drehte sich schließlich um. Er ging langsam weg von seiner Schuld, weg davon, dass er das Leben dieses unauffälligen Mannes mit den tiefgründigen Augen und dem kleinen schrulligen Notizblock vielleicht zerstört hatte. Und dabei hatte der ihm überhaupt nicht das Geringste getan, ganz im Gegenteil. Wer einen Menschenfreund fertigmachte, war nie der Gute, sagte er sich.

„Ronja ...", flüsterte dieser gerade noch hörbar für Talons vier Ohren.

Er nahm es im Gehen wahr, und das allerdings warf Talon aus der Bahn. Er lief sofort wieder zurück.

„Wer ist Ronja?", fragte er klar und deutlich und fürchtete sich vor der Antwort wie vor keiner zweiten.

„Meine Zwillingsschwester ... Sie ist bereits auf dem Schiff."

Was hatte er da nur angerichtet? Er hatte sich zum Richter über Bleiben oder Gehen aufgespielt.

„Das habe ich nicht gewusst. Ich werde Fjord darum bitten ... ", fing er an, aber Potsemkin schüttelte kaum merklich den Kopf, ja, es war aussichtslos, von diesem Mann einen Gefallen zu erwarten. Ilja kannte ihn da wahrscheinlich noch viel besser als er. Er hatte ihn damit für immer von seiner Schwester getrennt, vielleicht auch von seiner ganzen Familie ...

„Sie waren der einzige Potsemkin auf der Liste." Aber natürlich, kam es ihm in den Sinn, sie konnte ja einen völlig anderen Namen haben als er, vielleicht war sie verheiratet, oder schlimmer noch: Ilja war es.

Ilja sagte nichts mehr und legte sich die Armbeuge über die Augen. Talon sollte gehen, das fühlte er, aber er konnte es immer noch nicht.

„Die Welt da draußen braucht Sie, auch wenn Sie das heute noch nicht verstehen. Es tut mir leid." Damit drehte er sich um und ging zielstrebig nach draußen.

---

Das Altersheim war nicht besonders weit weg und so ging er einfach zu Fuß dorthin und unterließ es, weiter nach Harald zu suchen.

Unten plätscherte der mehrstöckige alte Brunnen, genauso wie eh und je. Talon blieb stehen und betrachtete dieses Spiel mit dem Wasser. Ein paar Tropfen verirrten sich in sein Gesicht und er wischte sie weg. Als er das platte Gebäude betrat, wusste er, dass es das letzte Mal sein würde. Da musste er durch, vieles mehr an Leid würde noch folgen.

An der Pforte empfing ihn die Sprecherin des staatlichen Altenheimes. „Ich bin sehr froh, dass Sie es einrichten konnten herzukommen. Sie haben meine Nachricht wohl erhalten?“ Auf Talons unbehagliches Schweigen hin sagte sie: „Ihrem Großvater geht es nicht gut. Kommen Sie.“

In dem ganzen Gewirr hatte Talon überhaupt nicht darüber nachgedacht, dass es seinen Opa möglicherweise aufregen könnte, dass er und Malte die Erde vorzeitig räumen mussten. Die Frau führte ihn eine Treppe hinauf nach oben, in ein anderes Zimmer als sonst.

Sein Großvater lag da mit Schal und brauner, fleckiger Jacke. Da war es wieder, das Emblem des Luft- und Raumfahrtzentrums. Der Stier mit dem Sternenkranz. Sein Großvater lag auf dem Rücken, atmete rasselnder denn je und hatte die Augen fest geschlossen. Als Benjamin sie öffnete, deutete er schweigend mit dem runzligen Finger auf ihn, als ob er auf einen Geist zeigte.

„Jetzt ist es so weit“, sagte Talon zur Begrüßung, als die Frau die Tür dezent hinter sich schloss. „Keine Angst, dich betrifft es ja nicht.“

Heiser meinte Benjamin: „Sonst hast du mir nichts zu sagen? Junge, rede Tacheles mit mir, endlich einmal in deinem Leben, bevor es zu spät ist.“

„Wieso, was willst du von mir hören?“ Talon lächelte fast über die starre Wahrheitsliebe seines Opas.

Er sah über dessen Kopf hinweg auf die neuen Bilder über dem Bett. Alles rot und immerzu der Mars ... Eigentlich bedeutete der Planet für ihn den absoluten Untergang, schon immer. Und trotzdem hängte sein Opa in treuem Gedenken an die gute alte Zeit diese blutroten Bilder auf, trotzdem bedeutete der Mars für seinen Opa immer noch alles.

„War Malte schon hier?"

Benjamin schüttelte den Kopf. „Der Sack antwortet nicht."

„Deutliche Worte."

„Das Kolonistenschiff?"

Talon ging auf das Stichwort nicht ein. „Die Iren haben ein Versteck eingerichtet. Ich werde es mir auf alle Fälle ansehen. Ich war einmal dort, in Irland. Außer nassen Schafen gibt es ein paar herrliche Klippen. Sehr idyllisch. Vielleicht lasse ich mir ja doch noch meine Ohren abschneiden oder tue es gleich selbst wie dieser verrückte Maler. Danach geht es wohl irgendwann nach Io, wenn wir auffliegen, nehme ich an. Dann hoffe ich, dass du mir beim public voting, wer überleben soll, zumindest deine Stimme gibst."

Sein Großvater tat daraufhin etwas völlig Unvorhergesehenes – er nahm sein Gesicht in beide Hände und weinte. Das hatte Talon noch nie bei ihm erlebt, und er wusste nicht, wie er darauf reagieren sollte. Nach einer Weile fing sich sein Großvater wieder, so lange blieb sein Enkel stehen und wartete unschlüssig mit den Händen in den Hosentaschen.

„Du hast es immer in dir gehabt, mein Junge, und hast es nie genutzt."

„Was denn?"

„Das Herz und das Hirn, es überall zu schaffen."

„Aha." Talon schwieg und dachte, dass es reichlich spät war, dass sein Opa ihm das sagte. Ob er glaubte, er würde durch diese aufmunternden Worte in den Spielen ein paar Stunden länger durchhalten?

Sein Großvater schnäuzte sich. Eigentlich sollte er nett sein. Wann, wenn nicht jetzt? Das wusste er. Schließlich stand er ihm ein allerletztes Mal gegenüber, aber seltsamerweise brachte er das gerade jetzt nicht zustande, nicht auf Knopfdruck. Noch sträubte er sich gegen das Unvermeidliche. Wie sehr er Abschiede hasste. Und übrigens ...

„Ich hasse deinen Mars. Willst du das von mir hören?"

„Ich war nicht da, als du mich am dringendsten gebraucht hast."

„Ja", sagte Talon unverblümt. „Ist mir heute auch egal."

„Ich liebe dich, du Dummkopf", sagte der Opa rasselnd. „Dass ich dir das sagen muss und du es immer noch nicht weißt."

Das nun wiederum hatte den überraschenden Effekt, dass es Talon die Tränen in die Augen trieb. Jetzt nahm ihm dieser alte Mann auch noch das letzte Quäntchen an Fassung, das er sich bewahrt hatte.

Benjamin machte die Arme weit auf, und bevor er wusste, was er tat und wie ihm geschah, lag Talon auch schon in dessen Umarmung. Sein Opa hielt ihn lange fest und ließ ihn aus dem Klammergriff gar nicht wieder los, aber irgendwann musste es eben doch sein und er gab ihn widerwillig frei. Benjamin packte ihn sofort wieder am Arm und sah ihn aus nächster Nähe eindringlich an.

„Habe keine Angst davor, die Führung zu übernehmen, wenn du merkst, dass die Dinge falsch laufen. Du hast es in dir, glaub mir das, mein Junge."

„Hm", machte er und fühlte, dass er noch einen roten Kopf hatte von eben.

---

Sie saßen noch eine Weile lang zusammen, bis Talon schließlich mahnte: „Opa, ich muss los."

Benjamin nickte und wischte sich noch einmal über die Augen. Talon nahm Benjamins Gestalt genau in sich auf. Sein Gesicht, die Müdigkeit darin und die vertrauten Falten. Er würde ihn so oder so nie mehr wiedersehen.

„Opa, hast du noch einen deiner roten Marssteine?", fragte er heiser.

Benjamin nickte und deutete in Richtung seines Schrankes. Talon ging zu dem Einheitsschrank, machte ihn auf und betrachtete die Kleidungsstücke seines Opas, die dort lagen. Es waren nicht viele. Relikte eines Rentnerlebens. Melancholisch und etwas unkonzentriert öffnete er die Schubladen, suchte hier und dort, bis er ihn fand. Er nahm den dunkelroten Stein aus einer Schachtel. Warm fühlte er sich an, aufgewärmt durch das Rentnerzimmer.

„Ich danke dir für alles, was du je für mich getan hast, Opa."

Diese Liebeserklärung kratzte ihm im Hals. Es war ihr letztes Beisammensein. Was nur sagen in so einem Moment? Ein ganzes Leben lang war er mit Opa eng verbunden gewesen und hier und jetzt sollte das enden? Wie konnte ein Gehirn, das so dumpf war wie seines jetzt, das nur glauben?

Am liebsten hätte er in diesem Zimmer bleiben mögen für den Rest seines Lebens. Der Schlussakkord der Aufholjagd drohte laut zu werden, umso besser hätte er es gefunden, sein Leben leise ausklingen zu lassen, sogar für den Preis, dass es jetzt geschah. Hier, ohne großes Trara, bei Opa, von dem er wusste, dass er ihm etwas bedeutete. Eine Kapsel lag griffbereit in seiner Tasche. Es würde ihm ergehen wie Potsemkin, der im Staub seiner Pläne gelegen hatte. Da war zu beobachten gewesen, wie die Kapsel wirkte. Wenn das eine Nacht unbehandelt bleiben würde, wäre das Problem seiner Existenz gelöst.

Aber er konnte Benjamin unmöglich antun, das zu sehen und zu erleben. Talon hätte seinem Opa gern Hoffnung gegeben, Halt und Liebe. Stattdessen kam von Talon gar nichts. Er wusste nicht einmal mehr, was er ursprünglich hatte sagen wollen. Im Verabschieden war er nicht gut. Was also über die Lippen bringen?

Talon seufzte, sein Blick haftete die ganze Zeit an seinem Opa.

„Kopf hoch und durch", sagte Benjamin mutig und saß doch da wie ein Häuflein Altersschwäche.

So hatte Talon ihn noch nie erlebt. Die Umstände zehrten an Großvaters Kräften und er bekam die Schlussrechnung für seine unstete Lebensführung, den nicht auskurierten Krebs, alles mitsamt der Mehrwertsteuer. Talons bloße Anwesenheit kostete ihn Kraft. Wie wenig er davon mittlerweile besaß! So musste er ihn zurücklassen. Auch einen Helden verschonte das Leben nicht.

Talon sah ein letztes Mal auf die Familienbilder, die dem Vagabunden Benjamin ein Gefühl von Heimat gaben und die er auch hier mit sich führte. Neben dem Bett schwebten sie an der Wand auf und nieder. Sie würden von heute an seine einzigen Begleiter werden. Was mit Malte war? Der würde an Opa kein Gedankengut verschwenden, solange sein eigenes Wohl und Wehe ungeklärt blieb.

„Einen letzten Wunsch habe ich an dich, Opa. Falls es je so weit kommt und ich im Livestream erscheine, schau es dir nicht an. Ich will nicht, dass du das siehst, das brächte mich doppelt um ..." Er suchte die Bestätigung, dass Opa ihn verstanden hatte – in dessen Gesichtsausdruck.

Benjamins Blick aus seinen warmen braunen Augen ruhte auf ihm, die wohlvertrauten Falten im Gesicht. Opa, der Marsianer, der Anker in seinem Leben. Nun saß er nach vorn gebeugt auf seinem Bett, ein alter Mann mit dünnen Beinen und lappigen Hosen. Benjamin war so grauenhaft still. Warum nur sagte er nichts, während Talons eigene Gedanken im Kopf Kapriolen schlugen?

Statt weiterer Worte griff Benjamin nach Talons Hand, nahm sie in seine beiden Hände und drückte sie. Damit sagte er alles, was nicht mit Worten auszudrücken war.

„Ich wünschte, du hättest jemanden, der sich um dich kümmert ..."

Talon sah ihn nicht an, als er hinzufügte: „Ich sehe morgen noch mal nach dir." Draußen war sie, die Lüge. Er brauchte sie, um gehen zu können, er wollte sie doch so gern glauben. Ja, er würde zurückkommen, schwor er sich.

Talon trennte seine Hand von Benjamins, aber dann gehorchte er seinem drängendsten Impuls und umarmte ihn noch ein letztes Mal.

Benjamin hielt ihn fest, ganz anders als sonst. Er wusste, dass Talon log, musste es einfach wissen. So nahe roch er nach Pfefferminze, ein vertrauter Geruch seit seiner Kindheit. Die Tränen stiegen herauf, Talons Kehle schnürte sich zu. Sie liefen unkontrolliert über sein Gesicht und er vergrub dabei den Kopf in den Kragen seines Opas. Der hielt ihn fest, hieß ihn keine Memme, ließ ihn gewähren. Wenn es nur vorbei sein hätte dürfen, hier, bei seinem Großvater, aber das war ihm nicht vergönnt.

Eine ganze Weile lang blieben sie so, bis sich Talon löste. Es war sicher bald elf. Er durfte nicht wortbrüchig werden. Mit dem Ärmel wischte er sich übers Gesicht und stand auf.

„Auf Wiedersehen, Opa", sagte er heiser. Trotzdem blieb er stehen, betäubt, der passende Moment für einen stimmigen Abschied war längst verpasst. Er strafte sich selbst Lügen, denn wenn er morgen wiederkäme, warum fiel es ihm dann so schwer, zu gehen? Talon drehte sich um. Behutsam öffnete er die Tür.

„Mein Junge", flüsterte Benjamin hinter ihm.

# KAPITEL DREIUNDZWANZIG

Talon stand draußen am Brunnen vor dem Altersheim. Das Plätschern klang nach Wasser, das Aussehen war reinste Chemie. Die Farben des Schneefressers, türkis und moosgrün, vermischten sich denkbar schlecht.

Er wischte sich wiederholt mit dem Ärmel übers Gesicht. Der war in der Kälte schon ganz steif von seinen Tränen. Wenn ihm nur jemand in den Block diktieren würde, was er jetzt tun sollte. Immer hatte er an Hoffnung gespart. Statt dass er heute viel davon besaß, besaß er gar keine mehr. Wenn er daran dachte, wie schnell er bei seiner letzten Verhaftung die Hände gehoben hatte, als lächerlich untalentierter Drogenkurier ... Würde es diesmal genauso sein?

Fröstelnd zog er die Jacke fester um sich und seufzte eine kleine unförmige Wolke in die Luft. Sie löste sich rasch auf, um von einer neuen ersetzt zu werden. Er hatte Schwierigkeiten beim Atmen, seit Tagen schon, und er bekam den Eindruck, dass der Feinstaub der Großstadt wie eine Patina über seinen Lungen kleben blieb, beim Ausatmen aber wie ein Reibeisen wirkte. Wenn er besonders tief einatmete, hörte er ein leises Pfeifen. Talon wischte sich ein letztes Mal über Gesicht und Nase und wandte sich zur Straße hin. Hier teilte eine Hauptverkehrsader die Stadt wie einen Scheitel, führte in zehn Kilometern direkt zum Stadtkern.

Er musste los, durch Häuserschnee und Gebäudewürfel. Straße um Straße marschierte er vorwärts, ab der 75. Straße zählte sich das herunter. Erst vergrub er die Hände in den Ärmeln und dann alles ganz tief in seinen Jackentaschen, aber gegen diesen Knochenfrost kam auch das stärkste Futter nicht an. Flocken schwebten im Licht der Laternen vor ihm in den Matsch.

„Was sind deine Glaubenssätze, Talon?"

Es war so viele Jahre her, da fragte ihn das seine Mutter aus dem Blauen heraus, zu Hause, an einem lauen Sommerabend. Damals waren die Fenster noch arglos geöffnet gewesen, erinnerte er sich, sodass die Luft von draußen ungefiltert hereingeströmt war.

Er saß wie gewohnt am Fensterbrett und schaute erlebnishungrig nach draußen. Natürlich passierte nie auch nur das Allermindeste. Er wandte sich zu ihr hin. Sie lächelte ihm ruhig entgegen, mit ihren klugen zweifarbigen Augen. Er erinnerte sich an ihr sanftes Gesicht, die beiden Grübchen am vollen Mund, ihr langes, braunes Haar. Ihre grazilen, wund gescheuerten Hände lagen auf dem Tisch.

„Was meinst du damit, Mama?"

„Jeder hat sie, ob er es weiß oder nicht. Es ist das, woran du glaubst, es ist das, was dein Leben bestimmt. Was sind deine?"

Da hatte er gestaunt und gesagt, dass er das nicht wisse.

„Eines Tages wirst du die Antwort kennen", versprach sie. Und als ob sie schon geahnt hätte, was mit ihr zwei Sommer später passieren würde, sagte sie: „Ich werde immer bei dir sein, Talon, auch wenn ich es einmal nicht mehr bin."

Das hatte er auch nicht verstanden, wie so vieles damals.

Was sind meine Glaubenssätze, fragte er sich und versuchte die Gegenwart seiner Mutter zu spüren, während er tief in seinem Inneren nach einer Antwort suchte.

Das hektisch blinkende Neonkreuz des Krankenhauses schnitt den Gedankenfaden, an dem Talon gerade spann, entzwei und er blieb stehen. Von oben her stürmten ihm wütende Flocken entgegen, peitschten gegen sein Gesicht oder fanden gleich den Weg hinten in seinen Kragen. Haralds Auto war weg, geringe Überraschung. Auf der Hauptstraße kamen ihm schubkarrenweise Menschen entgegen, in dieser Stadt trieb es die Leute ewig um. Hektik war ihr elftes Gebot. Sie eilten auf und ab, her und hin in die verschiedensten Richtungen. In ihren Augen leuchtete die Vorstellung von warmen Orten.

Manch junge Leute fuhren auf Fußreifen vorbei, Steuerung durch Muskelimpuls. Im Schnee hinterließen sie verwirrte Gleise.

Wieder hob er den Kopf zu den Wolken empor, als ob dort die Antwort auf die Frage stünde, wie er die nächsten Tage überleben sollte.

Dort droben in den Hochhäusern saßen wohlgenährte Menschen, hinter den herabfallenden Schneelaken funkelten Wärme und Sicherheit aus den Fenstern, etwas, das für ihn genauso unerreichbar schien wie die Sterne über ihm.

Er rieb seine Haut über den Mikrachips. So ein Chip sendete Impulse an eine „Life and Save"-Firma, wenn die Temperatur zu sehr abfiel, aber den Service musste man sich vorher leisten, sonst ignorierte die Firma eiskalt, wie man erfror. Er wusste nicht, was Igrit bestellt hatte, und jetzt legte er wenig Wert darauf, „gerettet" zu werden.

Vor zwölf Uhr musste alles geschehen, da sollte er mit Igrit schon am Eingang des Raumfahrtzentrums stehen. Aber Uhren waren rar gesät, keine weit und breit, merkte er. Was ihn zusätzlich quälte, war die aufgesprühte Kontaktlinse. Der letzte Wechsel war zwei Tage her. Jetzt war die unpassendste Zeit überhaupt dafür, dass er die Linse mit dem Fingernagel entfernte und dem Schicksal seiner Schuhsohle übergab. Er rieb noch einmal kräftig nach, hörte jemanden hinter sich husten, drehte sich um, konnte aber niemanden ausmachen.

Die Gegend hier war voller schmaler Seitenstraßen, schlecht beleuchtet, an den Straßenecken tiefe Schatten. Wo man sich fragte, wer da stehen mochte und was er in der Hand hatte. Der Wind fuhr um ihn herum und heulte die offene Straße hinunter. Talon trat im Schnee auf etwas Eckiges und widerstand dem Impuls, es aus Nervosität an die Wand zu kicken. Nicht auffallen.

Auf der ganzen linken Straßenseite waren die Geschäfte geschlossen. In einem der Fenster blinkte es, die Werbung für Basisimpfungen. Unerschwinglich, das Ganze, jedenfalls für ihn. Seine Gedanken wanderten zu Malte und er fragte sich, was der wohl in dieser Sekunde machte.

Was, wenn sie gleichzeitig in die Spiele geschickt würden? So etwas würden die Spielemacher lieben. Sein Cousin würde sich leutselig geben, sich mit ihm verbünden wollen, aber was, wenn sie beide dann in eine lebensgefährliche Situation gerieten, was abzuwarten war? Würde Malte ihm dann nicht kurzerhand den Navigationschip vom Raumanzug reißen?

Talon stellte sich vor, wie wandernde Gezeitenberge am Horizont auftauchten und auf ihn zuwalzten, auf Io, dem Jupitermond. Dort schaukelte ein Ungleichgewicht zwischen Feuer und Eis. Er konnte herumirren, weiträumig um Seen aus geschmolzenem Schwefel herum, bis ihm endlich der Sauerstoff ausging, ihn die Kälte fertigmachte, oder auch die Strahlung. Er würde aus Verzweiflung seinen Anzug öffnen, um das Ende seiner Spiele selbst zu bestimmen.

Er erinnerte sich an die billige Streamingshow. Dieser Witz von einer Kurzanleitung, den die Spieler bekamen, kurz vor dem Start. Die Hektischen verloren bereits zu diesem Zeitpunkt jede Chance zu gewinnen, weil sie in ihrer Panik zu wenig Informationen darüber aufnahmen, wie sie ihre Sauerstoffbatterie wieder aufladen konnten. Nur der Sieger überlebte. Dadurch erforschten sie den Mond, finanziert durch Einschaltquoten. Ja, wie schmeckte ihm sein Schicksal?

Talon fiel ein Schatten unterhalb der Wolkendecke auf. Es war ein Raumschiff, eine *Stargazer,* merkte er, ein an den Rändern leuchtendes, graphitfarbenes Viereck, das sich mit der spitzen

Cockpitseite nach vorn schob. So eines umrundete in kürzester Zeit die Erde. Das Urmodell hatte er sich als Junge in seinem Zimmer aufgehängt. Zwei Shuttles dahinter im Konvoi. Was machte dieses Drachenensemble so dicht über ihrer Stadt? Talon sah ihnen aufmerksam nach, wie sie über spiegelnde Türme hinwegglitten, langsam, ohne Hast, wie aus einer anderen Welt und Befindlichkeit. Die Luft flimmerte bei den Brennstoffzellen am Heck des Schiffes.

Die großen Auswandererschiffe waren meist anders geformt, kompakt und kubusartig, erinnerte er sich, und man konnte sie nach der Landung aufmanövrieren und zerlegen, die Kabinen auf der Planetenoberfläche als Siedlung nutzen.

Das Schiff war genau über ihm und paradoxerweise auch, als er ein paar Minuten später wieder nach oben schaute. Das bildete er sich nur ein, eine Frage der Perspektive, versuchte er sich zu beruhigen. Das letzte Shuttle verließ die Formation. Talon beobachtete, wie es einen Bogen machte und hinter Zwillingstürmen verschwand. Er wartete darauf, dass es wieder zum Vorschein käme. Als es aber nicht erschien, ging er weiter. Nach einer Weile hörte er hinter sich ein gedämpftes Plopp. Grelles Licht schaltete sich ein und blendete ihn. Das Shuttle war in zehn Metern Entfernung gelandet.

Talon blieb stehen, schirmte die empfindlichen Augen mit der Hand ab. Der Ausstieg klappte nach oben und drei bewaffnete Männer stiegen, Drill nach Lehrbuch, aus. Einer der Männer kreischte „Stehenbleiben“.

Das war das Stichwort. Talon fing an, sofort wegzulaufen. Er hörte in seinem Rücken ein Zuklappen, das Schnappgeräusch der Verriegelung, und das Shuttle flog wieder hoch, kam ihm nach und schwebte mehrere Meter über ihm.

Talon ertrug das nicht länger und schlug einen Haken in die nächstbeste dunkle Gasse hinein. Die war allerdings nicht für das Betreten durch Menschen gedacht, merkte er. Die Mauern liefen immer enger zusammen und bedrängten ihn. Vor ihm, am Ende der Gasse, leuchtete ein dünner, orangener Schlitz zur hellen Hauptstraße hin.

Das würde er niemals schaffen, schätzte er und wollte schon umdrehen, aber da bemerkte er das schwach beleuchtete Stationsschild der 65. Straße. Die Unterirdische. Über den Häusern das Shuttle, das ihn verfolgte wie ein Schatten. Es schwebte erst zehn Meter über ihm und überholte ihn dann.

Talon scheuerte die enger werdende Gasse entlang. Er hätte längst umdrehen sollen, aber jetzt setzte er alles auf dieses eine Schild.

Wer baut denn solche Häuser, dachte er sich unwillkürlich. Am Ende der Gasse angelangt, versuchte er, sich durch den Schlitz zu zwängen, aber es gelang ihm nicht. Er steckte fest wie vertrackte Rohrpost. Ein solches Ende durfte er nicht haben.

Während er noch versuchte, sich aus der Mauer zu befreien, merkte er, dass ihm das nicht gelingen wollte. Er hörte wieder das gedämpfte „Plopp" – das Shuttle war eben vor ihm auf der beleuchteten Hauptstraße gelandet. Dann folgte das Schnappgeräusch der Verriegelung.

Panisch drehte Talon sich hin und her, quälte sich mit aller Gewalt nach vorn. Mauerwerk bröckelte. Er schaffte es endlich, die Schulter durchzuzwängen, der Rest des Körpers folgte schließlich. Er hetzte quer über die Straße auf den Eingang der Unterirdischen zu.

Ein Schuss schlug neben ihm ein, noch einer, dann warf er sich auf die Rolltreppe. Schon stürzte er über eine Tasche, fiel kopfüber die Treppe hinunter und kam hart auf scharfkantigen Stufen auf. Der zur Tasche gehörige bärtige Mann beugte sich zu ihm herunter und schüttelte den Kopf vor so viel Ungestüm. Talon rappelte sich hoch und lief die Rolltreppe entlang nach unten. In die Menschenmenge, die er unten vermutete, würden sie nicht schießen.

Er hastete an Hologrammen derjenigen Menschen vorbei, die gerade von der Stadt strafrechtlich gesucht wurden. Es waren sieben – und das Gesicht ganz unten, das war ja seins! Sein Hologramm-Kopf drehte sich von links nach rechts und zeigte, was ihn fürs Leben brandmarkte – seine vier Ohren. Darunter blendete sich eine grelle, gelbe Nummer ein, mit Glanzeffekt, die man in die Erweiterung sprechen sollte, falls man einen der Gesuchten irgendwo herumlaufen sah.

Sein Bild umrandete sich rot und schob sich an die oberste Stelle. Es registrierte seine Anwesenheit – durch seine defekten Mikrachips.

Schon war Talon unten. Er folgte dem Pfeil zur grünen Hauptlinie. Diese Hologramm-Gesichter waren über den gesamten Bahnhof verteilt. Die Patrouille bemerkte er sofort.

Drei blau Uniformierte kamen ihm direkt entgegen. In der Mitte eine Frau mit sauertöpfischem Ausdruck. Ihr Blick verhakte sich in seinem. Talon erwiderte ihn mit aufgerissenen Augen. Nein, nicht, was machte er da, schalt er sich. Er drehte sich weg, in eine andere Richtung, egal wohin, weg, zur gelben Linie, auch hier das unsägliche Bild, das die Polizei vor Jahren von ihm gespeichert hatte.

Er musste auffallen, unbedingt, sofort, seine Unbeherrschtheit, seine Panik. Es war doch logisch.

*Human Resources,* las er auf den Jacken der Patrouille, eine Firma, die Einsatzkräfte verlieh. Dort war er auch schon angestellt gewesen, solche Leute besaßen keine vernünftige Ausbildung, wusste er.

Die drei blieben stehen, während die Frau ihn unentwegt beobachtete. Sie setzte sich langsam in Bewegung und kam auf ihn zu. Er berührte die Waffe an seiner Hüfte. Keine Lösung weit und breit, nichts, nur ein Kopf, dem die Gedanken fehlten. Die drei befanden sich haargenau vor dem Zugang zur grünen Linie, die er unbedingt nehmen musste, um zu Igrits Haltestelle zu gelangen. Um elf wollte er sie dort treffen.

Vor sich erkannte er plötzlich kleine Äffchen, die sich wild durch Palmen schwangen und junge Löwen ärgerten. Er dachte einen Moment lang schon, dass er verrückt geworden wäre, aber dann ging ihm auf, dass es ein weiteres Hologramm war, projiziert aus der Erweiterung eines etwa Siebzehnjährigen. Dieser stand direkt im Bild und sammelte Nuggets auf.

Talon durchquerte das Spielfeld. „Soll ich dir mal was Neues zeigen?", fragte er und versuchte ein verkrampftes Lächeln.

Der Junge beäugte ihn mit allertiefstem Misstrauen.

„Das kannst du bestimmt nicht", sagte Talon lauter und versuchte, möglichst ruhig zu klingen.

„Wieso? Was kann ich nicht?"

Talon griff nach links, direkt ins Dschungelparadies, und flutschte es beherzt ins Nichts, nahm den Kubus aus seiner Tasche und ließ ihn die Verbindung zu den Mikrachips des Jungen aufbauen. Er suchte das internationale Bankensystem; und als er es gefunden hatte, holte er die Schlüssel seines Vaters heraus. Binnen eines Wimpernschlages transferierte er alles, was auf dessen Konto gewesen war, auf Igrits Mikrachips, deren zweiunddreißig Symbole er auswendig wusste. Zahlen- und Zeichenkombinationen konnte er sich unheimlich gut merken. Talon schüttelte den Kubus und beendete damit die Verbindung wieder.

„Was hast du gemacht?", fragte der Junge interessiert.

„Nichts", meinte Talon kurz angebunden. „Spiel weiter, es hat nicht geklappt."

Talon ließ den verdutzten Jungen stehen, und bevor die Frau aus der Patrouille ihn ansprechen konnte, betrat er die Bahnhofstoilette für Männer.

Kaum drin, bekam er einen Hustenanfall vor Aufregung. Er atmete tief ein und aus, lehnte sich an die Wand und suchte die Decke ab, als ob er dort nachlesen könnte, wo er sich hinwenden sollte. Was er sah, war eine Uhr: Schlag elf. Er kam zu spät.

Mit zusammengepressten Lippen nestelte er die Waffe des Hausdetektivs unter seiner Jacke heraus und drückte den Knopf der Heizfunktion. Talon wischte sich die verschwitzten Haare aus dem Gesicht und stopfte sie unter seine Mütze. Dann krempelte er den Jackenärmel hoch, damit der Unterarm frei lag. Die Mikrachips drückte er in seinem Fleisch nach oben. Er atmete ein und aus, wie um sich zu wappnen, und nahm sich vor, nicht zu schreien. Dann drückte er den Abzug.

Es blitzte blau unter seiner Haut. Blutgefäße überhitzten, Fleisch wurde geschmolzen. Der Schrei kam trotzdem, sowieso. Ein kleiner Teil seines Gewebes rieselte als Asche zu Boden, heraus fiel der Mikrachip. Es roch nach verbranntem Fleisch und das Blut einer freigelegten Ader rann seinen Arm hinunter, die Finger entlang und tröpfelte auf den Boden.

Talon kämpfte gegen die Übelkeit an, gegen ein Sternenfeuerwerk, das in seinem Blick aufging. Er lehnte sich rückwärts an die Wand, mit der anderen drückte er die Wunde zu. Er durfte nicht warten.

Seine Hand zitterte, als er die Waffe nochmals hob. In größerer Entfernung drückte er ein zweites Mal ab und die Wunde wurde kauterisiert, der Blutstrom versiegte.

Er ging wackelig in die Knie und tastete nach den Mikrachips. Endlich bekam er sie zu fassen und warf sie in die Toilette. Die automatische Spülung wirbelte die Chips in ferne Abwasserwelten, zusammen mit dem Schlüssel für das Versteck im Norden Irlands. Talon Klein befand sich offiziell nicht mehr auf dem Bahnhof.

Talon merkte, dass er in seiner eigenen Blutlache kniete. Mit nur einer Hand öffnete er seine Jacke vorn und riss an der Krawatte seines Hemdes. Irgendwie bekam er sie herunter und schnürte sie um seinen verletzten Unterarm. Die Enden knotete er fest zu, wobei sie in sein Fleisch schnitten. Er würde den Schmerz aushalten.

Den Luxus eines längeren Aufenthaltes hier in der Kabine, um einen Moment zur Ruhe zu kommen, konnte er sich nicht leisten, er würde ihn mit dem Leben bezahlen. Er musste raus. Und auf einmal – er wusste nicht, wie und warum – erinnerte er sich an die Schublade Potsemkins. Der angestaubte Autochip ... Wie anders wollte Ilja zum Luft- und Raumfahrtzentrum gelangen, nur so wenige Stunden vor dem Start?

Er musste unbedingt zu dessen Praxis, aber sein Bild war über das gesamte Bahnhofsgelände verteilt.

Talon biss die Zähne zusammen, als er vorsichtig zur Tür nach draußen ging und um die Ecke spähte. Sein Schrei von vorhin war nicht unbemerkt geblieben.

„Du da." Die Frau voller Ressourcen zeigte mit dem Finger auf ihn. „Bleib stehen!"

Talon tat das glatte Gegenteil, er lief in die entgegengesetzte Richtung.

Hinter ihm schallte ein „Haltet ihn“, aber da waren zu wenige beherzte Seelen, um dies auch wirklich zu tun. Talon erreichte den Treppenaufgang und lief ihn hoch, nahm zwei bis drei Stufen auf einmal. Aber nein, da stand jemand mit einer Waffe im Anschlag auf dem Treppenabsatz! Jäh kehrte er um. Er erregte Aufsehen. Menschen drehten ihre Köpfe in seine Richtung. Wieder unten in der Halle, lief er blindlings davon und prallte gegen einen Passanten, den er schlichtweg übersehen hatte. Talon fiel hin auf den Boden und kam auf seinem verletzten Arm auf. Der Schmerz war so unerträglich, dass ihm die Tränen kamen. Er spürte, dass sich der Armknochen durch den Aufprall leicht verschoben hatte. Von rechts lief ein Wachmann herbei und machte eine Bewegung, die ahnen ließ, dass er die Waffe zog.

Kein Ausweg mehr. Talon sprang auf das Gleisbett direkt vor ihm, kam schief auf, fing sich wieder, fand sein Gleichgewicht und rannte. Er tauchte ein in die kreisrunde Dunkelheit der Röhre. Hier war der Schall anders als draußen, gedämpft und unwirklich. Sie würden ihm nicht folgen, so dumm konnte doch keiner sein, dachte er.

Vor über zehn Jahren, als er hier noch gearbeitet hatte, musste er die verendeten Tiere, meistens Ratten, im Eimer in eine Kammer tragen und dort von einer Maschine zerstören lassen. Der Gestank war nicht zu ertragen, der Raum gerade groß genug für Reinigungsbürsten und befand sich unmittelbar vor dem Vakuumfeld, einen Kilometer die Röhre entlang. Dort gab es auch ein Fenster nach draußen.

Überrascht hörte er Steinchen auffliegen, es folgten federnde Schritte und er drehte sich um. Gegen das Licht am Eingang des Tunnels machte er die Silhouette eines Mannes aus, der ihm folgte. Irgendetwas zischte an seinem Hals vorbei. Talon bewegte sich nach rechts, rannte näher an der Wand entlang, damit er schwerer zu treffen war. Seine Laufgeräusche klangen unwirklicher, als ob sich der Schall mehrfach im Kreis herumdrehte. Vielleicht verschob sich seine Wahrnehmung bereits, er war nicht mehr ganz bei sich. Er keuchte. Nichts war mehr zu sehen und so musste er sich vollständig auf sein Gehör verlassen.

Das Vakuumfeld war so konzipiert, dass es für Menschen nicht zu durchdringen war. Er würde dagegenlaufen, wenn er so weitermachte. Wieder ein Zischen, diesmal nahe an seinem Ohr. Normalerweise machte sich keiner die Mühe, die kleine Tür zur Putzkammer abzusperren. Talon hoffte, dass es sie überhaupt noch gab. Wie sollte er sie in so völliger Dunkelheit überhaupt finden?

Er streckte seine Finger aus und scheuerte damit die Wand entlang, um die Vertiefung einer Tür zu spüren. Wieder dieses Zischen, dann ein Schmerz. Er stöhnte. Ein Streifschuss am Oberschenkel. Wer nur gibt ihnen das Recht dazu, dachte er verzweifelt. Die nächsten Schritte hinkte er erst, dann kam er wieder in seinen Laufschritt.

Er hatte verpasst, auf den letzten Metern die Hand auszustrecken. Was, wenn dort die Tür gewesen war? Zurücklaufen war nicht ratsam, sein Mörder hätte sich sehr darüber gefreut.

Das Geräusch des einfahrenden Zuges drang ihm durch Mark und Bein. Talon hörte etwas Schweres auf den Boden krachen und schloss daraus, dass es wohl die Waffe war, die sein Verfolger wegwarf. Er erkannte, welche Dummheit er begangen, in welche Lage er sich da gebracht hatte.

Mit den Fingerkuppen an der Wand lief Talon weiter, bis er tatsächlich eine Vertiefung spürte. Abrupt blieb er stehen und befühlte sie. Er fand einen Regler und riss mit brachialer Gewalt daran. Er gab nicht nach.

Der Verfolger war ganz nah. Talon stand reglos und versuchte keinen Laut zu verursachen. Er durfte nicht preisgeben, wo er war. Den Hustenreiz, der in ihm aufstieg, unterdrückte er. Sein Gehör sagte ihm, dass der andere in unmittelbarer Nähe stehen geblieben war. Er nahm dessen gehetzte Atemzüge wahr. Die Türen des Zuges schlossen sich. Gleich würde er um den Knick der Röhre herum sein.

Kaum dachte Talon den Gedanken zu Ende, da ergoss sich grelles Licht in den Tunnel und blendete ihn. Talon merkte, dass er in einer Vertiefung stand, die keinerlei Tür aufwies. Alles zu spät. Der Fremde entdeckte ihn und ihm wurde klar, dass eine Vertiefung möglicherweise die Rettung bedeutete. Er machte einen entschlossenen Satz auf ihn zu.

Der Ausdruck des Mannes – eine hasserfüllte Maske. Er packte Talon an Hals und Kragen und zog ihn in Richtung Gleisbett. Talon wehrte sich mit stiller Kraft, wobei es ihm aber nicht gelang, seinen Arm zu schützen. Der andere hieb darauf und merkte rasch, dass dort eine verwundbare Stelle war, weil Talon laut aufschrie.

Da nahm der Vakuumzug dröhnend den gesamten Raum ein. Ein Körper, der zerfetzt wurde, ein Schrei; aus welchem Mund, konnte Talon später nicht sagen. Er schloss die Augen und presste sich gegen die Wand, bis es dunkel war und alles wieder leise.

# KAPITEL VIERUNDZWANZIG

Talon nuschelte einen erfundenen Namen auf die Frage am Türsummer hin. Seit zehn Minuten läutete er abwechselnd an den Türen der Bewohner, und endlich verlor jemand die Nerven und fragte, was er da eigentlich treibe.

„In der Praxis des Psychologen hat man um Hilfe gerufen. Öffnen Sie die Tür. Es geht um Leben oder Tod." Und das war noch nicht einmal gelogen.

Der Summer ertönte und gab ihm den Weg frei. Drinnen dieses natürlich duftende Holz ... Talon würgte, wegen der Erinnerung an den intensiven Leichengeruch der Kammer von vor fünfzehn Minuten und dem ganzen schlechten Rest.

Er ging mit schwerem Schritt die Treppe nach oben, ausgelaugt durch die Adrenalinschübe der letzten Stunden und so schnell sein Schmerz es eben zuließ. Die Tür zur Praxis stand einen Spaltbreit offen. Drinnen – kein Licht. Er hielt einen Moment lang inne, dann öffnete er sie mit einem beherzten Ruck. Keine Gegenwehr, genauso wie bei diesem arglosen Menschen, Ilja. Talon betrat dessen verwaiste Praxis und zog hinter sich die Tür zu.

Das Licht ging automatisch an. Wie vorhin wirkte alles – der Empfang, die Garderobe: Dort hing noch Iljas beige Jacke, alles in der Momentaufnahme erstarrt, um ein Haar zur Abreise fertig.

Talon hörte beklommen der Stille zu, die allein seine Schuld war. Ilja wäre mittlerweile schon auf dem Weg in eine neue Welt gewesen.

Talon schlurfte weiter zum Behandlungszimmer und hinterließ auf dem Holzboden Schmutzspuren. Auch hier alles wie vor ein paar Stunden, unglaublich eigentlich, Potsemkins schrulliger Notizblock lag noch aufgeschlagen auf dem Tisch. Talon berührte ihn gedankenverloren mit dem Zeigefinger, stupste ihn an, nahm ihn hoch und schob ihn in seine Jackentasche. Er umrundete den Tisch und als eine neue Welle des Schmerzes kam, die sein Empfinden unterspülte, hielt er sich am Tischrand fest, bis sie schließlich verebbte.

In der Schublade fand er den Chip und griff danach. Talon klammerte sich an ihn, bis seine Knöchel weiß wurden. Er hielt inne, gemartert von seinen Gefühlen. Auf dem Boden bemerkte er das Geschenk, das Ilja ihm noch hatte geben wollen. Was es wohl war? Talon ging hin und drehte das Päckchen mit dem Fuß, damit er es näher betrachten konnte. Eine Kaffeemaschine mit Sonnenakku. Ilja hatte ins Schwarze getroffen. Die hätte er tatsächlich gern gehabt. Er verdiente sie nicht.

Talon wandte sich ab, sah ein letztes Mal zum noch geöffneten Schrank, zu Iljas Kästen und Kisten. Er schlurfte den Weg wieder zurück zum Flur, zum Treppenhaus und schloss die Tür zur Praxis endgültig hinter sich zu. Hierher würde Ilja zurückkehren, später, wenn er sein altes Leben fortsetzen würde. Talon stahl ihm das, was er sich erträumt und erarbeitet hatte, für immer die Schwester und jetzt auch noch den Wagen. Machte der Wagen aber wirklich noch einen Unterschied?

Seine Schritte hallten im Treppenhaus wider, als er die letzten Stufen nahm. Beim Hinuntergehen bemerkte er abermals seine eigenen Schmutzspuren, seine ganze Hinterlassenschaft in dieser Welt, in der sich alle zu seinem Verfolger aufschwangen und ein jeder vom Paulus zum Saulus wurde.

Er öffnete die Haustür und ging auf die Gasse hinaus, auf der er Ilja vor drei Wochen zum ersten Mal getroffen hatte. Der Anlasschip erweckte in nur zwanzig Metern Entfernung Kunststoff zum

Leben. Talon überquerte die Gasse und spähte durchs runde Seitenfenster. Ein flugfähiger Wagen, und das war das erste Glück der letzten vierzehn Tage.

Er stieg ein, rutschte in den für ihn ungewohnten Fahrersitz und schnalzte die Tür zu. Vor ihm befanden sich komplizierte Armaturen. Er nahm das Gesicht in beide Hände, eine ganze Weile lang. Schließlich hob er den Kopf wieder und befahl: „Finde den schnellsten Weg nach Irland."

„Irland, Stadt in den Niederlanden, oder" ... Der Computer fragte alle Möglichkeiten ab, bis Talon der Frauenstimme aus Blech das Wort abschnitt. „Irland, wie die Insel im Atlantik." Der Wagen hob ab, stieg leicht schaukelnd nach oben, gewann Meter für Meter an Höhe. Talon merkte, wie die Straße unter ihm zurückfiel, und versuchte, eine bequeme Position für seinen verletzten Arm zu finden. Er beobachtete, wie er aus dem Gassenschlitz emporstieg, noch höher, und sich ganz weit oben um neunzig Grad drehte.

Reihenweise gleiche Dächer, ein ganzes Eismeer davon unter ihm. Die virtuellen Lichtspots, die er in der Windschutzscheibe erkennen konnte, deuteten den geplanten Verlauf seiner Flugbahn an. Sein Shuttle flog vorwärts in Richtung Zentrum. Dort kam er vorbei an Wolkenkratzertürmen, die der Schwerkraft spotteten. Die Quadranten der Superreichen standen im Viererblock beisammen, je über zweihundert Meter hoch. Er flog so nahe an ihnen vorbei, dass er Menschen in den horizontalen Rohrschachtverbindungen ausmachen konnte.

Im Nordosten der Stadt blinkten die megalomanen Zwillingshäuser, die er beinahe hätte berühren können, wenn er die Hand aus dem Fenster gestreckt hätte. Der Wagen drehte ab nach Nordwesten. Weit unter sich befanden sich schnurgerade Straßen, wie am Reißbrett entworfen. Darauf Tausende kleiner Lichter, allesamt Fahrzeuge.

Er hörte dem Rauschen des Windes zu, die Türme der Hochhäuser ließen ihn schweigend passieren. Nach etwa fünf Minuten kam eine riesige Brücke mit hellen Girlanden rund ums Geländer, darunter ihr pechschwarzer Fluss. Nach und nach ragten die

Gebäude seltener aus der Tiefe bis zu ihm herauf. Den Stadtrand erkannte er dadurch, dass dort das Licht einfach abgeschnitten war und die totale Schwärze begann.

Talon klopfte auf den Luftfilter und prüfte die Anzeige nach. Das Schneien hatte schon lange aufgehört. Der Mond kam hervor und beleuchtete ab und an die Ebene unter ihm, gab allem einen stillen Glanz. Dabei war die ganze Gegend baumlos und ohne jeglichen Reiz. Ödestes Flachland, unterbrochen von halb verfallenen Einzelgehöften. Er erkannte Dörfer, bei denen man sich von oben her die verschneiten Löcher in den Dächern anschauen konnte. Hier wohnte schon lange keiner mehr, der Aufwand für die Luftreinigung war für so wenige Menschen viel zu hoch.

Hin und wieder erfasste ihn eine kräftige Windböe, aber der Navigator glich das meist sofort wieder aus.

Dumpf brütete er über seinem Schicksal. Die Iren schlossen keine Auslieferungsverträge mit dem restlichen Teil Europas ab. Das zumindest war eine winzige Chance auf Zeitverlängerung, die er ergreifen wollte.

Er merkte nach einer Weile, dass sein linker Fuß anfing einzuschlafen. Er stampfte mehrfach damit auf und wackelte mit den Zehen. Schließlich zog er seine Sportschuhe aus. Jetzt wären Shuttleschuhe recht gewesen, die durch regelmäßige Impulse verhinderten, dass die Füße pelzig zu träumen begannen. Mitternacht, so in etwa richtig. Er würde noch bis Irland fliegen, den Wagen nach dem Flug über der aufgepeitschten See irgendwo auf dem flachen Land absenken und dort auf der grauen Insel ein paar Stunden schlafen. Die Vorstellung erfüllte ihn nicht mit Hoffnung, mit überhaupt nichts eigentlich. Er kannte den Aufenthaltsort der anderen Mutanten nicht.

In exakt tausend Metern Höhe flog der Autopilot dahin und Talon gewöhnte sich langsam an das sanfte Gleiten, das Schaukeln, das ihn in den Schlaf einlullte. Das Meer war nicht mehr weit, er konnte es an den Algen riechen, ein herber, salziger Geruch, durch den Filter des Autos hindurch. Das unter ihm musste der französische Teil Europas sein ... oder der belgische, wie auch immer. Er fragte den Computer nicht, sondern lehnte sich müde zurück. Die Gegend zog weiterhin unter ihm vorüber. Schlafen und alles vergessen. Talons Lider fielen zu und sein Kopf sank in die schwere Lehne zurück. Langsam fing er an wegzugleiten, zu träumen ...

---

*„Talon?“* Eine weibliche Stimme meldete sich zu Wort, von unendlich weit her, vielleicht aus seinem Unbewussten.

Er wachte auf. War das etwa Igrit? Bleiern die Lider, die er anreiben musste, um sie aufzukriegen. Weit vor ihm formte sich in der Luft waberndes, grünes Licht. Er brauchte einige Zeit, um zu verstehen, wo er war, jedenfalls war er nicht in Lisas Wohnung. Fast wirkte es wie Nordlichter, er strengte seine Augen weiter an, das Entzündete merkte er kaum noch – vielleicht, so dachte er sich, weil es langsam am Absterben war.

Eine Shuttleraststätte. Nur der Strohdümmste würde dort landen. Da waren bestimmt lauter Menschen und Erkennungsraster, dachte er sich.

*„Talon?“*

Er antwortete nicht, sondern bewunderte die Armatur vor ihm, aus der die Stimme kam, die seinen Namen wusste.

*„Talon, bist du da? Antworte, komm schon. Ich weiß doch, dass du mich hören kannst“*, nörgelte eine Frau.

Er erkannte sie plötzlich. Karen, eine Mutantin und „keines von diesen treudoofen Schafen“, wie sie vor Jahren über sich selbst urteilte. Er war mit ihr in dieselbe Klasse gegangen, früher mit ihr um die Häuser gezogen. Wie viel Ärger er durch sie bekommen hatte, daran mochte er überhaupt nicht mehr denken. Er schloss die Augen und ignorierte sie.

*„Du bist der einzige Mensch, der je anständig zu mir war, der je zu mir gehalten hat. Der Einzige, der mir jetzt noch helfen kann“*, bettelte sie. *„Ich bin an der Autobahnraststätte gestrandet, so kurz vor dem Ziel. Hilf mir bitte. Ich bin völlig allein. Das kannst du mir nicht antun, dass du einfach nach Irland fliegst und mich hier den Wölfen überlässt.“*

Woher wusste sie überhaupt, dass er in ihrer Nähe war? Die

Frau hatte immer schon Ressourcen gehabt, es war schier unbegreiflich. Bestimmt hatte sie aber einen Schlüssel für das Versteck der Mutanten. Warum war sie hier gestrandet?

Er betrachtete beim Näherkommen träge das giftig wabernde Licht und dachte eine Weile lang an nichts, dann warf er seine Bedenken über Bord und setzte zur Landung an. Der Wagen setzte schnell auf, nur halb so elegant, wie er immer in alle Sessel plumpste.

Sein Körper schmerzte vom Flug, noch mehr von der Landung, und er sehnte sich nach Bewegung. Talon nahm den Chip, ließ ihn in die Tasche gleiten, öffnete die Fahrertür und stieg aus.

Sie schälte sich aus dem Schatten. Karen trug einen asymmetrischen Fransenrock und hohe Stiefeletten, das fiel ihm als Erstes an ihr auf. Eine ausgebeulte Tasche hing über ihrer schmalen Schulter.

„Hallo Talon." Sie kam vorsichtig näher, trat ins Licht einer Laterne und musterte ihn. Sie war das Abziehbild seiner Erinnerung. Ihre langen Haare waren hellrot, wehten im Wind, legten sich ab und an wellig über ihre Schulter, um gleich wieder hochzufliegen. Sie hatte blaue Augen, trug Make-up im ovalen Gesicht. Ihre roten Augenbrauen hatten so diesen kecken Schwung und sie hatte eine kleine, spitze Nase. Alles so wie früher.

„Hallo Karen."

„Danke, dass du gelandet bist. Du warst schon immer mein Seelenverwandter. Das habe ich dir nie gesagt, ich glaube, ich war nicht reif dafür. Jetzt bin ich es."

Beide schwiegen und sahen sich an, nicht unfreundlich.

„Du siehst unglaublich müde aus. Hast du was zu rauchen dabei?"

Er schüttelte stumm den Kopf.

„Warst früher nicht so. Ah, da ist eine." Sie klamüserte etwas Längliches aus ihrer Tasche, von der er wusste, dass drinnen alles in einem verschlungenen Haufen lag. Die Frau hatte gepfefferte Ansichten, die für ihn nur schwer verdaulich waren. Er erinnerte sich, dass sie einen Mitschüler aus Rache beklaut hatte und er im

Türrahmen des Klassenzimmers für sie Schmiere gestanden war. Dabei redete sie ihm auch noch erfolgreich ein, es gehe um Ehre. Aber sie erkannte Chancen besser als er, eindeutig. Und sie durchschaute Menschen rasch. Wenn man überleben wollte, hatte man vielleicht ganz gern eine wie sie dabei.

Karen klickte die Zigarette hinten an, vorn glühte es; und sie nahm einen tiefen Zug und blies ihn in die Nacht hinaus. Dann seufzte sie und schüttelte leidenschaftlich ihre roten Locken. „Ah, wenn man jetzt nicht lebt, lebt man niemals."

Er antwortete nicht, sondern betrachtete sie stumm.

„Talon, lass es raus, wo ist dein Gefühl? Immer so verhalten, immer so pessimistisch. Das Leben ist fantastisch. Das musst du noch begreifen."

„Steig ein", sagte er nur.

Sie kam näher, grinste. Aber anstatt einzusteigen, griff sie flink in seine Tasche, nahm sich, was drin war, und trippelte in Richtung der Raststätte.

„Hey", protestierte er. „Gib mir den Chip zurück." Er lief ihr überrascht hinterher.

„Fühlst du denn rein gar nichts mehr für mich?" Sie schoss mit einem vorwurfsvollen Blick seitwärts auf ihn. Da blieb er überrascht stehen und fiel zurück.

Sie ging schnell voraus. Er ergab sich und trottete müde hinterdrein. Er war zu erledigt von den Geschehnissen, um sich heute noch zu streiten.

„Also, wenn ich dich mal verliere, dann muss ich bloß auf deine Schuhe hören." Schon riss sie die Tür auf.

Drinnen empfing ihn schwüle Wärme und er nahm den Geruch von gegrillten Kartoffeln auf. Da merkte er erst, wie hungrig er war. Talon hörte lauter französische Laute, wiis, püis und kwas. Schnell etwas essen und dann weiter nach Irland. Er nahm das Board wahr, an dem die Bilder der Mahlzeiten und ihrer Preise hingen und je nach Beliebtheit stündlich wechselten.

„Lädst du mich ein, zur Feier des Tages?", schmeichelte sie und strahlte ihn an mit ihren himmelblauen Augen.

„Geht nicht." Er schob die Jacke zurück und drehte seinen

Arm so, dass es außer ihr niemand erkennen konnte. Er verschob die Krawatte und zeigte ihr das, was von seinem Unterarm noch übrig geblieben war. Sie schaute kurz auf das Desaster, dann drehte sie sich abrupt um.

Er schob den Ärmel vorsichtig zurück – besser nicht dran rühren – und nahm sich einen Teller. Er stellte sich hinter ihr an. „Dafür, dass ich dich mitnehme, könntest du dich ruhig revanchieren", flüsterte er ihr von hinten ins Ohr.

„Monsieur." Die Frau an der Ausgabe sah ihm entgegen ohne jegliche Wärme, gelangweilt, er war der zehntausendste Gast. Er war zu benommen, um das Gesicht als Ganzes aufzunehmen, sondern machte nur große, schwarz umrandete Augen aus.

Karen drehte ungeduldig ihr Handgelenk und zahlte ohne ein weiteres Wort.

„Sacré bleu ...", stieß die Frau überrascht aus.

Es folgten ein paar schnelle französische Sätze, aber da war keine Erweiterung, die ihm das übersetzte, auch überhaupt kein Fremdsprachenunterricht, auf den er hätte zurückgreifen können. Die Kassiererin schien aufgebracht zu sein. Talon suchte den Raum ab, um zu sehen, ob sie die Aufmerksamkeit anderer Gäste auf sich zogen. Aber das Stimmengemurmel übertönte das Ganze, es interessierte keinen. Ob sie in Karen die Mutantin erkannte und deshalb wütend war?

Karen aber blieb ungerührt, schüttelte erhobenen Hauptes die Haare aus und stolzierte weg. Sie setzte sich auf den nächstbesten Platz mitten im Raum. Die Frau schaute ihn an, jetzt nahm er nur ihre Lippen wahr und merkte, dass sie kaum welche besaß, nur zwei schmale Streifen. Der Lippenstift setzte sich entschlossen über diese natürliche Begrenzung hinweg. Er merkte erst mitten im Redefluss, dass er ihm galt, es schien auch wichtig zu sein, aber er reagierte überhaupt nicht, weil er sich nicht konzentrieren konnte und kein einziges Wort verstand. Karen hatte ihn mitten aus dem Tiefschlaf gerissen.

Schließlich kam der Nächste hinter ihm an die Reihe und die Kassiererin gab auf. Talon ging seiner Wege. Der Tisch war unglücklich gewählt, fand er. Auch dem Letzten einer jeden Ecke blieben sie nicht verborgen. Trotzdem folgte er ihr, setzte sich, ließ aber die Jacke an. Draußen bemerkte er zwei Rückstrahler eines Shuttles. Zwei parallele Punkte, die nach oben sausten. Versonnen träumte er ihnen nach. Dann wandte er sich Karen zu. „Was wollte die Frau?"

Sie winkte ungeduldig ab. „Gar nichts. Eine Verwechslung. Lass dich nicht beeindrucken. Das ist die beste Reaktion auf alles. Dann glauben die Leute sofort, dass du unschuldig bist." Ohne weitere Umschweife fing sie an zu essen und weil nichts Neues mehr passierte, machte er es ihr nach. Ein Hochgenuss und Entschädigung für die Qual der letzten Tage.

„Wartest du schon lange hier?"

Sie gab keine Antwort darauf. Stattdessen fragte sie: „Gehört das kleine Shuttle dir?" Sie zeigte mit einem spitz manikürten Finger auf den Parkplatz.

Talon zuckte die Achseln.

Sie lachte überrascht auf. „Das hätte ich dir gar nicht zugetraut." Sie aß damenhaft von ihrem Teller, während sie ihn jungenhaft angrinste. Großen Appetit schien sie dennoch nicht zu haben. Er selbst kam sich vor wie ein gieriger, alles verschlingender Wolf.

„Und du? Kein Besen mehr im Schrank? Keine Kanonenkugel mehr zum Reiten?" Er versuchte sich zu entspannen und lächelte verhalten.

Über ihr Gesicht huschte etwas Unbewegliches, Steinernes. Dann änderte sich der Ausdruck schlagartig, sie lachte hell und nahm sich eine Handvoll Chips von seinem Teller.

„Hast du den Schlüssel für das Versteck in Irland?", flüsterte er, als ihr Lachen verklungen war. Sie blinzelte, leckte sich die salzigen Finger ab, langsam, ihn erinnerte es spontan an eine Katze, die sich die Pfoten putzte. Als Junge musste er wie alle anderen im Naturunterricht Tierfilme anschauen. Er hatte seither solche Bilder im Kopf, eine echte Katze gesehen hatte er noch nie, die war zu teuer.

Statt einer Antwort fuhrwerkte sie wieder durch ihre gestreifte Tasche, nahm eine weitere überstrapazierte Zigarette heraus und zündete sie an, obwohl hier Rauchen verboten war. Sie blies eine Rauchschwade in die Höhe. Ihre Augen funkelten.

„Du hast ihn nicht?“, fragte sie und blies den Rauch mit dem nächsten Atemzug in seine Richtung. Er hustete, wedelte mit der Hand und beobachtete besorgt die Leute um sich herum, wie sie auf den Zigarettenrauch reagierten. Nichts passierte.

„Du hast mich übrigens ganz schön abserviert damals. Ich habe danach einen Knacks gehabt, ehrlich. Ich habe gebeten und gebettelt, aber du hast dich einfach nicht erweichen lassen. Das ist so ein Trauma von mir bis heute, einfach verlassen zu werden, egal was ich tue.“

Er blinzelte überrascht und nickte dann bedächtig. „Wir erinnern uns – du hast MIR geschrieben, dass du mich nicht mehr sehen willst“, meinte er verärgert.

„Das muss ich verdrängt haben“, flüsterte sie. „Der Verlust hat mich wohl seelisch überfordert. Aber ich wusste, dass du mir kein Freund mehr sein konntest.“

„Das weißt du aber noch.“

Sie antwortete nicht darauf, sondern schüttelte sich wieder mit der Hand die Haare. Sie kam ihm ganz entspannt vor, sorgenfrei fast. Sie war schön, wie früher. Er fand rote Haare schon immer toll und ihre Augenbrauen hatten so diesen Schwung, auch ihre Lippen, verführerisch eigentlich. Er hätte aber nur zu gern gewusst, was in den Brettern ihres Oberstübchens vor sich ging.

Er seufzte innerlich und fragte sich, ob er ihr die Sache mit Io verraten sollte. Besser nicht, entschied er. Die letzte Zeit auf der Erde sollte sie diese Sorge nicht haben, das kam noch früh genug.

„Hallo? Jemand zu Hause?“ Sie schnippte mit den Fingern nah vor seinem Gesicht herum. „Du machst dir bestimmt wieder viel zu viele Gedanken. Im Grübeln warst du schon immer spitze.“

„Wie denn nicht?“

Sie machte „ts“ in seine Richtung. „Ich möchte ja nicht bewerten, wie du mit dir und deinem Umfeld zurechtkommst. Aber wo ist der Talon von früher, der analytischen Verstand und Gefühl oft so genial verbinden konnte? Fühlen, Talon. Horch wieder mehr in dich hinein, da muss noch alles da sein, so was kann nicht verloren gehen."

Er blinzelte verwirrt.

„Der Zugang zu den eigenen Gefühlen spielt eine große Rolle; und ob man gelernt hat, ihnen trauen zu können, gelernt hat, sie gut unterscheiden zu können, woher sie kommen und warum sie da sind."

Jahre der Gesprächserfahrung mit ihr führten dazu, dass er nicht mehr nachfragte, was sie damit eigentlich meinte. Den Realitätsabgleich mit ihr fand er anstrengend und unfruchtbar. Aber das hatte er schon vor der Landung gewusst.

„Ich werde meine Lebenserwartung nicht dadurch abkürzen, dass ich nichts mehr vom Leben erwarte, so wie du. Du hast ja Probleme mit dir selbst."

Er verzog den Mund. Zugegeben, sie war sehr viel energiegeladener als er, aber das Wort Empathie konnte sie nicht einmal buchstabieren.

Das Restaurant leerte sich langsam. Draußen war die Sicht frei auf den gesamten Parkplatz, die Wände des Restaurants bestanden nur aus spärlichen Streben und billigen Kraftfeldern.

„Oh, sieh mal, du hast einen Glückskeks bekommen", rief sie aus und griff ihn sich von seinem Tablett. Sie wickelte ihn aus und zog daran.

‚Dein bester Tag ist immer heute', erschien in der Luft. Dort blieb die frohe Botschaft hängen und zerfiel dann glimmend in ihre Einzelteile. Sie grinste und schob sich den Keks in den Mund. „Das ist er ganz bestimmt. Du hast ja mich getroffen." Sie zerbiss den Keks und schmatzte dabei.

„Was hast du gemacht, seit wir uns das letzte Mal gesehen haben?", wollte er wissen.

„In den Pflanzarealen gearbeitet." Sie zeigte mit dem Daumen nach unten. „Ich sag's dir, ich kann den Geruch von feuchter Erde nicht mehr ertragen. Für mich riecht alles nur noch verfault. Da kriegst du einen Koller, wenn du wochenlang keine Sonne siehst. Aber denen habe ich gezeigt, wie man einen Insektenroboter bedient, das kannst du mir glauben." Sie machte einen Schmollmund bei der Erinnerung und zündete sich die nächste Zigarette an.

„Muss das hier sein?"

Sie sah überrascht hoch. „Das sind doch lauter Duckmäuser hier drin. Siehst du das nicht? Ich erkenne das sofort."

Talon betrachtete sie aufmerksam.

„Vertraust du mir nicht?" Sie nahm einen Zug, ließ den Rauch aus ihrer Nase entweichen, beugte sich vor und sah ihm tief in die Augen. „Ich würde dich nie belügen oder hintergehen. Das weißt du."

Talon musterte sie genau. Da war etwas Kaltes in ihren Augen, das zu ihren Worten nicht passte und das er sich nicht erklären konnte.

„Komisch. Wenn das jemand zu mir sagt, bekomme ich automatisch eine Gänsehaut." Er lehnte sich zurück und streckte ihr die offene Hand hin, quer über den Tisch. „Gib mir den Chip."

Sie blinzelte. „Warst früher nicht so", kommentierte sie verstimmt und lehnte sich zurück, verschränkte die Arme und schaute ihn sich gut an. „Nein. Dann lässt du mich zurück."

„Besser, wenn es andersherum ist, nicht? Da fällt mir ein Satz ein, den ein ziemlich gescheiter Kerl mal zu mir gesagt hat: ‚Weiß man eigentlich je, wer vor einem sitzt?' Wenn ich auf mein Bauchgefühl hören würde, müsste ich sagen, ich weiß es genau."

„Mann, bist du ernst heute." Sie setzte wieder ihren Schmollmund auf. „Du stellst dich aber an. Hier hast du deinen dummen Chip, wenn er dir so viel Sicherheit gibt." Sie griff in die Tasche. „Jetzt hast du mich in der Hand. Ist dir das lieber? Dämlicher Kerl."

„Vor weniger als einer halben Stunde waren wir noch seelenverwandt."

Sie warf Iljas Autochip mit Schwung über den Tisch. Er traf seitwärts auf, kullerte weiter, fiel über den Rand zu Boden bis zum Nachbartisch. Talon verfolgte ihn entsetzt mit den Augen. Der Mann, der am Nebentisch saß, stoppte ihn – zack – mit dem Stiefel. Ein etwa Sechzigjähriger mit quergestreiftem Hemd. Talon stand betreten auf und bückte sich. Viel zu langsam hob der

Fremde den Fuß und ließ ihn in dieser gebeugten Haltung warten. Talon setzte sich Karen wieder gegenüber.

„Tja, das hättest du dir allerdings ersparen können."

Und als er darauf nicht antworten mochte, meinte sie: „Also bist du doch nicht mehr so treudoof wie früher. Finde ich gut." Sie beobachtete genau, wie er den Chip in seiner Jackentasche verstaute und mit der Hand darüberstrich.

„Treudoof ist wenigstens sympathisch", murmelte er.

„Ist es, gell?" Sie packte plötzlich ihre Tasche und stand auf.

„Willst du den Teller nicht zurückbringen?"

Verächtlich belächelte sie die Frage. Sie nahm ihren violetten Schal und drapierte ihn sich über die Schultern, sorgsam, ganz wie eine Lady plötzlich. Entschlossen wandte sie sich um und ging voraus in Richtung Ausgang.

Er stand irritiert auf, merkte, wie ihn ein sonderbares Gefühl beschlich. Karen war schon draußen und er folgte ihr. Die kalte Nachtluft stach in seine Lungen. „Hast du eine Zigarette für mich übrig?", fragte er draußen. Er war nervös, merkte er, und wollte sich damit beruhigen, obwohl es bei dem $CO_2$-Gehalt der Luft eine schlechte Idee war.

Sie schüttelte den Kopf, atmete tief ein, nestelte in ihrer Tasche herum und zündete sich eine neue Zigarette an.

„Du hattest doch keine mehr."

„Ach, die habe ich gerade gefunden. Willst du sie?" Sie hielt ihm das kaputte Ende hin.

„Nein, lass nur." Er winkte frustriert ab.

Seite an Seite marschierten sie zu Iljas Wagen zurück. Hier lag kein Schnee, sie gingen auf grauem Belag, niemand sonst war zu diesem Zeitpunkt auf dem Parkplatz. Nur wenige Shuttles, die in einer artigen Reihe parkten. Irgendwann würde er ihr von seinem Lungenproblem erzählen müssen.

Ihn fröstelte. Eisig hauchte der Wind in seinen Nacken. Er wurde immer nervöser; warum, wusste er nicht. Ihre Schritte vor ihm klangen abgehackt. Sie neigte zum Trippeln, jetzt mehr als je zuvor, sie ging eine Nuance schneller als noch gerade eben, dann noch schneller.

Talon wunderte sich, aber wahrscheinlich war ihr einfach nur kalt. Er öffnete seine Jackentasche und holte den Chip heraus. Sie kramte in ihrer verbeulten Tasche, was ihm langsam als ihre Lieblingsbeschäftigung vorkam.

„Willst du vorn ...?", fragte er, aber weiter kam er nicht. Er sah in ein kleines schwarzes Loch, die Mündung einer O2-Pistole. Ja, eine Pistole, handlich und klein. Er starrte auf das Ding in ihrer Hand, dann in Karens Gesicht, suchte dort nach einer Erklärung. Sie sah zufrieden aus ihrer bunten Wäsche.

„Einen schönen Gruß von deinem Vater soll ich dir ausrichten und er hat dich sehr, sehr lieb." Sie fing an zu lächeln, ihre Augen strahlten. Funkelten wie Brillanten. Wie sie sich freute! Und so fühlte sich Verrat an, durchaus überraschend, fand er.

„Gib mir den Chip", befahl sie rau.

Talon hielt ihn fest in seiner Hand.

„Mach bloß keine Geschichten." Die Belustigung verschwand aus ihrer Stimme, das Funkeln erstarb und es wurden starre, unheimliche Eismonde daraus.

Talon bewegte sich instinktiv weg von ihr.

„Bleib genau dort stehen, wo du bist. Du wirfst ihn zu mir herüber. Sofort." Eine unmissverständliche Anweisung.

Er bewegte sich trotzdem nicht, sondern versuchte das Gelände zu sondieren. Wo waren die Fluchtwege? Da war ein langer Transporter, mit zwei grinsenden Giraffenbildern darauf, gut über fünfzig Meter entfernt. Hinter dem konnte er sich verstecken. Nur, wie lange? Die Ungeduld wuchs auf ihrer Seite wie das Unbehagen auf seiner.

„Na, was ist?", sagte sie laut. Sie senkte den Arm, zielte direkt vor ihm auf den Boden und gab einen Warnschuss ab. Es war ein Pfft-Geräusch, ganz wie aus einer Wasserpistole. Der kleine Fleck am Boden verschwand sofort. Ein Treffer aus dem Ding konnte ihn umbringen.

Er ließ wertvolle Sekunden verstreichen, bis sie sichtbar einen Entschluss fasste, die Pistole mit zwei Händen griff und auf seine Stirn zielte.

Er wehrte sofort mit den Händen ab, die Handflächen hielt er in ihre Richtung. „Ist schon gut, Karen. Ist schon gut", sagte er beruhigend, vermied jede schnelle Bewegung und senkte langsam den Kopf. Plötzlich holte er aus und schleuderte den Chip mit voller Wucht auf sie. Sie stieß einen überraschten Schrei aus, krümmte sich und nahm eine Hand vors Gesicht. Er hatte ihr Auge getroffen. Die Mündung der Waffe zielte ins Nirgendwo.

Talon hetzte sofort los auf dem gummiartigen Asphalt, der seinen Tritten Schwung verlieh. Der Transporter kam näher. Talon spürte, er würde es schaffen, er erreichte das Fahrzeug und warf sich dahinter in Deckung. Von dort aus spähte er zu ihr hinüber.

Sie schrie wutentbrannt in seine Richtung: „Du dreckige Sau, du!" Dann redete sie leiser und verfiel ins Murmeln, schien mit sich selbst zu sprechen. Auf dem Parkplatz waren in regelmäßigen Abständen Laternen verteilt, sodass er sie gut sehen konnte. Er beobachtete mit Entsetzen ihr Mienenspiel, als sie näher kam. Sie wischte sich übers Gesicht, das blank verzerrt war vor Hass. Der violette Fransenschal umwehte sie, wie eine Wahnsinnige sah sie dabei aus. Was er in ihrem Gesicht las, war blanke Mordlust.

Er stieß sich sofort mit den Händen vom Rahmen des Transporters ab und rannte los. Er war ein Stück des Weges zurückgelaufen und das Schnellrestaurant war für ihn näher als für sie. Sein Ziel war der Eingang. Menschen, viele Menschen mussten es sein, nur das würde sie aufhalten. Er lief durch weites, offenes Gelände ohne Deckung, aber er hatte keinerlei Wahl.

Der Schuss traf ihn von hinten, gerade als er die letzte Reihe der Fahrzeuge vor dem Restaurant erreicht hatte. Er lief unkoordiniert gegen das vorderste Shuttle und fiel zu Boden. Dort lag er und ihm war so, als hätte sich ein Elefant auf seine Brust gesetzt. Er bekam keine Luft mehr und keuchte. Talon wollte sich aufrichten, weiterlaufen, aber seine Beine gehorchten ihm nicht mehr. Er krümmte sich, holte tief Luft, noch tiefer, es gab keinen Sauerstoff mehr für ihn auf dieser Welt. Mit beiden Händen stützte er sich rasselnd auf dem Boden ab, Blut quoll aus seinem Ärmel, aber er spürte es kaum. Er wusste nicht, wo sich Karen befand, sie konnte überall sein, vielleicht zielte sie bereits für den zweiten Schuss. Ihm wurde schwarz vor Augen und gleichzeitig war ihm so unsäglich schlecht, dass er sich übergeben wollte. Sein Verstand setzte aus, plötzlich fand er sich auf den Knien wieder, er musste sich mit letzter Kraft noch hochgestemmt haben. Die Sicht verschwamm ihm, er hörte sich hyperventilieren. Endlich brach der Kreislauf zusammen und er sackte rückwärts. Von da an wusste er nichts mehr.

# KAPITEL FÜNFUNDZWANZIG

Seine Stirn schaukelte sachte gegen kaltes Metall. Talon machte die Augen auf. Er fand sich auf dem Bauch wieder, der rechte Arm war schmerzhaft angewinkelt. Von der Wange bis zur Wade tat alles weh, darüber brummte der Kopf. Direkt vor ihm war eine Wand, es fühlte sich klaustrophobisch an. Alarmiert drehte er den Kopf und schaute sich um. Nein, kein Sarg, in dem er schon beerdigt war, der Raum war groß, da waren Menschen, auf zwei mal drei Quadratmetern. Der Geruch nach Angstschweiß war so deutlich erkennbar, dass man die Luft hätte raspeln können. Er war in einem Transporter. Mühsam setzte er sich auf. Jetzt war es amtlich: Sein Spiel war aus. Lichtknöpfe an der Jacke mehrerer Menschen leuchteten sanft das Innere des Transporters aus.

„Er ist wach“, murmelte eine südländisch anmutende, etwa vierzigjährige Frau mit Strickschal um den Kopf. Sie kniete sich neben ihn hin, fühlte seine Stirn, legte die Finger an seinen Hals, um seinen Puls zu spüren. „Nimm die Kontaktlinse heraus“, sagte sie bestimmt. Er gehorchte sofort und zertrümmerte sie mit der Faust an der Wand. Der Quälgeist knackste. Das Geräusch erfüllte ihn mit tief gefühlter Befriedigung. Als Nächstes suchte er seine Taschen ab. Seine Mütze war weg, auch sein Kubus, nur der Marsstein und Potsemkins Notizen waren ihm geblieben. Er fühlte den Stein in der Tasche, umfasste ihn mit der Hand. Das Stückchen

Mars war wie ein Versprechen, dass er zu Opa Benjamin zurückkehren würde. Er würde den Stein behalten bis zuletzt.

„Das hätten wir uns nie träumen lassen", seufzte die Frau mit dem Schal bekümmert.

„Manchmal geht die Wahrheit über die Träume weit hinaus", krächzte Talon düster. Da waren Kinder, auch das noch, dachte er. Die Frau setzte sich zurück, zu ihrer großen Familie, wie es schien.

„Wie lange haben sie euch schon?", fragte Talon leise.

„Seit heute."

„Unser Kühlgerät hat uns verraten", rief ihr neunjähriger Junge empört aus. „Es hat unser Nutzerprofil aufgezeichnet und weitergeschickt. Und dann haben sie uns in unserem Versteck wiedererkannt."

„Wolltet ihr auch nach – ihr wisst schon."

Ihr Mann, in grauem Anzug mit roter Fliege, hob den Kopf, um ihn zu betrachten, antwortete aber nicht. Zwei Kinder, dachte er. Eines davon hielt ein Plüschtier fest umklammert – ein flauschiges Schaf, das bereits deutliche Schmutzflecken aufwies. Da war er direkt noch gut dran; nicht auszudenken, wenn er auch noch Sorge um Kinder hätte. Was mit den Jungen passieren würde? Talon wurde schlecht bei der Vermutung.

„Wir müssen hier raus."

„Ja, Schlauberger, aber wie?", fragte ein alter Mann mit grauer Schirmmütze weiter hinten im Raum.

„Sie fliegen uns zum Luft- und Raumfahrtzentrum", sagte eine abgeklärte Schwiegermutter. „Und von dort aus zum Mars."

„Wenn ihr auch nur irgendeine Chance seht zu fliehen, tut es sofort. Sie bringen uns nicht zum Mars. Das ist alles Lüge. Vielleicht die Kinder. Bei den Spielen auf Io habe ich nie welche gesehen."

Eisiges Schweigen, das die Aussage begrüßte, zu dick zum Schneiden, bis es jemand brach. „Du lügst", meinte die vierzigjährige Frau und wirkte empört.

„Ach ja? Was hätte ich denn davon?" Talon rieb sich den Kopf. Er spürte seitlich eine Beule. „Wie bin ich eigentlich hierhergekommen?"

„Tür auf, Tür zu“, meinte der Junge.

„Alles klar. Und wann?“

„Vor etwa zwei Stunden.“

Talon hielt eine Weile inne, um zu überlegen. Laut sagte er: „Also wir tun Folgendes: Ich werde die Verblendung hier aufmachen und einen Kurzschluss bei der Verkabelung erzeugen, sodass wir landen müssen. Wenn wir aussteigen, ducken sich die Kinder aus dem Weg und auch sonst jeder, der kein fatales Risiko eingehen möchte. Wäre aber schön, wenn ich nicht der Einzige wäre.“

Die Leute schwiegen und glotzten ihn an, als ob er vier Köpfe mit sechzehn Ohren hatte. Er ließ den Worten Taten folgen, ging nach vorn und fing an, die Verblendung abzutasten. Sie sahen ihn immer noch alle an, eindeutig zu wollweiß träge für seinen Geschmack.

Er drehte sich zu ihnen um. „Das System ist gegen euch. Und zwar total. Wann kapiert ihr's endlich? Das Gefängnis ist in euren Köpfen, die Gitterstäbe gehen quer durch euer Hirn.“

Er fand ein herumliegendes Stück kleinen Metalls, öffnete damit die Verblendung, und begutachtete was dahinter lag. Er fasste hinein und steckte die Verbindungen der Elektronik um. Es dauerte ein paar Minuten, da schrie der Junge: „Wir landen.“

Talon hielt inne. Er spürte ein Kribbeln im Bauch, das davon herrührte, dass sie schnell an Höhe verloren. Dann das Aufsetzen des Transporters. Alle schwiegen. Die Lichtknöpfe wurden nacheinander ausgemacht. Eine Zeit lang geschah nichts. Die Verriegelung öffnete sich mit hohem Quietschen.

Ein vierschrötiges, hochrotes Gesicht schob sich durch den Türspalt. „Raus“, brüllte es. „Raus, alles raus.“

Talon kletterte den anderen hinterher, aus dem Ladebereich heraus und kam dabei dicht an dem Mann vorbei, einem Polizisten mit schwarzer Uniform und Verdienstabzeichen. Er kam ihm bekannt vor, ein Polizist aus seiner Vergangenheit namens – Brenninger.

„Aufstellen in einer Reihe“, bellte der. Er pflanzte sich gleich neben Talon auf und schrie ungesunde Speicheltropfen in die

Nacht. „Wer von euch Schwachköpfen hat die Verblendung aufgemacht?"

Keiner sagte auch nur ein Wort. Kalter Nieselregen ging auf sie nieder und dämpfte die Stimmung zusätzlich. Alle stellten sich in einer Reihe auf. Wenn er sich selbst mitzählte, waren sie acht Erwachsene und zwei Kinder. Die Frau mit dem Kopftuch hielt die Hände ihrer Jungen links und rechts im Klammergriff. Ihre Knöchel standen weiß hervor. Sie drückte zu fest, merkte Talon, aber die Kinder machten keinen Mucks, sie beschwerten sich nicht. Der kleinere der beiden Jungen war vielleicht vier Jahre alt. An den kleinen Körper gepresst hielt er sein Kuscheltier. Noch nie hatte Talon einen so verängstigten Ausdruck bei einem so kleinen Kind gesehen. Die Frau zeigte eine Körperhaltung, als ob sie befürchtete, im nächsten Moment geschlagen zu werden. Die ganze Gruppe harrte der Dinge, darauf, was mit ihnen als Nächstes passieren würde. Niemand erwartete etwas Gutes. Keiner rührte sich. Der Junge hielt das Schaf so, dass der künstliche Gesichtsausdruck für Talon deutlich erkennbar war. Das Schaf schien gutmütig zu sein, und das änderte sich auch in dieser grauenhaften Situation nicht. Der Anblick war für Talon schwer zu ertragen.

Waren sie nicht alle wie Schafe – besonders er selbst? Auch sie ließen sich mit ein bisschen Methode leicht beengen und einfangen, wehrten sich nicht und standen dicht beieinander, wenn die Wölfe sie umkreisten und ihre helle Freude daran hatten. Schafe waren verletzlich, hatten Angst und ließen demzufolge alles mit sich anstellen. Und er war einer aus der Herde: ein ganz besonders treudoofes, dummes Schaf, das wider besseres Wissen immer noch an das Gute im Menschen geglaubt und sich nie wirklich gewehrt hatte. Er war immer höflich geblieben. Alles hatten sie ihm genommen, bis hin zur Selbstachtung. Nicht einmal Lisa hatte ihn je respektiert; und dabei hatte sie doch gesagt, dass sie ihn liebte. Sie hatte es verdammt nochmal gesagt. Sie hatte gelogen. Und jetzt würden sie ihn umbringen wie seine Mutter. Er hatte es schon immer gewusst, dass es so kommen würde. Die Frage war nicht mehr, warum und wieso, es ging nur noch um wie. Sie ahnten alle, dass sie sterben würden, kam es ihm, die ganze Gruppe. Nur darum ging es noch, nicht auffallen, die Schlächter nicht ärgern, schnell sterben. War es nicht okay für ihn, die logische Folge nach so einem Leben? Sein einsames Drama würde ein Ende haben. Endlich.

---

Als er desillusioniert auf den Boden sah, merkte er, dass er genau auf einer roten Markierung stand. Sie waren auf einem Landeplatz, auf dem Dach eines riesigen Gebäudekomplexes. Scheinwerfer beleuchteten alles von weit oben und machten die Nacht in Lichtkegeln zum Tage ... Weit draußen bemerkte er einen blauen Lichtball, der erst langsam, dann immer schneller in den Nachthimmel aufstieg. Sie mussten am Luft- und Raumfahrtzentrum sein. Sie wären hier so oder so gelandet, egal was er mit den Steckverbindungen im Transporter getan hätte.

Der junge Mann neben ihm scharrte nervös mit dem Fuß. Er hustete, trug keine Jacke, nur das bloße Hemd.

Ein zweiter Polizist erschien im grellen Licht. Zu allem bereit, stellte er sich mit der Waffe in der Armbeuge in einiger Entfernung zur Gruppe auf. Brenninger hob einen soliden Knüppel und klatschte ihn steinzeitlich in seine Hand. So ging er die Reihe hinunter, maß einen jeden, einen nach dem anderen.

„Na, will keiner reden?“ Jeder senkte die Augen, als der Mann sie entnervte und den Knüppel mit schalem Machtgefühl schwang. „Was ist mit dir? Wer hat aufgemuckt? HÄ?“ Er glotzte dem Familienvater ins Gesicht. Als ihm dieser die Antwort schuldig blieb, rammte er ihm den Knüppel in die Magengrube. Ein dumpfer Laut, der Mann im Anzug krümmte sich und fiel auf die Knie. Die rote Fliege verrutschte. Sein achtjähriger Junge schrie laut „Papa“ und wollte zu ihm rennen, doch die Mutter hielt ihn auf.

Brenninger holte mit dem Knüppel weit zum nächsten Schlag aus und zielte auf dessen Hinterkopf. Sein kleiner Junge beobachtete es mit äußerstem Entsetzen.

„Am ärgsten fällt der Größenwahn die kleinsten Kreaturen an.“

Brenninger hielt inne, blinzelte und überlegte mehrere Sekunden lang. Er senkte den Knüppel.

„Wer hat das gesagt?“, schrie er.

„Ich“, sagte Talon mit fester Stimme. Es war, als ob der Wind an Intensität zugenommen hätte. Man hörte von den anderen nicht einen einzigen Laut.

Schwer klangen seine Schritte, als der fette Polizist herankeuchte, gestresst von seinem eigenen Gewicht. Er stellte sich vor Talon auf und glotzte ihn an, Abscheu ins Gesicht gemeißelt. Talon schaute mutig in seine blutunterlaufenen Augen. Dieser Abgrund kannte kein Unten.

„Was hast du gesagt, du Affenfurz?“

„Wie kannst du dir das nicht merken? Es war doch nur ein Satz.“

Brenningers Nasenflügel bebten. Er verzerrte den Mund, holte weit aus und rammte Talon den Knüppel in den Magen. Talon war noch nie wirklich geschlagen worden und so überraschte ihn die Intensität des Schmerzes, der ihn nach vorn kippen ließ. Nach einem weiteren Schlag fiel er auf den Boden. Der Mann drosch wie ein Irrsinniger auf ihn ein und konzentrierte sich dabei bald nur noch auf seinen Kopf. Talon wusste kaum, wie er sich mit seinem gesunden Arm noch schützen sollte.

Der zweite Polizist verfolgte jede Bewegung Brenningers, tat aber nichts, sondern blieb wie zuvor stehen, die Waffe im Anschlag. Als Talon bereits halb besinnungslos auf dem Boden lag, versuchte Brenninger, auf zwei seiner Ohren zu treten, und schaffte es auch, sodass er im Trommelfell ein Knacksen hörte. Brenninger spuckte ihm auf den Kopf, war schließlich fertig mit ihm. Talon nahm dessen unbändige Erregung wahr und den tief gefühlten Triumph. Der Polizist wischte seinen Stiefel an Talons Wange ab. Er fand wohl Gefallen daran, Menschen genüsslich zu zerstören. Talon spürte den Geschmack von Erde in seinem Mund, Visitenkarte einer Schuhsohle.

„Das dürfen Sie nicht“, schrie die Mutter ihm gegenüber

endlich. Sie trat vor und versuchte, Brenninger eine Ohrfeige zu geben. Talon beobachtete es auf dem Rücken liegend, wie eine umgedrehte Schildkröte.

Brenninger fing ihre Hand ab, verdrehte sie und versetzte ihr einen brutalen Faustschlag ins Gesicht. Sie taumelte zurück und kam hart mit dem Gesäß auf dem Boden auf. Die Frau schluchzte und hielt sich die blutende Nase.

„Du Dreckstück. Euch werde ich Beine machen", versprach er.

Brenninger steckte den Knüppel an seine Hüfte, holte ein Taschentuch heraus und wischte sich über die cholerische Stirn.

Talon indessen quälte sich unbemerkt auf die Knie und nahm den Marsstein aus der Tasche. Das musste der Wurf seines Lebens werden. Der Bewaffnete stand nur teilweise im Scheinwerferlicht und Talons Sicht auf ihn war unvollkommen. Er holte mit Schwung aus. Der Stein von einem anderen Planeten traf mitten auf die Stirn des zweiten Polizisten.

Talon merkte es sofort, der Polizist kämpfte glasig mit dem Hier und Jetzt und fragte sich wohl, ob er umfallen sollte oder nicht. Die Verkörperung von Recht und Ordnung fiel tatsächlich mit einem lauten Geräusch zu Boden.

Brenninger musste wohl taub sein, denn er bemerkte davon überhaupt nichts. Talon ging näher zu ihm, formte eine Faust und darin legte er die Wut und Enttäuschung der letzten fünfzehn Jahre. Er schlug mitten auf das Taschentuch und auf die Nase des Polizisten dahinter. Knorpeliges Knacksen, ein Aufheulen, der zweite Faustschlag ließ den Polizisten taumeln und zu Boden fallen.

Talon nahm ihm umgehend den Knüppel ab und ging hinüber zum anderen gefällten Polizisten. Ihn beobachtete er eine Weile lang gebückt, um sicherzugehen, dass er wirklich bewusstlos war. Brenninger war unterdessen wieder aufgestanden, keuchte heran, hielt aber mitten im Laufen inne und hob mit einem Mal abwehrend die Hände. Er wich zurück.

„Du wirst doch nicht auf einen Polizisten schießen", schrie er. „So etwas wird dir schlecht bekommen. Ich bin das Gesetz", brüllte er.

„Brenninger, oder?“

Talon wischte sich mit dem Jackenärmel den Schmutz von der Wange. Irgendetwas an ihm bestätigte Talon, eine kleine Überraschung, ein Weiten der Augen, dass er es tatsächlich war.

„Habe ich je einen hässlicheren Menschen gesehen?“, fragte er ihn. „Innen wie außen.“ Damit hob er das Gewehr an und zielte durch das Fadenkreuz. Er spürte Brenningers Entsetzen.

Dieser drehte sich plötzlich um und begann wegzulaufen. Das hieß, er musste dem Polizisten in den Rücken schießen. Eine Tat, die schon unter normalen Bedingungen die Todesstrafe nach sich gezogen hätte. Talon betätigte den Abzug. Brenninger schrie auf und fiel mitten im Lauf zu Boden. Dort blieb er liegen. Blut tränkte gierigen Untergrund, bis sich eine kleine Lache bildete.

Talon vergewisserte sich, dass Brenninger sich nicht mehr rührte, dann stapfte er los, um auf dem Landeplatz nach Benjamins Marsstein zu suchen. Er fand ihn am Rande eines grellweißen Lichtkegels, aber nur zur Hälfte, denn von der Wucht des Aufpralls war dieser in zwei Teile zerbrochen. Den halben Stein las er auf und ließ ihn in seine Jackentaschen gleiten. Die andere Hälfte fand er nicht wieder. Er drehte sich um.

Laut sagte er: „Lasst sie liegen. Life and safe liest sie schon auf.“ Er hustete Blut in seine Hand, aber so zufrieden musste sich zuletzt David gefühlt haben, als er Goliath besiegte. Er traf eine endgültige Entscheidung. Er würde Iljas Schwester vom Schiff zurückholen. Diesen Gefallen würde er ihm noch erweisen, einem der letzten grundanständigen Menschen, die ihm auf der Erde noch begegnet waren.

Talon stapfte zum Transporter zurück, öffnete die Tür zur Fahrerkabine und stieg ein. Er setzte sich in den Fahrersitz. Der Kanal für die Polizeikommunikation war leicht zu öffnen. „Harald Waltz, bitte melden“, gab er durch. Er wartete minutenlang.

Tiefer Bass antwortete ihm. „Harald ist draußen und treibt das Mutantenpack zusammen. Was willst du von ihm?“

Talon hielt einen Moment lang inne und kämpfte mit seiner Überraschung. Auch Harald? „Sag ihm, es ist ein Notfall; seine Tochter.“

Ein Zögern auf der anderen Seite des Äthers, dann: „Ist die Kleine nicht schon im Krankenhaus?“

„Da geht's ums Geld.“

Der Bass fluchte. „Warte.“

Talon hörte ihn aus dem Wagen steigen. Auf dem Armaturenbrett lag eine Waffe. Die nahm er sich und versteckte sie unter seiner Jacke. Ein paar Minuten dauerte es, bis sich jemand näherte. Talon erkannte Harald am Rhythmus seiner Schritte wieder. „Harald?“

Keine Antwort. Er sagte nichts, klar, das war Harald Waltz im Original, dachte Talon grimmig. „Kriegst du deinen Mund eigentlich nie auf, Harald? Am Anfang fand ich's nur denkfaul. Mittlerweile nervst du mich total.“

„Talon“, murmelte der andere düster zur Antwort.

„Mutantenfresser, wo ist Igrit?“

„Talon ...“ Er klang schuldbewusst.

„Jetzt ist mir wenigstens klar, was für eine Art Polizist du bist. Sag Igrit einen schönen Gruß und wenn sie nicht mitansehen will, wie Magdalena vor ihren Augen stirbt, dann packt sie die Kleine ein und kommt mit ihr zum Zentrum. Sie hat eine halbe Stunde Zeit, Maximum. Ende, Harald. Hoffentlich sehen wir uns in diesem Leben nie mehr wieder.“ Damit drückte er enttäuscht den Daumen auf die Verbindung und beendete sie kurzerhand.

---

Wie unschlüssig die Gruppe war, merkte er erst, als er wieder ausstieg. „Fliegt los. Jede Minute zählt“, riet er ihnen. „Geht nicht nach Irland, lieber nach Johannesburg, dort sind die Menschen progressiver.“

„Was ist mit dir?“, fragte die Schwiegermutter.

Talon zuckte mit den Schultern. „Ich muss hier noch etwas Dringendes erledigen.“

Er registrierte, wie sie nacheinander einstiegen. Dabei hatte jeder einen anderen Gesichtsausdruck. Von Dankbarkeit bis Fassungslosigkeit war alles dabei. Die Mutter hieß ihre zwei

Jungen vorausgehen, kam zu Talon herüber und umarmte ihn, aber er schob sie bald sanft von sich weg, da sie seinen wunden Arm berührte.

„Gott schenke dir Glück und Zufriedenheit", wünschte sie ihm. Ihr Gesicht war ausdrucksstark und so authentisch wohlwollend, dass Talon staunte.

„Da hat er noch viel Arbeit vor sich", murmelte er gedämpft. Sie ordnete ihren Schal neu und stieg mit einem letzten Lächeln hinten im Transporter ein.

Aufs Stichwort verriegelte er den Laderaum. Es war zu spät, sich das Ganze noch einmal zu überlegen, als der Transporter abhob und einen weiten Bogen in Richtung Süden flog. Er beobachtete, wie sich die Rücklichter in der Ferne auflösten, mit dem Gefühl, eben den größten Fehler seines Lebens begangen zu haben. Die Lichter verschwanden aus seinem Sichtfeld.

Das war die Ehre der treudoofen Schafe, kam es ihm in den Sinn, als er sich in Gedanken von ihnen verabschiedete. Wenigstens imitierten sie nicht den Wolf. Aber wie sonst sollte er sein Leben retten?

Er wandte sich um. Die zwei Polizisten lagen auf dem Boden. Er musste hier weg. Sofort.

# KAPITEL SECHSUNDZWANZIG

Talon vermutete, dass Dr. Fjord sich weit draußen auf dem Abfluggelände befinden würde. Am Rande des Feldes rief er per Tastendruck eines der automatischen Shuttles, das einen auf Zuruf zu den Schiffen beförderte. Er wartete und strich sich nervös über die Stoppeln an Wange und Kinn. Einen gepflegten Eindruck machte er schon lange nicht mehr. Die Leute würden sofort dahinterkommen, dass er kein Kolonist war. Dazu sein gelbes Auge und die Schläge, die er im Gesicht abbekommen hatte, die fügten dem Ganzen noch ein paar interessante Farbschattierungen hinzu.

Aufmerksam suchte er das gesamte Gelände ab. Nichts regte sich. Er fand das merkwürdig und schloss daraus, dass die Siedler wohl schon so lange an Bord waren, dass es hier so ruhig war. Stunden würde es noch Nacht bleiben, bis die Sonne aufging. Vielleicht würden dann erst Menschen kommen, um sich von den Reisenden zu verabschieden und sie ab da ihrer Erinnerung zu überlassen.

Ein Shuttle von etwa zwei Metern Länge erschien aus der Dunkelheit, eilte zu ihm hin und hielt an. Es war vollautomatisch, ohne Fahrerkabine und besaß ovale Fenster, aus denen man auf sein altes Leben zurückblicken konnte. Seine Stimme klang hohl, als er sagte: „Bring mich zu Dr. Tolo Fjord."

Die Tür schloss sich mit leisem „wsch" und das Shuttle nahm an Fahrt auf. Er hielt sich währenddessen fest und hielt Ausschau auf dem Gelände draußen. Wie Karen ihn wohl gefunden hatte, fragte er sich. Sein Vater musste irgendwann zu dem Schluss gekommen sein, dass es sich lohne, allezeit zu wissen, wo sein mutierter Sohn war. Er musste einen Tracer verwendet haben. Wo in seinem Körper war der nur?

Der Transporter surrte einsam über das weite, verlorene Feld. Ganz nahe war seine Nase an der Scheibe, als ein Siedlungsschiff in sein Sichtfeld geriet. An der Spitze, über dem Cockpit, blinkte in regelmäßigen Abständen rotes Licht. Es war kein Kubus, wie angenommen, sondern wirkte eher wie ein riesenhaftes Flugzeug, dessen kurze Flügel unten ausgestellt waren. Das Standgewicht ruhte auf dem Brennelement, das das Raumschiff vom Rumpf her in die Unendlichkeit treiben würde, hundertfünfzig Jahre lang. Auf der Außenhülle leuchteten matte Buchstaben, jeder einzelne doppelt so groß wie er selbst. Diese beeindruckende, in Leichtmetall gegossene Weltraumpoesie war die *„Thunberg"*. In ihr war Iljas Schwester. Ein Gefühl beschlich ihn, das er am ehesten als Ehrfurcht gedeutet hätte.

---

Die Flugabfertigung war normalerweise in einem mobilen Container untergebracht. Eine volle Minute ließ er verstreichen und betrachtete währenddessen das Schiff, ehe er den Mut dazu fand und eintrat.

In dem Raum war Dr. Fjord. Er stand im Arztkittel vor einer länglich weißen Konstruktion, die Talon sofort als „Box" identifizierte. Sie war also noch nicht auf dem Schiff. Noch konnte für Igrits Kind alles gut ausgehen, spürte er.

Fjord drehte ihm den Rücken zu und schien sein Eintreten noch nicht bemerkt zu haben. Er war jedoch nicht allein. Ein Mann befand sich auf der hinteren Seite des Raumes und zog sich gerade den blauschwarzen Anzug der Siedler über. Talon blieb stehen, wusste nicht so recht, wie er weitermachen wollte. Die

Bewegungsabläufe des Siedlers kamen ihm seltsam vertraut vor. Er sah genauer hin. Sein Kopf wurde leer und der Mund so trocken. „Was machst du hier?“, presste er schließlich erschüttert heraus.

Der Mann zog den Verschluss seiner Jacke hoch und bemerkte ihn. Dessen Augen verengten sich sofort. Dr. Fjord drehte sich um, erkannte ihn und glotzte ihn aus unergründlichen Fischaugen an.

„Ich reise.“

„Aber ... Das war doch meine Idee.“

„Ja. Und ich bin im Alphabet vor dir dran. Scheiß drauf, wessen Idee es war.“ Er lachte rau.

Talon hörte die Laute, die er selbst machte, wie von weit her, denn es rauschte in seinen Ohren.

Man konnte leichthin erkennen, dass Malte seinen Cousin am liebsten mit bloßem Blick zerquetscht hätte.

„Die ewige Laus im Pelz“, kommentierte dieser Talons Erscheinen.

Talons Mund fand keine Worte für das Ganze. Schließlich fasste er sich. „Du scheinst dich mit unserem Dr. Fjord hier ja wunderbar geeinigt zu haben.“ Er nickte anerkennend, Malte verzog keine Miene dabei. „Ich sehe, ich lerne dich gerade völlig neu kennen.“

Dr. Fjord äußerte sich nicht dazu, er folgte interessiert dem Geschehen. Es war etwas, das ihn intellektuell, jedoch nicht emotional berührte.

„Warum ich dich je bewundert habe, kommt mir heute vollkommen absurd vor. Ja, ich hatte immer einen Heidenrespekt vor dir. Vor deiner Kaltschnäuzigkeit und dafür, dass du eigentlich nie ein Gewissen hattest. Die Faschingsgranate hast du damals nach mir geworfen, oder? Die in deiner eigenen Hand explodiert ist? Als ob ich das nicht schon immer gewusst hätte, aber ich war zu höflich, es dir all die Jahre hindurch vorzuwerfen.“ Er öffnete den Klettverschluss der Jacke und zog seine Waffe heraus. Damit zielte er auf Malte.

Dessen Augenbrauen hoben sich ungläubig. „Was, du willst

mir drohen? Du, der ewig geprügelte Hund?“ Malte verzog den Mund zu einem Grinsen.

Hinter Talon fauchte plötzlich die Schiebetür. Er fuhr zusammen und drehte sich erschrocken um. Es war Igrit mit Magdalena schwer im Arm. Sie kam herein, wirkte völlig aufgewühlt und verzweifelt. Das Mädchen baumelte, nein, es war ohnmächtig. Talon freute sich unbändig bei ihrem Eintreten. Jetzt würde alles gut werden.

Talon warf Malte einen verächtlichen Blick zu, den dieser auf gleicher Messlatte erwiderte. Dr. Fjord tat immer noch nichts. Er wirkte gefühl- und reglos. Talon zielte in die Richtung Fjords, wie um ihn zu warnen, nichts Dummes zu tun. Der verstand, denn die Falte an seinem Mund versteinerte.

Talon ließ seine Stimme besonders tief klingen, als er forderte: „Ich möchte, dass Sie Ilja Potsemkins Schwester wieder auftauen.“

Gespannt wartete er auf Reaktion.

Fjord reagierte aber – überhaupt nicht. Er tat schließlich doch eine Sache, er sagte „Nein“ und es klang auch noch höflich. Völlig perplex starrte er auf den Arzt.

„Niemand, der bereits eingefroren ist, kann nach so kurzer Zeit wieder aufgetaut werden“, näselte Fjord zufrieden. Dessen Arroganz fand Talon unfassbar. Würde er auch so mit seinem Sensenmann reden, fragte er sich.

Die ganze Situation regte Talon so auf, dass er einen neuerlichen Hustenanfall bekam. Er spürte Taubheitsgefühle in seinem linken Arm. Er war es doch, der die Waffe in der Hand hielt, oder? Warum nahm ihn immer noch keiner ernst? Sollte er einen Warnschuss abgeben? Aber was hier drin durfte er schadlos treffen, überlegte er sich. Er scannte den Raum. Außer der Box gab es medizinisches Zubehör auf der gegenüberliegenden Seite des Raumes. Es kam ihm wie in einem Labor vor. Er bemerkte interstellares Frachtgut. Anscheinend war noch nicht alles an Bord. Er sollte nicht so viel überlegen und so lange zögern. Wenn er Ilja schon nicht mehr helfen konnte, so doch wohl Magdalena, hoffte Talon.

Er wandte sich weiterhin an Dr. Fjord. „Ich habe Ihnen ein Geschäft vorzuschlagen."

„Mit der Waffe in der Hand? Das ist eine sehr bedauerliche Gepflogenheit, werter Herr. Ich fürchte, dass unter diesen Umständen jedes Geschäft null und nichtig wäre."

„Hören Sie mich an. Igrit hier", er deutete auf sie, „hat auf ihren Mikrachips ein Vermögen liegen."

Er erkannte, dass ihr das neu war, so genau hörte sie ihm zu. „Es muss annähernd eine Million Credits sein. Sie könnte sie Ihnen überlassen."

Dr. Fjord winkte blasiert ab.

Bevor er Einspruch anmahnen konnte, fuhr Talon fort. „Ja, kann gut sein, dass Sie das Geld nicht brauchen. Sie verdienen ja bestimmt genug davon. Aber haben Sie je daran gedacht, eine Stiftung zu gründen, sagen wir: die Dr. Tolo Fjord-Stiftung? Niemand würde Sie fragen, woher Sie das Geld haben, Sie könnten Bewunderer finden, junge Menschen fördern." Er hasste sich für das, was er als Nächstes sagte. „Junge Männer." Er presste die Lippen zusammen. „Alles, was Sie dafür tun müssen, ist, die Arme zu verschränken, während wir dieses süße kleine Mädchen in die Box schicken. Was schadet es Ihnen denn? Niemand wird es je erfahren. Die Box verschwindet im Universum und Sie sind eine Million Credits reicher. Vielleicht dauert es nicht einmal länger als fünf Minuten. Was für ein Stundenlohn."

Dr. Fjord schwieg, er wirkte fast erstaunt. Der Zug um seinen Mund erschlaffte.

Jetzt oder nie, erkannte Talon. Fjord würde überhaupt nichts tun, weder um ihm zu helfen, noch um ihn aufzuhalten.

„Niemand steigt in diese Box außer mir", spuckte Malte dazwischen.

Talon richtete prompt wieder die Waffe auf ihn, kam sich aber selbst nicht glaubhaft dabei vor.

Malte blieb stehen und taxierte ihn von unten – abwartend.

Talon wollte wissen, wie es in der Box aussah, und trat zu ihr hin. Sie besaß eine weißlich schimmernde Innenkammer. Beim Nähertreten öffnete sich der Deckel. Er berührte das Polster darin mit dem Handrücken, es fühlte sich warm an. Weich, wie eine Haut. „Igrit, leg sofort Magdalena in die Box. Tu es jetzt, bevor es zu spät ist.“

Sie kam näher, aber Talon hatte den Eindruck, dass Igrit keine Kraft mehr dafür aufbrachte, sie in die Operationseinheit hochzuheben. Ein Besucherausweis baumelte verdreht um ihren Hals.

Er steckte ihr die Waffe zu, nahm ihr das Mädchen ab und legte es mit größer Mühe und Vorsicht trotz seines verletzten Armes in die Box. Magdalenas Kopf mit den Zöpfen plumpste dabei leicht auf. Die Türen glitten automatisch zu.

Fjord ließ ihn tatsächlich gewähren. Er erklärte sogar den Vorgang: „Die Reparatureinheit entschlüsselt den Gencode und schafft nach dem Bauplan ein neues Organ“, dozierte er, während er vor sich die Arme verschränkte.

„Willst du es sehen?“

Igrit schüttelte entsetzt den Kopf.

„Geben Sie mir zuerst das Geld“, näselte Fjord.

Talon ignorierte ihn, trat zum Paneel und drückte den einzigen Knopf dort. Zwei Wörter flossen auf die Anzeige: „Istzustand-Diagnose.“

Fjord sah ihm ausdruckslos dabei zu, aber Malte war der Ärger deutlich anzumerken. Sein Mund wurde unansehnlich schmal und seine Augen glänzten vor Wut. Das kannte Talon nur allzu gut von ihm. Jetzt war äußerste Vorsicht geboten, wusste er.

„Ich gehe in diese Box, wir hatten das besprochen“, sagte Malte zu Fjord mit gefährlichem Nachdruck.

Diesen schien dessen Zorn nicht zu berühren. Er hob ihm kühl die Hand entgegen; er hatte hier das Sagen, und das zeigte er auch deutlich. „Du kommst gleich nach ihr dran, mein Lieber“, sagte er.

Malte glotzte indessen auf Talon. „Nimm die Waffe runter, du Idiot. Als ob du jemals auf mich schießen könntest ...“

Talon versuchte, es nach außen hin nicht zu zeigen, aber Malte hatte höchstwahrscheinlich recht.

„Wann startet das Schiff?“ Eine wichtige Frage. Talon musste die Antwort kennen.

„Das Siedlungsschiff startet in exakt einunddreißig Minuten", meinte Fjord.

Bei diesen Worten ging ein Ruck durch Malte. Er lief zur Box hin und hieb ungeduldig auf die Bedienungseinheit ein. „Raus da, raus", schrie er.

„Komm zurück. Für sie geht es um ihr Leben, für dich geht es doch um überhaupt nichts", rief Talon aus. Verzweifelt hielt er ihm die Waffe entgegen.

Malte drehte sich als Antwort darauf zu Talon langsam hasserfüllt um. Sein Mienenspiel wirkte unheimlich. Erst zutiefst feindselig, aber urplötzlich hellte sich seine Miene auf, ja, er lächelte sogar. „Dann eben nicht", verkündete er scheinbar leichthin. Malte suchte den Boden ab, holte sich ein schweres Objekt aus einer offenen Einheitsbox neben ihm, ein Werkzeug, das Talon nicht kannte und das man ausklappen konnte. Malte zog aus und schlug damit auf das Steuerungselement, als ob er verrückt geworden wäre. Es knirschte, und ein Teil der Apparatur fiel im Inneren herab, Talons Gehör musste nicht einmal besonders gut sein, um das wahrzunehmen, es hallte durch den ganzen Raum.

„Aufhören", befahl Fjord streng.

Aber Malte war nicht zur Vernunft zu bringen. Er holte nochmals aus, und diesmal zersplitterte das Paneel, was aber dazu führte, dass der Mechanismus wieder ansprang. Die Operation begann. Malte holte wieder damit aus.

„Wenn du noch einmal damit zuschlägst, dann bringe ich dich um." Talon hob die Waffe höher.

„Wer? Du?", höhnte Malte. Er nahm den Kolben fest in die Hand, vollendete seinen Schwung und traf den Steuerungsmechanismus abermals. Durch die Box zog ein leises Summen, das immer schwächer wurde und dann erstarb. Das Licht im Inneren der Box verlöschte – ganz. Talon blieb reglos stehen. Er hatte nicht geschossen.

Malte warf den Bohrer, oder was es war, als Antwort auf seine Feigheit in seine Richtung, Talon wich aus und das Ding fiel schwer auf den Boden, schlitterte einen Meter weiter und blieb dann liegen.

Dr. Fjord rief etwas, aber Talon verstand vor lauter Aufregung nicht, was, und Malte ignorierte es.

Er ging ungeniert auf Talon zu, holte mit geballter Faust aus, aber Talon drehte seine Waffe gerade noch rechtzeitig und schlug Malte mit dem Griff quer übers Gesicht. Maltes Kopf schleuderte zur Seite, er stieß einen überraschten Laut aus und wich zurück.

Ein neuerliches Summen ging durch den Raum. Es war die Operationseinheit, die unberechenbar geworden war. Malte und Talon schauten sich unwillkürlich fragend an, dann drehte Malte um und lief zu der Box. Igrit stand abwehrend davor, aber er packte sie und schleuderte sie zur Seite. Malte schob den Deckel zurück, griff nach dem Mädchen und hob es mitten in der Operation einfach in die Höhe. Dabei tröpfelte Blut aus ihrem kleinen Rücken. Die Box hatte sie gerade von unten her aufgeschnitten. Talon lief ihm entsetzt nach, packte seinen Cousin hinten am Genick und hielt ihm die Waffe an die Schläfe. Seine Stimme zitterte, als er sagte: „Leg sie zurück. Dies ist meine allerletzte Warnung."

Malte ließ sich von der Waffe überhaupt nicht mehr beeindrucken. Er drehte sich mit dem Mädchen im Arm nach Talon um und ließ sie aus voller Höhe fallen. Ihr Kopf fiel ungeschützt auf den Boden, das Geräusch dazu war entsetzlich. Igrit schrie auf und rannte zu Magdalena. Talon war so versteinert, dass er zu spät reagierte, als Malte ihm die Waffe aus der Hand schlug. Er versetzte Talon einen kräftigen Faustschlag ins Gesicht und blieb dann abrupt stehen, da er vor sich die Waffe auf dem Boden liegen sah.

Aber diesmal war Talon schneller. Er kickte die Waffe mit dem Fuß weg, kurz bevor Malte sie greifen konnte, und rannte zuerst los, um sie wieder aufzuheben. Er war schneller und erreichte die Waffe vor Malte, ergriff sie und hielt sie seinem Cousin, der dicht hinter ihm war, direkt ins Gesicht.

Der verzerrte Ausdruck in Maltes Gesicht war zum Fürchten. Langsam und drohend näherte er sich Talon.

Der zielte weiterhin angespannt mit der Waffe auf ihn, aber Malte ließ sich nicht beirren. Sein Cousin griff in eine Kiste und hob einen schweren Kolben in die Höhe. Er kam Schritt um Schritt näher und ließ Talon dabei nicht mehr aus den Augen.

Talon machte schließlich erst einen, dann mehrere Schritte zurück und stand schließlich mit dem Rücken zur Wand.

Igrit kniete neben Magdalena, ihr Gesichtsausdruck zeigte äußerste Verzweiflung. Er musste etwas tun. Sofort. Für einen Kampf mit Malte war keine Zeit mehr.

Eine weitere Warnung an seinen Cousin war sinnlos. Als Malte ihn fast erreicht hatte, drückte Talon ab.

Malte zuckte. Auf seiner Stirn erschien ein kreisrundes Einschussloch. In seinem Ausdruck zeigte sich mildes Erstaunen, dann kippte er zur Seite, fiel mit einem dumpfen Laut zu Boden und blieb dort der Länge nach liegen. Der Bohrer in seiner Hand schlug noch vor ihm auf.

Es war still, niemand rührte sich mehr. Alle hielten den Atem an. Talon senkte wie betäubt die Waffe. Er ging zu Malte, in die Hocke, legte die Waffe weg und drehte seinen Cousin. Der schaute mit offenen Augen durch ihn hindurch, an die Decke des Containers, ins Leere. Hinter seinen Augen erlosch ein Bewusstsein, während noch ein letzter Ausdruck, ein Rest von Erstaunen, um seinen Mund herum erstarb. Warum nur hatte er auf die Stirn gezielt?

Es gab Sätze, die dachte man nie. Sätze wie ‚ich bin ein Mörder'. Und doch fühlte Talon das, und diesmal kam ein nie zuvor gekanntes, entsetzlich dumpfes Gefühl von innen heraus, etwas, das bei Brenninger nicht gekommen war. Als ob seine Welt nie mehr die gleiche sein würde. Was hatte er nur getan? Flehend schaute er zu Igrit hoch, wie um Vergebung zu bitten, aber sie hatte ihre Augen so entsetzt aufgerissen, dass er es nicht mehr aushielt. Er durfte nichts fühlen, er musste jetzt handeln, und das um jeden Preis.

Er ging schweren Schrittes zu Magdalena, hob sie neben Igrit hoch und legte sie in die Box hinein. Talon drückte den Knopf, der die Operation wieder starten sollte, er hieb schließlich mehrfach darauf, aber nichts passierte mehr. Auch die Leiche Maltes verriet ihm nicht, wie er die Box wieder zum Laufen brachte, er, der Urheber für die Störung.

Dann bemerkte er Dr. Fjord, der entgeistert auf Malte fixiert war, wie er dort auf dem Boden lag.

„Wie bringen wir sie wieder zum Laufen?“, fragte er Fjord. Erst als Talon die Waffe auf ihn richtete, reagierte jener. Unter dessen Schnauzbart formten seine Lippen ein gehässiges, böses Lächeln, Talon glaubte nur schwer, was er da sah.

„Ja, das tut mir natürlich leid“, presste er mit hoher Stimme heraus.

„Überhaupt nichts tut Ihnen leid. Sie freuen sich doch darüber“, schrie Igrit.

„Ist gut, Igrit“, sagte Talon tonlos. „Es war noch nie gut“, rief sie. „Was sollen wir jetzt noch tun?“ Sie kam mit ihrem Gesicht ganz nahe an ihr Kind heran, berührte mit der Stirn die Box und ließ sie darauf ruhen. Mit ihren Händen klammerte sie sich daran, ihre letzte Hoffnung, die direkt vor ihr zu Staub zerronnen war. Sie schluchzte laut.

„Was stimmt mit der Reparatureinheit nicht?“

Fjord antwortete nicht, sondern zeigte unverhohlene Abscheu.

Talons Gesichtsausdruck wurde hart. „Sie haben gerade gesehen, was ich getan habe. Wenn Sie das Ding nicht zum Laufen bringen, sind Sie der Nächste.“

Nein, einen Dr. Fjord bekam man damit nicht zur Kooperation. Jener verschränkte die Arme und verweigerte jegliche Hilfe.

„Doktor, es ist Zeit.“ Eine weibliche Stimme.

Talon fuhr entsetzt herum.

# KAPITEL SIEBENUNDZWANZIG

Direkt hinter ihm stand eine Frau. Sie war vollkommen lautlos eingetreten und hätte ihn mühelos von hinten überwältigen können. Er erkannte sofort, dass sie eine Androidin sein musste, an der fehlenden Ausstrahlung wie bei einer Puppe, und so sah sie auch aus – blond, perfekt, furchterregend! Sie hatte eine so sanfte Stimme, dass es einen fast vergessen ließ, wie gefährlich sie war.

„Entwaffne ihn", sagte Fjord sofort zu ihr. Sie drehte sich zu Talon hin. „Ich werde verhindern, dass du mit den Kolonisten reist."

Die Frau ging mit gleichgültiger Miene geradewegs auf Talon zu.

Da fiel ihm etwas wieder ein, eine Information, die ihm jemand dereinst gegeben hatte. „Wie lautet dein Passwort? Das Passwort des Herstellers?"

Ein kaum merkliches Flimmern in diesen maschinengeformten Augen. Die Frau ohne Seele begann ohne Umschweife eine Zahl- und Wortkombination abzuspulen, Laute, die aus unterschiedlichen Sprachen stammen mussten, wild durcheinandergewürfelt. Kein Mensch würde eine solche Aneinanderreihung je zufällig verwenden, es hörte sich zu eigenartig an, auch für Talon mit seinem unfehlbaren Gehör.

Fjord lächelte herablassend. „Was willst du damit bezwecken? Der Code ist so geschaffen, dass eine Erweiterung sie weder abspeichern noch anwenden kann."

„Das wissen Sie. Was Sie von mir allerdings nicht wissen, ist, wie absurd lang die Wort- und Zahlenreihen sind, die ich mir mühelos merken kann." Damit wiederholte er Wort für Wort, Punkt für Komma den langen Code der KI, die seltsamen Laute, und als er schließlich an dessen Ende angelangt war, fügte er hinzu: „Hiermit übertrage ich die Kommandofunktion von Dr. Tolo Fjord auf mich, Talon Klein. Bring mich ins Raumschiff der Siedler, *denn ich bin ein Kolonist*."

Die KI blieb ruhig, keine Rebellion, kein Aufruhr, sie sagte nur ein einziges Wort: „Verstanden."

Dr. Fjords zutiefst ungläubiger, ja entsetzter Gesichtsausdruck hätte ihm eine Genugtuung sein können, wäre die Lage nicht so überaus ernst gewesen.

„Nach mir schaffst du die Box auf das Schiff und verschiebst den Start so lange, bis sicher verstaut ist, was verstaut werden muss."

„Der Start wird extern gesteuert und kann nicht verschoben werden."

„Wir haben eine sterbenskranke Patientin. Sagt das nicht eines der Robotics-Gesetze, dass du verpflichtet bist, ihr das Leben zu retten?"

Sie blinzelte kurz, vielleicht suchte sie in ihrem Handbuch nach. „Es tut mir leid", sagte sie ohne einen Hauch des Bedauerns in der Stimme. Nichts konnte ihr je leidtun. „Jene Gesetze sind mir unbekannt. Talon Klein, es ist Zeit", wiederholte sie in genau derselben Tonlage wie zuvor.

„Ich möchte, dass das Leben des Mädchens gerettet und sie sofort operiert wird."

Die Androidin nickte, ging zur Apparatur, in der Magdalena immer noch verloren lag. Das kleine Mädchen stöhnte leise, sie war aufgewacht.

Der blonden KI gelang es, die Anzeige wieder zum Leben zu erwecken, indem sie sich mit ausgestreckter Hand mit der Apparatur verband. „Die Narkosefunktion ist beschädigt“, informierte sie alle.

„Haben Sie nichts da, um sie zu betäuben?“, fragte Igrit.

„Ich bedaure“, meinte Fjord.

„Hören Sie auf, so unverschämt zu lügen. Wie kann es in einer medizinischen Einrichtung keinerlei Betäubungsmittel geben?“, rief Igrit aus.

Talon zog die Kapsel aus dem Niemandsland aus der Jackentasche heraus, dieselbe, die er Ilja verabreicht hatte. „Wir könnten ihr vielleicht das hier geben ...“

„Bist du wahnsinnig?“, fragte Igrit, als ihr das dämonische kleine Ding in seiner Hand auffiel. Es klang nicht einmal wie ein Vorwurf, sondern eher wie eine berechtigte Frage nach seinem Geisteszustand.

„Ich warte auf deine Idee, die um so viel besser ist als meine“, knurrte er. Talon bemerkte plötzlich, dass die Anzeige sich verändert hatte. Etwas Neues erschien: Überlebenswahrscheinlichkeit 89 Prozent, Dauer: 3 Minuten.

Talon wartete nicht mehr. „Bring mir einen Verteiler und eine Betäubungskapsel. Sofort“, wies er die Androidin an.

Sie ging folgsam zu einer der Nischen in der Wand des Containers und holte einen Verteiler dort heraus, wo Talon ihn nie gefunden hätte.

„Das medizinische Betäubungsmaterial ist bereits auf dem Schiff.“ Sie hielt Talon den Verteiler hin, der sie entgegennahm und entschlossen die Kapsel aus dem Niemandsland darin einlegte. Die Hälfte davon sprühte er in den Hals des Kindes. Dann drückte er auf „Start“.

Neben der Box blieb er stehen. Er wollte wissen, was ihn erwartete, denn er war mittlerweile fest entschlossen, auch in dieses Ding zu steigen und sich dort ebenfalls reparieren zu lassen. Zumindest sein gelbes Auge musste er unter allen Umständen loswerden. Es war das offensichtlichste Zeichen dafür, dass er ein Mutant war. Kolonie hin oder her.

Das Mädchen schrie nicht, es hielt die Augen fest geschlossen, schlaff lag sie da, und er fragte sich, ob es nicht auch ohne Kapsel gegangen wäre. Er merkte, wie sein Herz pochte. Er selbst durfte keine Betäubung wagen. Falls er es nicht mehr schaffte, in das Raumschiff zu gelangen, musste er das Luft- und Raumfahrtzentrum sofort verlassen, und da brauchte er seinen klaren Verstand.

Aber dem Mädchen war kein Schmerz anzusehen, überhaupt – tat es denn weh, was mit ihr gemacht wurde?

„Konnte sie ihre Kleider überhaupt anlassen?", murmelte er, aber er bekam keine Antwort. Was in der Reparatureinheit geschah, war von außen nicht zu sehen. Die Maschine hatte sich mit dem Rücken des Mädchens verbunden, von unten her. Auch mit ihrem Kopf. Der Körper des Mädchens zuckte einmal leicht. Mehr nicht. Niemand redete.

---

Es waren lange drei Minuten, in denen er nicht ertragen konnte, Igrit anzusehen. Die Box surrte hin und wieder, und jedes Mal erfasste ihn die Angst, dass sie endgültig stehen geblieben war. Und immer wenn er glaubte, dass dem wirklich so war, arbeitete sie weiter, trotz aller negativer Erwartung. Er mied es auch, in Maltes Richtung zu sehen.

Das Kind seufzte einmal, dann war es wieder ruhig. Endlich piepte es und auf der Anzeige erschien: „Patientin wiederhergestellt."

Er starrte eine Weile auf diese zwei Worte, dann erst wagte er es, Igrit anzusehen. Sie wirkte konzentriert und ihre Miene hatte sich deutlich aufgehellt. Talon machte schließlich die Schiebetür auf, nahm das Mädchen in seine Arme und hob es heraus. Igrit nahm sie tapfer entgegen und sah mit Tränen in den Augen erst auf sie, dann auf Talon. Magdalenas Kleid hatte am Rücken große blutige Löcher, merkte er.

Er kletterte über den Rand und legte sich schnell in das Operationsbett, das überaus bequem war.

„Talon Klein, es ist Zeit."

„Wie lange dauert meine Operation? Steht es auf dem Display?"

Die Schiebetür ging zu, unmittelbar vor Talons Gesicht. Die Box war aufgeheizt von der Operation gerade eben. Er merkte, dass er zu schwitzen begann, und versuchte, klaustrophobische Anflüge zu ignorieren, versuchte auch, sich zu bewegen, merkte aber, dass es gar nicht mehr möglich war. Das Dämmungsfeld hielt ihn millimetergenau fest.

„Was sagt die Diagnose?", fragte er.

„Du bist schwer krank, Talon", sagte Igrit erstaunt.

„Was?", fragte er und wollte den Kopf drehen, wie um besser zu hören, aber er konnte sich nicht bewegen und sie sagte nichts weiter.

„Was habe ich?"

„Deine Lunge funktioniert nicht mehr richtig."

„Starte die Maschine."

„Ohne Betäubung? Die OP ist auf achtzehn Minuten angesetzt."

„Stell die Zeit auf fünf Minuten ein." Zeit bedeutete jetzt alles. Er setzte alles auf eine Karte.

„Die Überlebenswahrscheinlichkeit liegt dann nur noch bei 55,7 Prozent", warf Igrit ein.

„Warum? Weil die Narkose fehlt?"

„Du hast einen Tumor im linken Lungenflügel."

Er schloss die Augen. Natürlich, dachte er, wie auch nicht. Er hörte, wie es auf das Dach des Containers zu tröpfeln anfing, erst leise, dann immer stetiger, und wie der Regen auf dem Dach mit der Information an ihn verschmolz.

„Tun Sie, was er sagt", mischte Fjord sich ein.

Wenn Fjord dazu riet, konnte es nichts Gutes sein.

„Tu es."

Niemand antwortete. Er hörte plötzlich kein Geräusch mehr. Hatte sie denn eingeschaltet? Er wollte den Kopf heben, um in ihr Gesicht zu sehen, merkte aber nur wieder, dass er sich nicht bewegen konnte. Etwas rührte sich über ihm, ein kleines Röhrchen kam surrend heran, misstrauisch beäugte er, wie es näher glitt und direkt über seinem Kopf anhielt. Der Anrührimpuls für die Farbänderung wurde in die entzündete Iris geschossen.

Darauf war er nicht vorbereitet gewesen. Es fühlte sich an, als ob die ganze Linse zerstampft würde. Krampfhaft zog sich das Auge zusammen, Talon versuchte die Hand schützend vor das Gesicht zu ziehen, aber es war unmöglich. Er spürte den Laser, wie er seitlich ansetzte und sich durch sein bloßes Fleisch pflügte, an den Ohren, links und rechts nach unten, zwei davon absägte; und er gab es auf, nicht schreien zu wollen und tapfer zu sein, um niemanden hier zu verstören. Aber er konnte seine Stimme nicht benutzen, die Maschine verhinderte es. Er spürte es nass werden, merkte, wie das Blut seinen Hals entlanglief. Er nahm auch wahr, wie er sich etwas von seinem Zahnschmelz abbiss. Dann lag er still, mit geschlossenen Augen und atmete stoßweise.

Die Apparatur drehte ihn, bemerkte er entsetzt. Langsam, ganz langsam, unnachgiebig, und für ihn war der Moment gekommen, an dem sich alles entschied, er schließlich mit dem Gesicht nach unten auf dem Dämmungsfeld lag. Er musste hier raus, sofort. Er wollte es Igrit sagen, ihr verzweifelt zurufen, aber seine Stimme gehorchte ihm nicht mehr. Etwas schob sich von hinten durch seinen Rücken und er kämpfte gegen eine Welle der Übelkeit an, gleich würde er sich erbrechen, er war sich sicher. Ihm wurde schwarz vor Augen.

---

Dass er fertig war, merkte er vor allem daran, dass Igrit die Box öffnete und ihn rüttelte. Sie sagte etwas in seinen Rücken hinein. „Was?“, stöhnte er leise.

Die Luft schmeckte anders als vorhin, war das denn möglich?

Er versuchte, die Kontrolle über seinen Körper wiederzuerlangen, versuchte aufzustehen, aber schaffte es nicht. „Hilf ihm heraus“, befahl Igrit der Androidin. Kalte, übermenschlich starke Arme hoben ihn hoch.

Igrit betrachtete ihn, als er sich mithilfe der KI auf eine Transportkiste setzte und versuchte, sich zu sammeln.

„Du hast zwei braune Augen“, flüsterte sie. „Du siehst verdammt gut aus.“ Sie sprach so leise.

„Wenn ich mich nur ein bisschen so fühlen würde", murmelte er und sah Malte liegen, unverändert.

Ihm schoss eine Erinnerung durch den Kopf, völlig ungebeten, wie Malte ihm vor über zwanzig Jahren eine Dose hingehalten hatte, an einem sonnigen Nachmittag mitten in der Aula der gemeinsamen Schule. Neben den Sitzbänken waren grüne künstliche Büsche gewesen, in Würfelform geschnitten. Genau dort hatte er ihn beim Vorübergehen aufgehalten und ihm eine Dose vors Gesicht gehalten, Maltes weiße, saubere Fingernägel waren ihm bis heute im Gedächtnis geblieben. Mit diesen Fingern hielt er die Dose hoch – rot mit schwarzen Punkten –, ein Marienkäfer. Sie war Talon aus dem Spind gestohlen worden und sein kleiner Cousin hatte sie eingetauscht und ihm zurückgebracht. Strahlend hielt er sie ihm hin, Malte, der alles besorgen konnte. Was wäre aus ihnen beiden geworden, wenn sie keine Mutanten gewesen wären? Und was würde Benjamin zu alldem nur sagen? Gott, er durfte es nie erfahren. Dieser Albtraum würde fortwähren für ewig, spürte er.

Talon fühlte den halbierten Marsstein in seiner Jackentasche und holte ihn heraus. Er reichte ihn Igrit. „Hier, gib ihn Harald, für seine Sammlung." Reden strengte ihn an, deswegen lächelte er. Er brauchte nicht mehr so wütend auf Harald zu sein, nachdem er eben seinen Cousin erschossen hatte, und mitnehmen konnte er den Stein eh nicht, nahm er an.

„Ich würde ja Auf Wiedersehen sagen", flüsterte er.

„Ich wünsche dir so sehr, dass alles in Erfüllung geht, was du dir wünschst."

Sie umarmte ihn vorsichtig, wie etwas Kostbares, hielt ihn eine ganze Weile lang fest und obwohl er das mochte, kam er nicht umhin, wieder zu bemerkten, wie knochig sie sich in seinen Armen doch anfühlte. Das Loch in seinem Arm war mit Fleisch aufgefüllt worden, merkte er erstaunt. Und Igrit? Sie wirkte jetzt glücklicher, leuchtete richtig von innen heraus.

„Wie lange dauert es noch bis zum Start?"

„Zwölf Minuten", ließ ihn die KI wissen.

„Bitte kümmere dich um meinen Großvater, Benjamin Klein.

Er ist im Altenheim in der 46. Straße. Sag ihm, was aus mir geworden ist, aber erzähle ihm nichts von Malte. Ich will nicht, dass er es je erfährt. Und kümmere dich um Potsemkin; Harald weiß, wer er ist."

Er spürte ihre Kopfbewegung, wie sie nickte. Als sie ihn wieder losließ, fiel ihm auf, dass Magdalena unverändert wirkte, nur die Box hatte behauptet, sie wäre wiederhergestellt, und das musste genügen; er musste das glauben, wollte es auch. Er nickte Igrit ein letztes Mal zu, dann stand er mühsam auf.

„Bring mich ins Raumschiff."

Dr. Fjord glotzte nur.

Talon wandte sich ab, und mit einem nervösen Kribbeln in der Magengrube schaffte er es, allein aufzustehen. Er folgte der KI durch die Tür hinaus aufs Startfeld. Er war verwirrt – hatte er sich eben wirklich von Igrit verabschiedet?

Die kalte Nachtluft strömte in seine Lungen, die sich wund anfühlten. Ob das so richtig war?

Sie betraten einen Rohrschachtaufzug und wurden unmittelbar nach oben gesaugt. In etwa hundert Metern Höhe befand sich eine Öffnung im Raumschiff und sie traten in dessen Inneres. Dort irritierte ihn das Weiß der sterilen, glatten Gänge, die alle gleich wirkten und deren Streckenabschnitte beleuchtet wurden. Das blaue Licht wanderte mit ihnen und Talon drehte sich um, hinter ihnen erlosch es wieder. Da waren Linien auf dem Boden, verschiedene Farben, sehr wahrscheinlich Wegmarkierungen.

Sie erreichten eine Tür und dahinter befand sich eine riesige Halle mit aufeinandergestapelten Kapseln, die dreißig Meter in die Höhe ragten, wie in einem gigantischen Bienenkorb. Ihm kam es so vor, als würde er eine Leichenhalle betreten. Dahinter waren die Leute alle eingefroren und – für den Moment zumindest – nicht lebendig. Es war ansonsten völlig leer hier, nur ihre Schritte waren zu hören in die erwartungsvolle Stille hinein. Er folgte der KI-Einheit ohne Orientierung und ohne Vertrauen, beide ließen sich von einer Hebebühne nach oben befördern und schließlich hielten sie vor einer leeren, sechseckigen Kammer an.

Talon sah in die Halle zurück und suchte sie ab. Es gab hier keine Sichtfenster, die ihm einen letzten Eindruck von der nächtlichen Erde erlaubt hätten. Vielleicht war es besser so. Das war also die leere Passagierkapsel Potsemkins. Er bemerkte eine weiche, blaue Unterlage und weiße, glänzende Wände. Hier würde er die nächsten einhundertfünfzig Jahre liegend verbringen, das hier waren die letzten Eindrücke aus seinem alten Leben. Er spürte, wie statt Freude Panik in ihm hochstieg. Er konnte unmöglich dort drin ausharren, war entsetzlich uninformiert, wie überhaupt wurde man jetzt eigentlich eingefroren? – Kein Fjord, der auf gut Glück den schicksalhaften Knopf malträtierte.

„Wie komme ich zu meinem Raumanzug?"

Die KI drehte sich nicht einmal um, als sie sagte: „Den gibt es nicht."

Natürlich hörte man denkbar schlecht, nachdem man gerade zwei Ohrmuscheln verloren hatte; Talon dachte, dass er sich verhört haben musste.

„Was soll ich dann anziehen?"

„Nichts."

Talon blinzelte und verarbeitete das dumpf Gehörte. „Das heißt: Ich bin – nackt?"

„Korrekt", meinte die KI, die mit der Hand unter Nachdruck in die Kapsel wies.

Er wurde eingefroren durch eine KI – und wie er ihr misstraute! Talon hielt ihr Iljas Notizbuch hin. „Bitte bewahre das für mich auf bis zur Landung."

Sie nahm es stumm entgegen. Ob Einfrieren weh tat? Er zog seine schmutzigen alten Sachen aus, fand ein paar Löcher darin, die ihm vorher noch gar nicht aufgefallen waren, und da war auch ein dicker roter Streifen Blut am Hosenbein – unklar, von wem.

Die Androidin beobachtete ihn desinteressiert, ohne allerdings wegzuschauen. Er hatte trotzdem nicht das Gefühl, dass das eine Frau war, die ihm zusah, das war ein Ding für ihn.

Als er alles ausgezogen hatte, rutschte er umständlich in die Kapsel hinein, Nacktsein fühlte sich in der Halle seltsam an, auch als sein Hintern den kalten, weichen Belag berührte und er sich mit dem Rücken auf das Polster legte. Eine Narbe auf seiner Brust verblasste noch. Ihn fror bereits. Er wusste doch gar nicht, ob er nicht irgendwelche Medikamente hätte nehmen sollen. Und er hatte etwas gegessen in der Shuttleraststätte – das hätte er doch wahrscheinlich bleiben lassen sollen, oder?

Schon schloss sich die Luke vor ihm mit einem seltsamen Zischgeräusch, das ihn abriegelte, für Fragen war es jetzt zu spät. Talon merkte, wie sein Herz immer schneller klopfte, von einem Ruhepuls war überhaupt nicht zu reden. Was, wenn er das ganze Unternehmen gar nicht überlebte, weil er nicht darauf vorbereitet worden war? Was für ein Wahnsinn, diese ganze Idee ...

Die Frau sah ihn durch die Luke kalt an. „Bereit?“

Er hörte nichts, nahm nur auf, wie sich ihre Lippen bewegten. Talon hob zögerlich den Daumen, statt zu sprechen. Die Worte versagten ihm.

Sie drückte den Knopf. Er spürte gerade noch, wie etwas in seine Haut stach. Dann war mit einem Schlag jegliches Fühlen und Empfinden, jede Verwirrung vorbei.

Das Erstarren diktierte der genetische Bauplan, er gab die Reihenfolge des einzufrierenden Gewebes an, die Knochen entlang, die Sehnen und Nerven, das alles kam binnen Bruchteilen von Sekunden. Seine Seele hatte Frieden gefunden.

Die Androidin merkte an, dass sein Daumen für die Dauer der gesamten Reise erhoben bleiben würde, während er die Augen offen hielt, und übergab Talons Lebenserhaltung für fünfzehn Jahrzehnte der Steuerung des Raumschiffes.

# KAPITEL ACHTUNDZWANZIG

Igrit fühlte sich in Gegenwart von Dr. Fjord unwohl. Sie kannte den Mann nicht, aber er strahlte etwas aus, das kein anständiger Mensch verströmte, und sie hatte da schon viele Schüler kommen und gehen sehen, er wäre keiner gewesen, an den sie sich je gern erinnert hätte.

Stumm betrachteten sie die Leiche Maltes, die unverändert auf dem Boden lag und sich nicht rührte.

„Glauben Sie etwa, ich werde die Verantwortung hierfür übernehmen?"

Igrit schwieg. Das keifte er nun schon zum wiederholten Mal und sie wusste ja auch keine Antwort darauf. Magdalena lag auf einer weichen Pritsche, die Igrit an der Wand gefunden und herausgezogen hatte. Die weibliche KI erschien wieder im Raum, was Igrit ungemein erleichtert zur Kenntnis nahm.

Fjord deutete mit dem Finger auf Malte. „Nimm diesen Mann und leg ihn in die Operationseinheit. Er verlässt die Erde. Das ist mein letztes Wort."

„Das kann nicht Ihr Ernst sein", warf Igrit überrascht ein, als sich die Androidin anschickte, genau das umzusetzen, was ihr aufgetragen war. Anscheinend gehorchte sie ihm noch immer.

„Ich habe mein Geld noch nicht bekommen", stellte Fjord in Igrits Richtung fest.

Sie nickte nachdenklich. „Und das wird auch so bleiben. Sie haben keinen Finger gerührt, um meiner Tochter zu helfen. Für mich ist das unterlassene Hilfeleistung; und das werde ich nicht auch noch belohnen. Mein Mann ist Polizist, wissen Sie? Sein Wort gilt vor dem Gesetz etwas – in höherer Prioritätsstufe als Ihres. Jeder weiß, dass ich hier bin, ich habe einen Besucherausweis. Sie können mir nichts tun. Leben Sie wohl. Oder – nein, ich wünsche Ihnen das genaue Gegenteil ... Und machen Sie kein so dummes Gesicht." Damit drehte sie sich entschlossen um und hob Magdalena hoch. Ohne sich noch einmal umzusehen, verließ sie den Raum der Servicestation.

---

Magdalena war schwer zu tragen, aber Igrit schleppte das Mädchen tapfer die Stufen hinauf zur nahe gelegenen Aussichtsplattform, die unter einem Kuppeldach lag. Dort konnte sie das Ganze sich setzen lassen, die Dinge rekapitulieren und dem Start der Mission zusehen.

Die ersten Strahlen erschienen am Horizont, dort färbte sich die unterste Linie orange-grau und ließ die Weite des Startfeldes erahnen. Es waren etwa achtzig Menschen hier, in einer sonderbaren Stimmung. Manche schwiegen dumpf, manche unterhielten sich leise.

Igrit suchte sich einen freien Sitzplatz und setzte Magdalena auf ihren Schoß. Sie bemerkte eine Frau, die bewegungslos neben ihr zu stehen schien. Sie trug einen blauschwarzen Anzug, wie sie ihn eben an diesem Malte gesehen hatte.

„Wen verabschieden Sie?", wollte Igrit wissen.

Die dunkelblonde Frau hörte sie wohl, aber ging einfach einen Schritt weg, an einen anderen Platz. Dort starrte sie weiter auf das Flugfeld hinaus.

„Zehn", das Raumschiff war angezählt, durch eine hohe weibliche Stimme, die durch die Sprechanlage kam. „Neun."

Igrit beobachtete, wie sich unter dem Raumschiff eine blaue

Lichtkugel bildete, die an Intensität zunahm. Jemand hustete nervös.

„Acht." So zählte die Stimme weiter, bis sich am Ende die *Thunberg* langsam hob, für eine Reise, die die Zeitspanne eines Menschenlebens überdauern würde. Die blau-weiße Kugel glitt langsam nach oben. Wolken behinderten bald ihre Sicht und Igrit streichelte über Magdalenas Antlitz, ihr geliebtes Kind, das zum ersten Mal gesunde, rote Pausbacken zu haben schien und just, als das Raumschiff abhob, die Augen aufgeschlagen hatte. Sie würde sie ins Krankenhaus bringen, später, um sicherzugehen, dass alles in Ordnung war.

Igrit folgte in Gedanken dem Schiff, das sie nicht mehr sehen konnte. Er würde ihr ganzes Leben lang reisen, und wenn Magdalena einst gestorben sein würde, wäre seine Reise noch lange nicht zu Ende.

Sie wünschte ihm im Stillen Glück in seiner fernen Welt, die er sich ausgesucht hatte, in einer Zukunft, die eine gute sein würde, so hoffte sie. Dass er die Leiche eines Malte dort finden würde – Igrit konnte an diesem schweren Gepäck nichts mehr ändern.

Sie stand auf und trug ihr Kind in die sicherste Zukunft, die es je haben würde.

Die Wolken brachen auf und als sie die Kuppel verließ, da fielen ihr kühle Tropfen ins Gesicht. Unten sah sie, wie Haralds große Gestalt aus dem Wagen stieg. Sie lachte laut, ihm entgegen. Diesmal musste sie Magdalena nicht mehr ängstlich und so schnell wie möglich aus dem kalten Regen bringen.

# DAS NÄCHSTE BUCH VON ELI BRANDEIS

## DAS JAHR 2466

Berit ist ein Kind zweier Welten – der Erde und des Planeten Prox. Als die junge Virologin ihren Dienst auf dem Forschungsschiff „Starlight" antritt, scheinen sich ihre Träume zu erfüllen, doch dann reiht sich plötzlich ein Missgeschick an das andere und sie beginnt ungewollt eine Fehde mit Valerian Pry, dem Universalübersetzer des Schiffes. Valerian wird zu ihrem erbitterten Gegner, aber als er auf einem verfeindeten Planeten zum Tode verurteilt wird, ist Berit die Einzige, die ihn noch retten kann. Valerian soll sterben, da er ein außerirdisches Komplott zur Vernichtung der Erde aufgedeckt hat. Beide müssen gegen ihren Willen zusammenarbeiten und Berit fragt sich, wie man mit solch einem Mann die Planeten ihrer Eltern retten kann.

# DANKSAGUNG

Ich danke allen Leserinnen und Lesern, die meine erste Geschichte bis zum Ende verfolgt haben. Ich freue mich aufrichtig darüber. Im Grunde habe ich mir eine Fortsetzung auf der Kolonie ausgedacht, in der Talon als Psychologe Unheil stiftet und Hilfe in Iljas Notizen findet, er auf außerirdisches Leben trifft und um seine neue Liebe kämpfen muss. Ein letztes „Malte, immer eine Freude, dich zu sehen" kann er sich nicht verkneifen, als er freiwillig ein Grab für seinen Cousin schaufelt, um dessen Überreste in der neuen Welt zu beerdigen.

Danken will ich auch Rainer Wekwerth, der alle meine Texte gelesen und kommentiert hat, in sehr anregenden Mails und Telefongesprächen.

Mein Dank geht auch an Andrea Hofmann, meine Schreibkollegin, die an ihrem ersten Fantasybuch arbeitet und mit der ein reger Austausch über unsere Texte möglich war.

Auch meinen ersten Testleserinnen sei mein Dank gewidmet, Valerie und Chacha, zwei ganz besondere Menschen, die es verdient haben, hier erwähnt zu werden.

Zuletzt an meine Schwester und allererste Leserin Petra Stadler, die das Manuskript bis zur letzten Zeile gelesen hat. Danke, dass es dich gibt und dass ich als Kind nicht allein in einem Zimmer schlafen musste.

# ÜBER DIE AUTORIN

Eli Brandeis' erster Berufswunsch als Kind war Astronautin. Da das nicht geklappt hat, hat sie Englisch und Geschichte studiert und eine Zeit lang in England gelebt und gearbeitet. Derzeit schreibt sie an ihrem nächsten Science-Fiction-Abenteuer, einer Space Opera.